편집부 엮음

玄 人

세계 판타스틱 고전문학
01

피츠 제임스 오브라이언 외

목 차

무덤을 사랑한 소년

피츠 제임스 오브라이언(Fitz-James O'Brien)

아일랜드에서 태어났다. 낭비와 방탕 끝에 20대 중반에 미국으로 건너가 방랑생활을 하며 여러 신문과 잡지에 투고, 시인으로 이름을 알렸다. 단편소설의 숫자는 많지 않으나 누구의 영향도 받지 않은 독특한 분위기의 뛰어난 작품을 창작했다. 그 가운데서도 「다이아몬드 렌즈」와 이 「무덤을 사랑한 소년」에는 오브라이언의 독창성이 잘 나타나 있다. 남북전쟁 때 입은 상처 때문에 33세라는 젊은 나이에 세상을 떠났다.

한 외진 지방의, 그 가운데서도 특히 외진 지역에 한없이 쓸쓸한 마을이 있고, 그곳에 교회의 묘지가 있었다. 마을 사람들은 더 이상 그 묘지에는 매장을 하지 않았다. 그곳은 아주 먼 옛날에 묘지로써의 역할이 끝났기에 자기 세상인 양 우거진 잡초는 야생 산양의 멋진 먹이가 되었으며, 산양들은 무너진 벽을 기어 넘어와 황폐한 무덤의 부지를 유유히 돌아다녔다. 묘지는 버드나무와 음울한 측백나무에 둘러싸여 있었다. 그리고 열리는 경우가 매우 드문, 녹슨 철책으로 된 문이 바람이 불어오는 대로 흔들려, 경첩이 방황하는 영혼이 내는 것과 같은 신음소리를 냈다. 영혼은 그 황폐한 장소를 영원히 방황해야 할 운명에 빠져, 철책을 쥐고 흔들며 자신의 혐오스러운 구속을 한탄하고 있는 듯 여겨졌다.

그 묘지에는 다른 것과 닮지 않은 무덤이 하나 있었다. 위쪽의 돌에는 이름이 새겨져 있지 않았다. 그 대신 바다에서 떠오르는 태양의 그림이 거칠게 새겨져 있었다.

무덤은 매우 작았으며 참소루쟁이와 쐐기풀로 **빽빽**하게 덮여 있었다. 무덤을 본 자는 그 작은 모습에서 어린아이의 무덤이라고 결론을 내릴지도 몰랐다.

그 황폐한 묘지에서 그리 멀지 않은 곳에 집 한 채가 외롭게 서 있고, 한 소년이 부모님과 함께 살고 있었다. 소년은 검은 눈동자를 가지고 있었는데 몽상에 젖기를 좋아해서 동네 아이들과는 놀지 않고 그저 들판을 돌아다니기를 좋아했으며, 강가에 누워 잎이 떨어지는 것을 바라보고 잔물결을 바라보고 물가에서 하얀 머리를 흔들고 있는 백합을 바라보았다. 소년의 생활이 외롭고 슬픈 것은 이상한 일이 아니었다. 소년의 부모님은 거칠고 난폭한 사람들이어서 거의 매일 밤낮으로 싸움이 끊이지 않았으며, 두 사람이 싸우는 목소리는 조용한 여름밤의 공기를 떨게 만들고 산골에 웅크린 마을에서 살고 있는 사람들의 귓가를 때렸다.

소년은 부모님의 혐오스러운 싸움을 두려워했다. 어두운 집에 울리는 욕설과 살을 때리는 소리는 어린 영혼을 위축되게 만들었다. 그랬기에 소년은 집에서 뛰쳐나와 산과 들로 발걸음을 향하는 것이었다. 거기서는 모든 것이 고요하고 맑았다. 그리고 소년은 작은 목소리로 백합과 이야기를 나누었다. 마치 백합이 친구라도 되는 양.

소년은 오래된 교회의 묘지로도 종종 발걸음을 옮겼다. 절반쯤 묻혀버린 비석들 사이를 돌아다니며, 몇 년도 전에 세상을 떠난 사람들의 돌에 새겨진 이름을 읽었다.

그 조그만 무덤, 이름도 없이 잊혀져버린 무덤이 다른 것들보다 소년의 눈을 끌었다. 바다에서 떠오르는 아침 해를 묘사한 낯선 의장은 끝없이 솟아오르는 의문과 놀라움의 원천이 되었다. 그랬기에 밤이고 낮이고, 부모님의 성난 목소리에 견딜 수 없어져 집에서 뛰쳐나오면 소년은 묘지를 돌아다녔으며, 빽빽하게 우거진 풀 사이에 누워 그 무덤에 어떤 사람이 묻혀 있을까를 생각했다.

조그만 무덤에 대한 소년의 애정은 시간이 흐름에 따라서 점점 깊어져 소년은 참으로 어린아이다운 방법으로 그 무덤을 장식하기 시작했다.

음울하게 무덤을 덮고 있던 참소루쟁이와 쐐기풀과 우란초를 뽑았다. 천국의 융단을 깔아놓은 것처럼 잔디를 가지런히 깎았다. 그리고 이슬에 젖은 오솔길을 따라 자란 수풀 속, 산사나무의 하얀 꽃을 뿌려놓은 듯한 곳에서 앵초를 꺾고, 옥수수 밭에서 빨간 양귀비꽃을, 숲이 짙게 우거진 부근에서 초롱꽃을 가져다 무덤 주위에 심었다. 거기에 부드러운 은색 버드나무 가지로 작고 간소한 산울타리를 두르고, 회색 비석 표면에 자란 이끼를 떼어내 조그만 그 무덤이 선한 요정의 무덤이 아닐까 여겨지게 만들었다.

소년은 만족스러웠다. 긴 여름 동안을 소년은 거기에 누워 무덤이 얹혀진 볼록한 작은 봉우리를 두 팔로 꼭 끌어안은 채 보냈다. 온화하고 부드러운 바람이 불어와 소년의 몸을 쓰다듬고 가만가만 소년의 머리카락을 들어올렸다. 언덕 쪽에서 놀이에 여념이 없는 마을 아이들의 목소리가 바람에 실려 들려왔으며, 때로 그 가운데 한 명이 같이 놀지 않겠느냐고 데리러 오곤 했다. 그래도 소년은 검은 눈동자로 돌아보며 조용한 목소리로 거절했다. 그러면 데리러 왔던 소년은 무엇인가에 얻어맞은 것처럼 입을 다물고 슬금슬금 친구들이 있는 곳으로 돌아가 속삭이는 듯한 목소리로 무덤을 사랑하는 소년에 대해서 이야기하는 것이었다.

틀림없이 소년은 어떤 놀이보다도 그 조그만 무덤을 사랑했다. 묘지의 고요함, 야생화의 향기, 나무들 사이로 새어나오는 햇빛이 빚어내는 황금빛 줄무늬, 풀 위에서 춤추는 빛. 그러한 것들 모두가 기쁨이었다. 소년은 거기에 누워 몇 시간이고 여름 하늘을 바라보며 하얀 구름이 널따란 하늘 위를 유유히 항해하는 모습을 눈으로 좇았는데, 선량한 사람들의 영혼이 천국으로 돌아가기 위한 항해를 하는 것이 아닐까 생각했다. 그러나 밀려든 검은 먹구름이 격정에 가득한 눈물로 부풀어올라 소리와 빛을 발하며 파열할 때는 집에 있는 부모님을 떠올렸다. 그리고 무덤으로 시선을 돌려 비석에 자신의 뺨을 댔다. 무덤이 마치 형제라도 되는 양.

그렇게 여름이 지나고 가을이 찾아왔다. 나무들은 자신들 앞에 놓인 길을 생각하며 비탄에 잠겨 있었다. 난폭한 바람이 옷을 벗기고 비와 폭풍이 헐벗은 가지를 마구 두드릴 때가 다가오고 있었다. 앵초는 색을 잃고 시들었다. 그래도 마지막 순간에는 소년을 올려다보고 미소 지으며 이렇게 말한 듯 여겨졌다. "우리들 때문에 울지 마. 내년에 다시 또 찾아올 테니." 하지만 겨울이 다가옴에 따라서 계절의 비애가 소년을 지배하게 되어 눈물로 무덤을 적시는 일이 빈번해졌으며, 돌의 표면에 입맞춤하는 경우가 많아졌다. 그것은 마치 몇 년이고 돌아오지 않을 여행에 나서는 친구에게 입맞춤하는 것처럼 보였다.

　가을도 거의 저물어갈 무렵의 어느 날 밤이었다. 숲은 갈색으로 변해 차가워졌고 언덕과 언덕으로 부는 바람들은 사납고 끔찍한 소리를 냈다. 무덤 앞에 앉아 있던 소년은 낡은 문의 녹슨 경첩이 삐걱이는 소리를 들었다. 눈을 든 소년은 한 무리의 낯선 사람들이 묘지로 들어오는 것을 보았다. 사내 다섯 명이었다. 그 가운데 두 사람은 검은 천에 덮인 길고 가느다란 상자를 들고 있었으며, 다른 두 사람은 손에 삽을 들고 있었고, 엄숙한 얼굴에 키가 큰 다섯 번째 사람은 기다란 외투에 몸을 감싼 채 선두에 서 있었다. 지켜보고 있자니 사내들은 묘지 안을 이리저리 오가기 시작했다. 절반쯤 묻혀버린 비석에 걸려 비틀거리며, 혹은 몸을 구부려 지워지기 시작한 비문을 확인하며. 소년은 심장이 멈춰버릴 것만 같았다. 독특한 그림이 새겨진 회색 비석 뒤에 숨어 소년은 커다란 공포에 몸을 바짝 움츠렸다.

사내들은 오른쪽으로 가고 왼쪽으로 가기를 반복했다. 키가 큰 사내를 선두로 높다랗게 우거진 풀 사이를 조심스럽게 살폈으며, 때때로 상의를 위해서 자리에 멈춰 서기도 했다. 마침내 선두에 선 사내가 이쪽으로 돌아서더니 조그만 무덤 앞까지 와서는 몸을 구부려 회색 돌을 들여다보았다. 마침 달이 떠올라, 그 빛이 바다에서 떠오르는 태양의 신비한 그림을 비추기 시작했다. 키 큰 사내가 나머지 사내들을 손짓으로 불렀다.

"찾았어." 그가 말했다. "이거야." 그 말에 따라 네 사내가 다가와서, 다섯 명 전원이 무덤 앞에 섰다. 비석 뒤의 소년은 숨조차 쉴 수 없었다.

길고 가는 상자를 들고 있던 두 사내가 그것을 풀 위에 내려놓았다. 그리고 검은 천을 벗겨냈다. 소년의 눈에 흑단으로 만든 윤기 넘치는 관이, 은장식을 두른 작은 관이 들어왔다. 뚜껑에는 바다에서 떠오르는 태양의 그림이 은으로 그려져 있었다. 달빛이 그 모든 것들을 비추었다.

"자, 일을 시작하세." 키 큰 사내가 말했다. 삽을 든 두 사내가 그것으로 조그만 무덤을 파헤치기 시작했다. 소년은 심장이 터져버릴 것만 같았다. 더는 가만히 있을 수 없었기에 모습을 드러내 봉긋한 흙 위에 몸을 던지고 키 큰 사내에게 외쳤다. "훌륭한 신사님." 소년이 울며 애원했다. "제 무덤에 손을 대지 말아 주세요. 세상에서 딱 하나,

소중하게 여기고 있는 것이에요. 만지지 마세요. 전 여기서 하루 종일 무덤을 끌어안고 지내고 있어요. 이 무덤은 틀림없이 저의 형제예요. 제가 지켜주며 풀도 깔끔하게 깎아주고 있어요. 약속할게요. 만약 제게 이 무덤을 맡겨주신다면 내년에는 들판에서 가장 예쁜 꽃을 주위에 심을게요."

"미친 아이인가?" 엄숙한 얼굴의 사내가 말했다. "이건 성스러운 임무야. 여기에 묻혀 계신 분은 틀림없이 너와 같은 어린아이야. 하지만 왕의 피를 물려받았어. 조상들은 궁전에서 살고 있었지. 평범한 흙 속에 잠들어 있을 만한 유골이 아니야. 바다 너머에서 웅장하고 아름다운 능이 유골을 기다리고 있어. 나는 유골을 가져가기 위해서 온 거야. 반암과 대리석으로 지은 납골당에 안치해야 돼. 아이를 다른 곳으로 데려가. 일을 시작한다."

사내들은 소년을 힘으로 무덤에서 떼어내 풀 위에 내동댕이쳤다. 소년은 심장이 터져버릴 듯 울었다. 사내들은 무덤을 파헤쳤다. 소년은 눈물 사이로 희고 조그만 뼈가 모여져 흑단으로 만든 관 속으로 들어가는 광경을 보았으며, 뚜껑이 닫히는 소리를 들었고, 비어버린 무덤에 흙이 되돌려지는 것을 보았다. 소년은 사내들을 도둑놈이라고 생각했다. 다섯 사내들은 관과 함께 왔던 길로 되돌아갔다. 문의 경첩이 다시 삐걱였으며 소년은 혼자 남았다.

그는 말없이 집으로 돌아왔다. 눈물은 흘리지 않았다. 유령처럼 얼굴이 새하얬다. 조그만 침대에 누웠을 때 소년은 아버지를 불러 자신은 죽어가고 있다고 말하고, 바다에서 떠오르는 태양이 새겨진 비석의 무덤에 묻어달라고 부탁했다. 아버지는 웃으며 자라고 말했다. 그런데 아침이 되자 아이는 숨이 끊어져 있었다.

소년은 원하던 장소에 묻혔다. 흙이 다져지고 사람들이 돌아가기 시작했다. 그날 밤, 새로운 별이 하늘에 나타나 높은 곳에서 무덤을 지켜보고 있었다.

죽은 연인

테오필 고티에(Theophile Gautier)

프랑스 타르브에서 태어났다. 아버지의 전근으로 3세 때부터 파리에서 살았다. 처음에는 화가에 뜻을 품었으나 이후 시인이 되었다. 작가이자 비평가로 문예비평 및 회화평론, 여행기 등도 남겼다. 대표작으로는 『모팽 양』, 문예비평인 『낭만주의의 역사』 등이 있다. 화가를 지망했던 만큼 감정의 아름다움보다는 형식미에 마음이 끌려 유미적 작풍을 수립했으며 예술의 공리성을 배격하여 훗날 고답파 시인들에게 영향을 주었다. 오랜 세월 시달려온 심장병으로 파리에서 세상을 떠났다.

여러분, 저도 사랑을 해본 적이 있냐고 묻고 싶은 것입니까? 물론 있습니다. 하지만 저의 이야기는 기이하고 무서운 이야기로, 저도 벌써 66세가 되었지만 지금도 가능한 그 기억의 재를 휘젓지 않으려 하고 있습니다. 당신들에게는 무엇 하나 차별을 두고 있지 않지만, 이야기가 이야기인 만큼 저보다 경험이 적은 사람들에게 이야기하는 것이, 사실은 좀 마음에 걸립니다. 워낙 이야기의 내용이 너무나도 이상해서 제가 그 사건에 실제로 관여했었다는 사실이 제 스스로도 거의 믿기지 않습니다. 저는 3년 이상이나 가장 신기하고 가장 기괴한 환혹(幻惑)의 희생양이 되어 있었습니다.

저는 초라한 시골의 성직자로 있으면서 매일 밤, 꿈에서는─저는 그것이 전부 꿈이기를 바라고 있습니다만─ 온갖 욕망에 물든 저주스러운 생활을, 말하자면 사르다나팔의 생활을 보내고 있었습니다. 그리고 무심결에 한 여인을 얼핏 본 탓에 하마터면 제 영혼을 지옥에 떨어뜨릴 뻔했으나,

다행스럽게도 신의 은총과 저를 지켜준 성도의 도움으로 마침내는 제게 뻗혀 있던 악마의 손아귀에서 벗어날 수 있었습니다. 생각해보면 오랜 시간 저의 낮 동안의 생활은 성격이 전혀 다른 밤의 생활과 뒤얽혀 있었습니다. 낮 동안 저는 기도와 신성한 일들에 바쁜 신의 종이었으나, 밤이 되어 눈을 감는 순간부터는 젊은 귀족이 되어버렸습니다. 여자와 개와 말이라면 정신을 못 차리는 사람이 되어버렸습니다. 도박도 하고 술도 마시고 거친 말로 신을 모독하기도 했습니다. 그리고 새벽이 되어 눈을 뜨면 오히려 나는 아직 잠을 자고 있는 것이며, 단지 성직자가 된 꿈을 꾸고 있는 것이 아닐까 하는 마음이 들었습니다. 이 몽유병자 같은 생활의 어떤 장면과 어떤 말들에 대한 회상은 아직도 제 마음속에 남아 있어서, 저는 그것을 아무래도 제 기억에서 지울 수가 없습니다. 실제로 저는 저의 거처에서 벗어난 적이 없는 사람이지만, 제 이야기를 들으면 사람들은, 제가 세상의 환락에 싫증이 나서, 파란만장한 생애의 끝자락을 신에게 바치며 살아야겠다고 생각한, 신심 깊은 성직자라고 생각할지도 모르겠습니다. 이 시대의 생활과도 인연을 끊고 숲속 깊은 곳에 자리한 음울한 수도원에서 오랜 세월 학문에만 힘써온 성직자라고는 생각지 못할지도 모릅니다.

저는 사랑을 했습니다. 저만큼 격렬하게 사랑한 사람이 이 세상에는 한 사람도 없을 정도로 사랑을 했습니다, 어리석고 끔찍한 열정으로, 저는 오히려 그 열정이 저의 심장을 갈가리 찢어놓지 않은 것을 이상히 여기고 있을 정도입니다. 아아, 어떠한 밤……, 어떠한 밤이었는지.

저는 어렸을 때부터 성직자가 저의 천직이라 느끼고 있었습니다. 그랬기에 저의 모든 공부는 그 이상과 관련된 것으로만 향하고 있었습니다. 24세까지의 저의 생활은 오직, 이제 막 성직에 발을 들여놓은 사람과도 같은 생활이었습니다. 신학 과정을 마치고 뒤이어 온갖 잡무에 종사했는데 목사님들께서 아직 젊은 저를 인정해주셨기에 결국에는 성직에 종사하는 것을 허락해주셨습니다. 그리고 그 성직 수여식을 부활절 주간에 행하기로 결정했습니다.

저는 그때까지 세상을 본 적이 없었습니다. 저의 세상은 학교의 벽과 신학교와 관계된 사회에만 한정되어 있었습니다. 따라서 세상에서 말하는 여자에 대해서 저는 매우 막연한 생각밖에 가지고 있지 않았을 뿐만 아니라, 또 그런 문제에 대해서 생각하는 일도 결코 없었기 때문에 아주 순진하게 살아가고 있었습니다. 저는 1년에 2번, 나이 들고 병약한 제 어머니를 만나러 갔는데, 저와 다른 세상과의 관계는 오직 그것밖에 없었습니다.

저는 그런 생활에 아무런 불만도 없었습니다. 제 자신의 평생을 고스란히 바쳐야 하는 성직에 종사하게 되었다는 데 대해서는 한 치의 아쉬움도 느끼지 못했습니다. 저는 단지 마음속 기쁨과 가슴 설렘만을 느끼고 있었습니다. 그 어떤 약혼을 한 연인이라 할지라도 저만큼 커다란 기쁨에 잠겨 답답할 정도로 천천히 흘러가는 시간의 흐름을 헤아린 사람은 없었을 겁니다. 잠을 잘 때면 성찬식에서 제가 설교하는 모습을 꿈꾸며 잠자리에 누웠습니다. 저는 이 세상에 성직자가 되는 기쁨보다 더 큰 기쁨은 어디에도 없다고 믿고 있었습니다. 시인이 되라고 해도 황제가 되라고 해도 저는 그것을 거절했을 것이며, 그 정도로 저의 야심은 이미 성직자 이외에 그 어디에도 없었습니다.

제가 여러분께 이와 같은 이야기를 하는 것은 제게 일어났던 일이, 원래대로 하자면 일어나지 않았을 것이라는 사실을 말씀드리기 위해서 입니다. 그리고 제가 이해하기 어려운 고혹(蠱惑)의 희생양이라는 사실을 알아주셨으면 해서 입니다.

마침내 제게 있어서 중요한 날이 찾아왔습니다. 저는 제 어깨에 마치 날개라도 돋은 양 설레는 기분으로 발걸음도 가볍게 교회로 향했습니다. 저 자신이 마치 천사가 된 듯한 기분이 들 정도였습니다. 그리고 수많은 친구 중에 어둡고 근심스러운 얼굴을 한 사람이 있다는 사실을 이상하게 생각할 정도였습니다. 저는 기도로 그 전날 밤을 새운 뒤였기에 거의 황홀감에 젖어 모든 것을 잊으려 했습니다. 자애로운 주교님은 영원히 계시는 아버지, 신처럼 보였으며, 교회의 둥근 천장 너머로 천국을 보고 있었습니다.

이 의식에 대해서 자세히 알고 계실 테지만, 우선 축복의 기도가 행해진 뒤, 2개의 형식 아래서 행해지는 성찬식,

그리고 손바닥에 기름을 바르는 도유식, 그것이 끝나고 나면 주교와 함께 공손히 신계 희생을 바치는 의식……

아아, 하지만 욥[1]이 '눈과 함께 서약하지 않는 자는 어리석은 사람이다.'라고 말한 것은 진리를 잘 표현한 말이었습니다. 제가 그때까지 숙이고 있던 얼굴을 문득 들어보니, 손에 닿을 듯 가까운 곳이라 여겨졌으나 사실은 저와 상당히 떨어진 곳에 위치한 성당의 난간 끝에 매우 아름답고 젊은 여자가 눈이 번쩍 뜨일 것처럼 고귀한 복장으로 서 있는 것이 보였습니다. 순간 제 눈에는 세상이 뒤바뀐 것처럼 보였습니다. 저는 마치 어두웠던 눈을 다시 뜬 듯한 기분이었습니다. 조금 전까지만 해도 영광으로 빛나던 주교의 모습은 순식간에 사라졌으며, 황금 촛대에서 불타오르던 촛불은 새벽별처럼 희미해졌고, 주위의 어둠이 건물 안으로 온통 퍼져나간 것처럼 여겨졌습니다. 그 사랑스러운 여자는 그 어둠을 배경으로 천사의 출현처럼 뚜렷하게 도드라져 보였습니다. 그녀는 빛나고 있었습니다. 빛나는 것처럼 보였을 뿐만 아니라 실제로 빛을 발하고 있었습니다.

저는 다른 것에 마음을 빼앗겨서는 안 된다고 생각했기에 두 번 다시 눈을 뜨지 않겠다고 결심하고 눈을 감았습니다. 왜냐하면 저의 번민이 점점 더 깊어져 제가 지금 무엇

---

1) 구약성경 「욥기」의 주인공.

을 하고 있는지조차 알 수 없게 되었기 때문이었습니다.

그랬음에도 불구하고 다음 순간에는 다시 눈을 떠 눈썹 사이로 그녀를 보고 있었습니다. 그러자 태양을 바라볼 때면 반투명한 보라색 그림자가 원을 그리듯, 그녀가 무지갯빛으로 반짝였습니다.

아아, 어떻게 저렇게 아름다울 수 있는 건지. 위대한 화가들은 이상적인 아름다움을 천상에서 추구하며 지상에서 성녀의 참모습을 그리려 했으나, 지금 제 눈앞에 있는 자연의 참된 아름다움에 가까운 묘사는 아직 없었습니다. 그 어떤 시도, 어떤 그림도 그녀의 아름다움을 묘사하지는 못했습니다. 그녀는 키가 약간 크고, 여신과도 같은 모습과 태도를 가지고 있었습니다. 하늘하늘한 금색 머리카락을 한가운데서 양쪽으로 나누었는데 그것이 금빛으로 물결치는 2개의 강을 이루며 양쪽 뺨으로 흘러내리고 있는 모습은 왕관을 쓴 여왕과도 같았습니다. 이마는 아치를 그리고 있는 2개의 눈썹 위에 맑고 푸른빛이 감도는 흰색으로 펼쳐져 있는데 쾌활한 빛으로 반짝이는 바다색 눈동자를 더욱 눈에 띄게 해주었습니다. 약간 이상하게 여겨진 것은 그 눈썹이 거의 검은 색이었다는 점이었습니다. 그야 어쨌든 정말 놀라운 눈이었습니다. 단 한 번의 깜빡임만으로도 한 남자의 운명을 결정할 수 있는 눈이었습니다. 지금까지 제가 인간에게서는 본 적이 없었을 정도로 맑고 밝고, 열정으로 넘쳐나고, 촉촉한 빛을 발하고, 생생하게 살아 있는 눈이었습니다. 2개의 눈이 화살처럼 빛을 쏘았습니다. 그것이 제 심장으로 스며드는 것을 분명히 보았습니다. 그 반짝이는 눈의 불이 천국에서 온 것인지 지옥에서 온 것인지는 잘 모르겠지만, 그중 한 군데서 온 것이라고 저는 생각했습니다. 그녀는 천사 아니면 악마였습니다. 아마도 양쪽 모두였을 것이라 생각됩니다. 틀림없이 그녀는 평범한 여자에게서, 그러니까 이브의 배에서 태어난 사람이 아니었습니다. 사랑스럽게 미소 지을 때면 진주같이 반짝이는 이가 빛났습니다. 그녀가 조금이라도 입술을 움직이면 빛나는 장미 같은 뺨에 조그만 보조개가 나타났습니다. 부드럽고 오뚝한 콧날이 고귀한 신분임을 이야기해주고 있었습니다. 반쯤 드러난 부드럽고 윤기 넘치는 2개의 어깨에는 마노와 커다란 진주로 장식된 목걸이가 목선과 같은 아름다움으로 빛나며 가슴 부근으로 늘어져 있었습니다. 때때로 그녀가 넘쳐날 것 같은 웃음을 머금은 채 놀란 뱀이나 공작처럼 얼굴을 들면 그 보석들을 감싸고 있는 은 격자 같은 옷깃의 주름이 그에 따라서 흔들렸습니다.

그녀는 붉은빛이 감도는 주황색 벨벳으로 만들어진, 낙낙한 옷을 입고 있었습니다. 담비 가죽으로 가장자리를 두른 넓은 소매 끝으로는 빛도 그대로 통과할 것 같은, 새벽의 여신의 손가락처럼 참으로 이상적이고 투명하고 한없이 부드럽고 귀족적인 손이 드러나 있었습니다.

당시 저는 매우 번민하고 있었으나 이런 세세한 부분까

지 무엇 하나 놓치지 않고, 마치 어제 본 것처럼 분명하게 떠올릴 수 있습니다. 턱 부근과 입술 끝에 있던 매우 희미한 그림자, 이마 위에 벨벳처럼 자라 있던 솜털, 뺨에 어린 떨리는 눈썹의 그림자, 이 모든 것을 놀랄 만큼 분명하게 이야기할 수 있습니다.

그 모습을 보고 있자니 저는 지금까지 닫혀 있던 제 안의 문이 열린 것 같다는 느낌이 들었습니다. 오랫동안 닫혀 있던 문이 열리고 모든 것이 밝아져 지금까지 알지 못했던 내부의 모습이 보이게 된 것이었습니다. 인생 자체가 제 앞에 신기한 국면을 펼쳐놓았습니다. 저는 새로운 별세계, 모든 것이 바뀌어버린 곳에서 다시 태어난 것 같다는 생각이 들었습니다.

그러자 무시무시한 고뇌가 벌겋게 달구어진 가위로 제 심장을 괴롭히기 시작했습니다. 끊임없이 계속되는 시간이 단 1초처럼 여겨지기도 하고, 또 100년처럼 길게 느껴지기도 했습니다. 그러는 동안에도 의식은 계속되었습니다. 저는 곧 저의 새로운 욕망이 격렬하게 침입하려 했던 그 세계에서부터 멀리로 떨어지게 되었습니다. 저는 '아니.'라고 말하고 싶었으나, 결국은 '네.'라고 대답했습니다. 제 마음 속에 있는 모든 것들이 제 영혼에게 가한 혀의 폭행에 극력 반항했으나 아무런 보람도 없었던 것입니다. 수많은 소녀들이 부모가 정한 남편을 강하게 거절할 생각으로 제단에 오르지만, 누구 하나 그 목적을 달성하지 못한 것도 아마

이러한 이유 때문일 것입니다. 그리고 새로이 성직자가 되어 약속의 말을 하기 위해 불려나갔을 때 대부분의 가엾은 사람들이 베일을 갈가리 찢어버리겠다고 결심했으면서도 어쩔 수 없이 그것을 취해버리는 것 역시 이러한 이유 때문입니다. 이렇게 해서 사람은 거기에 있는 모든 사람들에 대해서 커다란 비방의 목소리를 굳이 올리지 않음과 동시에 수많은 사람들의 기대를 배반하는 행동도 굳이 하지 않는 것입니다. 이 모든 사람들의 눈, 이 모든 사람들의 뜻이 마치 납덩이처럼 자신 위를 짓누르고 있는 듯 여겨지는 것입니다. 그것뿐만 아니라 규칙까지 분명하게 정해져 있으면 모든 것이 미리 완전하게 준비되고, 또 얼마간은 필연적으로 달아날 수 없도록 이루어져 있기 때문에 개인의 뜻은 사정의 무게감에 무릎을 꿇어 결국은 완전히 파괴되어버리고 마는 것입니다.

식이 진행됨에 따라서 무심하던 미녀의 얼굴도 표정이 바뀌기 시작했습니다. 처음 그녀의 얼굴빛은 애무하는 듯한 다정함을 띠고 있었으나, 이제는 마치 그것을 이해시키지 못한 것을 증오하고 부끄럽게 여기는 듯한 모습으로 바뀌어 있었습니다.

저는 산이라도 들어 올릴 수 있을 것 같은 강한 의지의 힘을 발휘하여 성직자가 되지 않겠다고 외치려 했으나, 아무래도 그 말만은 할 수가 없었습니다. 혓바닥이 입천장에 들러붙은 것처럼 단 한마디도 할 수가 없었습니다. 저는 부정의 말을 한마디라도 내뱉어 제 뜻을 표명하는 일조차 하지 못했습니다. 그것은 마치 꿈에 시달리는 사람이 목숨을 잃을 듯하여 소리를 지르고 싶으나 아무래도 소리가 나오지 않는 것처럼, 저는 현실 세계에서 눈을 뜨고 있으면서도 소리를 지를 수가 없었습니다.

그녀도 순교에서 오는 저의 괴로움을 알고 있는 것처럼 보였습니다. 그리고 마치 저를 격려하듯 가장 신성한 약속으로 넘쳐나는 눈빛을 보였습니다. 그녀의 눈이 시라면, 그녀의 눈길은 그야말로 노래였습니다.

그녀가 그 눈으로 제게 말했습니다. '만약 당신이 저의 것이 되어주신다면 신의 나라인 천국에 계신 것보다 더 행복하게 해드릴게요. 천사들조차 당신께 질투를 느끼도록 해드릴게요. 당신을 감싸려 하고 있는 그 상복을 벗어버리세요. 저는 아름다워요. 저는 젊어요. 제게는 생명이 있어요. 제게 오세요. 서로 사랑하도록 해요. 여호와 하나님이 당신께 무엇을 줄 수 있죠? 아무것도 주시지 않을 거예요. 저희들의 생명은 꿈결처럼 영원한 입맞춤 속에서 흐를 거예요. 그 잔 속의 포도주를 던져버리세요. 그리고 자유의 몸이 되세요. 제가 당신을 멀리 섬으로 데리고 갈게요. 당신은 은으로 지붕을 얹은 건물 안, 커다란 황금의 침대 위, 제 품속에서 잠드실 수 있으실 거예요. 저는 당신을 사랑하니까요. 저는 당신을 신에게서 빼앗고 싶어요. 지금까지 얼마나 많은 고귀한 사람들이 사랑의 피를 흘렸는지 알 수 없지

만, 신의 곁으로 다가간 사람은 아무도 없었어요.'

이런 말들이 한없이 부드러운 리듬을 타고 제 귓가로 흘러들었습니다. 그녀의 얼굴은 그야말로 노래 같았으며, 그 눈으로 모든 것을 말하고 있었습니다. 그리고 그것이 진짜 입술 사이에서 흘러나오는 말처럼 제 가슴속을 울렸습니다. 저는 성직자가 되기를 거부하고 싶다는 마음으로 가득했으나 어떻게 된 일인지 제 혀는 의식에 필요한 말만 하고 있었습니다. 아름다운 사람이 다시 제 가슴을 꿰뚫을 것처럼, 날카로운 비수 같은 절망의 얼굴과, 애원하는 듯한 얼굴을 보였습니다. 그것은 그 어떤 '슬픔의 성모'보다 훨씬 더 강한 칼날로 꿰뚫는 듯한 표정이었습니다.

그러는 사이에 모든 의식이 순조롭게 끝나 저는 일개 성직자가 되어버리고 말았습니다.

그때 그녀의 얼굴에 어린 고민의 빛보다 더 깊은 고민의 빛은 본 적이 없었습니다. 약혼자의 죽음을 눈앞에서 보고 있는 소녀도, 죽은 아이를 그리워하며 빈 유모차를 들여다보는 어머니도, 천상의 낙원에서 쫓겨나 그 문 앞에 선 이브도, 자신의 보석과 뒤바뀐 돌덩이를 바라볼 때의 인색한 사내도, 영혼을 담아 쓴 하나밖에 없는 원고를 어떤 이유로 불태우려 할 때의 시인도, 그때 그녀가 보인 한없는 절망의 얼굴을 보이지는 않을 것이라고 생각했습니다. 그녀의 사랑스러운 얼굴은 핏기가 완전히 가셔 대리석처럼 하얗게 변해버렸습니다. 아름다운 두 팔은 근육이 풀어진 것처럼 몸의 양쪽으로 힘없이 늘어져 있었습니다. 부드러운 다리도 지금은 말을 듣지 않아 그녀는 어딘가 기댈 곳을 찾고 있는 듯했습니다. 저 역시도 죽은 자처럼 창백한 얼굴로 교회의 문 쪽으로 비틀비틀 걸어갔는데, 십자가에 달린 그리스도의 상보다도 더한 피땀에 젖어 마치 목을 졸리고 있는 사람 같다는 생각이 들었습니다. 원형 천장이 제 어깨 위로 단번에 떨어져 내려 제 머리만으로 그 원형 천장의 모든 무게를 떠받치고 있는 것 같았습니다.

제가 교회의 문턱을 넘어서려던 순간이었습니다. 손 하나가 갑자기 제 손을 쥐었습니다. 그것은 여자의 손이었습니다. 그 전까지 저는 여자의 손을 잡아본 적이 없었는데, 그때 제가 느낀 것은 뱀의 살갗이 닿은 것처럼 싸늘한 느낌이었으며, 마치 달군 철로 낙인을 찍은 것처럼 그때의 느낌이 아직도 제 손에 남아 있습니다. 그것은 그녀의 손이었습니다. "불행한 분이시네요. 정말 불행한 분……. 어쩌면 좋아."라고 그녀는 낮은 목소리로 힘주어 말한 뒤 바로 사람들 속으로 사라져버렸습니다.

그때 나이 든 주교가 제 곁으로 지나갔습니다. 그는 냉소하듯 엄한 눈빛을 제게 던지고 지나갔습니다. 저는 매우 혼란스러운 표정을 짓고 있었던 듯하며, 현란한 빛이 눈앞에서 번쩍이는 것 같다는 느낌이 들었습니다. 그때 한 친구가 저를 동정하여 제 팔을 잡고 밖으로 데려가 주었습니다. 저는 누군가의 도움 없이는 기숙사로 돌아갈 수 없을 정도였습니다. 거리의 모퉁이에서 제 젊은 친구가 다른 데 정신이 팔려 잠깐 돌아본 순간, 이상한 차림을 한 검은 피부의 하인이 제 곁으로 다가와 옆으로 걸어가며 금색 테두리의 조그만 수첩을 슬쩍 건네주고 그것을 숨기라는 신호를 보낸 뒤 멀어져갔습니다. 저는 제 방에서 혼자가 될 때까지 그것을 소매 안에 넣어 숨겼습니다.

혼자 있을 때 그 수첩의 고리를 벗겨보니 안에는 종이가 2장 들어 있었는데 〈콘치니 궁전에서, 클라리몽드가〉라고만 적혀 있었습니다. 당시 저는 세상에 대해서 아무것도 몰랐습니다. 유명한 클라리몽드에 대해서도 아는 바가 없었습니다. 콘치니 궁전이 어디에 있는지 전혀 짐작조차 할 수 없었습니다. 저는 여러 가지로 상상을 해보았는데 상상을 거듭할수록 그것은 현실에서 점점 멀어져, 실제로 그녀를 다시 한 번 만날 수만 있다면 그녀가 고귀한 여자이든, 혹은 창부 같은 여자이든 그런 건 상관없다는 생각이 들었습니다.

저의 사랑은 아주 짧은 순간에 태어났지만 이미 지울 수 없을 정도로 깊이 뿌리를 내린 상태였습니다. 저는 그 사랑을 단념해야겠다고는 꿈에도 생각지 않았습니다. 그런 일은 완전히 불가능하다고밖에 여겨지지 않았습니다. 그녀가 눈길을 한 번 주었기에 저의 생각이 완전히 바뀌어버린 것이었습니다. 그녀는 자신의 뜻을 제 생명 속에 불어넣었습니다. 그리고 저는 이제 제 자신의 육체 속에서 사는 것이 아니라, 그녀의 육체 속에서 그녀를 위해서 살게 되었습니다. 저는 완전히 이성을 잃어서 그녀가 잡은 제 손에 입을 맞추기도 하고 몇 시간이고 되풀이해서 그녀의 이름을 부르기도 했습니다. 그녀의 모습을 눈가에 보다 선명히 그려보고 싶었기에 눈을 감아보곤 했습니다. 저는 교회의 문가에서 제 귓가에 속삭인 그녀의 말을 몇 번이고 되새겨 보았습니다. '불행한 분이시네요. 정말 불행한 분……. 어쩌면 좋아.' 그러는 사이에 저는 드디어 제 지위의 끔찍함을 알게 되었습니다. 어둡고 답답한 속박, 제가 그 생활 속으로 들어갔다는 사실을 깨닫게 되었습니다. 성직자로서의 생활, 그것은 몸을 순결하게 지키는 것, 사랑해서는 안 되는 것, 남녀의 성별이나 노소를 구분해서는 안 되는 것, 모든 아름다운 것에서 눈을 돌리는 것, 인간으로서의 눈을 빼버리는 것, 영원히 교회와 수도원의 차가운 그림자 속에 웅크려 숨는 것, 낯선 시체 곁을 지키는 것, 죽어가는 사람만을 찾아가는 것, 상복과 다름없는 성직자의 옷을 자기 혼자서 입고 마지막에는 그 상복이 그 사람 자신의 관을 덮는 것이었습니다.

저는 새삼스럽게 저의 생명이 마치 지하의 호수처럼 넘쳐나 점점 넓어지며 수위를 높여가는 것을 느꼈습니다. 저의 피가 격렬하게 제 동맥을 뛰어다녔습니다. 제가 오래도록 억압해왔던 청춘이 천 년에 1번 꽃을 피우는 노회처럼 싱싱하게 돋아나 천둥소리와 함께 꽃을 피운 것입니다.

클라리몽드를 다시 한 번 만나려면 어떻게 해야 하는지 생각해보았습니다. 마을에는 아는 사람이 아무도 없었기에 기숙사에서 나갈 구실이 없었습니다. 저는 이제 한시도 이런 곳에서는 머물 수 없다고 생각했습니다. 여기에 있어봐야 저는 그저 앞으로 종사해야 할 일에 대한 새로운 임명을 기다리고 있어야만 할 뿐이었습니다. 창문을 열어야겠는 생각에 걸쇠로 손을 뻗어보았으나 그것은 상당히 높은 곳에 있었기에 특별히 사다리를 찾아내지 않는 한 그 방법으로는 빠져나갈 수 없다는 사실을 깨달았습니다. 게다가 밤이 아니면 그곳으로는 도저히 빠져나갈 수 있을 것 같지 않았습니다. 거기에 또 한 가지, 그 미궁처럼 복잡한 거리의 모습도 저는 잘 알고 있지 못했습니다. 다른 사람에게 이런 어려움은 그다지 커다란 문제가 아닐지 모르겠으나, 제게는 아주 커다란 문제였습니다. 왜냐하면 저는 태어나서 어제 처음 사랑에 빠진 학생으로 경험도 없고, 돈도 없고, 옷도 없는 가엾은 몸이기 때문이었습니다. 저는 장님이나 다를 바 없는 저 자신을 향해서 혼잣말을 중얼거렸습니다. "아아, 만약 내가 성직자가 아니었다면 매일이라도 그 여자를 만날 수 있었을 텐데. 그러면 그 여자의 연인이 되고, 그 여자의 남편이 될 수도 있었을 텐데…… 이런 우울한 상복 대신 비단이나 벨벳으로 지은 옷을 몸에 두르고 금으로 만든 사슬과 검을 몸에 차고, 다른 젊은 기사들처럼 아름다운 깃털로 장식을 했을 텐데…… 머리도 이렇게 꼴사나

울 정도로 짧게 자르지 않고, 목깃까지 기른 머리를 찰랑이며 거기에 수염까지 멋지게 길러 우아한 모습으로 꾸밀 수 있었을 텐데……." 하지만 그 성단 앞에서의 1시간, 그 짧은 시간 동안의 분명한 말이 저를 이 세상의 사람들 속에서 영원히 제외시켜버렸으며, 저는 제 손으로 자기 무덤의 뚜껑을 덮고 제 손으로 자기 감옥의 문을 닫아버린 것이나 다를 바 없었습니다.

제가 다시 창가로 가보니 하늘은 화창하고 파랗게 맑았으며, 모든 나무들이 봄단장을 마쳤고 자연은 얄밉게도 환락의 행진을 계속하고 있었습니다. 광장에는 많은 사람들이 오가고 있었는데 멋지게 꾸민 젊은 신사와 아름다운 숙녀들이 짝을 지어 숲이나 화원 쪽으로 한가로이 걷고 있었습니다. 기운 넘치는 청년이 술에 취해 즐겁다는 듯 노래를 부르고 있었습니다. 모든 것이 쾌활함, 생명, 약동을 그린 한 폭의 그림으로 저의 비애와 고독에 비하면 참으로 지독한 대조를 이루고 있는 것들뿐이었습니다. 문의 계단 부근에서는 젊은 어머니가 자기 아이와 놀고 있었습니다. 어머니는 아직 젖의 방울이 남아 있는 사랑스러운 장밋빛 입술에 입을 맞추기도 하고, 아이를 즐겁게 해주기 위해 여러 가지로 얼러보기도 하고, 어머니밖에 모르는 온갖 존귀한 동작을 해보이기도 했습니다. 그 아이의 아버지는 팔짱을 낀 채 싱글벙글 미소를 머금은 얼굴로 약간 떨어진 곳에 서서 그 사랑스러운 두 사람을 바라보고 있었습니다.

그 모습은 마치 팔짱을 낀 속으로 그 기쁨을 가만히 끌어안고 있는 것처럼 보였습니다. 저는 더 이상 그 즐거운 풍경을 지켜보고 있을 수 없었기에 창문을 거칠게 닫고 침대 위에 몸을 던졌습니다. 제 마음은 격렬한 질투와 혐오로 가득 차서, 열흘이나 굶주린 호랑이처럼 제 손톱을 물어뜯고 잠옷을 물어뜯었습니다. 그 뒤로 저는 언제까지고 침대에 누워 있었는데 저도 모르는 사이에 침대 위에서 발작적으로 몸부림치며 괴로워하다가, 문득 수도원장인 세라피온 신부가 방 한가운데 똑바로 서서 저를 유심히 살펴보고 있다는 사실을 깨닫게 되었습니다. 저는 한없이 부끄러워서 나도 모르게 머리를 가슴 쪽으로 떨어뜨리고 두 손으로 얼굴을 덮어 가렸습니다.

한동안 말없이 서 있던 세라피온 신부가 드디어 입을 열었습니다. "르무알도. 무슨 일인지는 모르겠다만, 아주 커다란 변화가 네 몸에 찾아온 것 같구나. 네 모습은 아무래도 이해할 수가 없다. 너는 언제나 침착하고 경건하고 온순한 사람이었는데 어째서 그렇게 야수처럼 사납게 몸부림을 치는 거냐? 정신 차려라. 악마의 목소리에 귀를 기울여서는 안 된다. 악마는 네가 주께 영원히 몸을 바쳤다는 사실에 화가 나서, 먹잇감을 노리는 승냥이처럼 네 주위를 어슬렁거리며 너를 잡기 위해 마지막 노력을 기울이고 있는 게다. 정복당하기보다는 기도를 갑주로 삼고 고행을 방패로 삼아 용사처럼 싸워야 한다. 그러면 너는 틀림없이 악마에게 이

길 것이다. 덕행은 유혹에 의해서 시험을 받아야 한다. 황금은 제련을 통해서 한층 더 순수한 물질이 된다. 두려워해서는 안 된다. 용기를 잃어서는 안 된다. 가장 충실하고 가장 독실한 사람은 종종 그런 유혹을 받는 법이다. 기도를 해라, 단식을 해라, 묵상에 잠겨라. 그러면 틀림없이 악마의 영이 네게서 떠날 테니."

세라피온 신부의 말씀에 정신을 차린 저는 어느 정도 마음이 가라앉기 시작했습니다. 그가 다시 말을 이었습니다. "너는 C라는 곳의 사제로 가게 되었기에 그 소식을 전하러 온 게다. 그곳의 사제께서 돌아가셨으니 너를 그쪽으로 보내라고 주교님께서 명령하셨다. 내일 바로 출발할 수 있도록 준비를 해주었으면 좋겠구나." 저는 고개를 숙인 채 거기에 답했습니다. 원장님께서 방 밖으로 나가셨습니다. 저는 기도서를 펼쳐 기도문을 읽기 시작했습니다. 그러나 글씨가 뿌옇게 보여 무슨 말이 적혀 있는지 알지 못했습니다. 제 머릿속에서는 관념의 실타래가 마구 뒤엉켜 결국 제가 정신을 차리기 전에 기도서가 제 손에서 떨어져버리고 말았습니다.

그녀를 다시 만나지 못하고 내일 이곳을 떠나, 지금까지 두 사람 사이를 갈라놓았던 장애물이 있는 상태에 다시 둘 사이를 갈라놓는 관문을 두게 된다면 기적이라도 일어나지 않는 한 영원히 그녀를 만날 수 없을 것입니다. 편지를 써서 건넨다는 것은 애초부터 불가능한 일이었습니다. 누구에게 부탁해서 그 편지를 전해주면 되는 건지, 그것조차 알지 못했습니다. 성직에 있는 몸이 누구에게 이런 사실을 털어놓으면 좋을지, 누구를 믿으면 좋을지. 제게는 그것이 견딜 수 없을 정도의 고통이었습니다.

그때 갑자기 세라피온 원장님께서 악마의 모략에 대해 하신 말씀이 떠올랐습니다. 이번 사건의 신비한 성질, 인간의 것이 아닌 듯한 클라리몽드의 아름다움, 찬란한 그녀의 눈빛, 불타오를 것 같던 그녀 손의 감촉, 그녀 때문에 내가 맛보는 고통, 나의 마음에 급격한 변화가 일더니 나의 모든 신심이 일순간에 사라져버린 일. 이러한 모든 일들이 악마의 짓임을 증거하고 있는 것은 아닐지. 그 비단 같은 손은 손톱을 감춘 장갑이었을지도 모른다. 이러한 생각들에 깜짝 놀란 저는 제 무릎에서 다시 미끄러져 바닥 위로 떨어진 기도서를 집어들었습니다. 그리고 다시 기도에 몸을 바치려 했습니다.

이튿날 아침, 세라피온 신부가 저를 데리러 왔습니다. 초라한 여행용 가방 등을 실은 노새 두 마리가 문 앞에서 기다리고 있었습니다. 세라피온 신부가 한쪽 노새에 올랐고, 정해진 사실처럼 제가 다른 노새에 올랐습니다.

도회의 거리를 지나며 저는 혹시 클라리몽드를 볼 수 있지 않을까 싶어 집들의 창문과 발코니를 조심스럽게 살펴보았습니다. 이른 아침이었기에 사람들도 아직은 거의 일어나지 않았습니다. 저는 제가 지나는 모든 저택들의 창에 달린 덧문과 커튼을 꿰뚫어보겠다는 듯 눈을 반짝였습니다. 세라피온 신부는 제 태도에 특별히 의심을 품지 않았으며, 단지 제가 그 저택들의 건축양식을 신기하게 여기고 있는 것이라 생각한 듯, 제가 조금 더 자세히 볼 수 있도록 일부러 당신이 탄 노새의 발걸음을 늦춰주셨습니다.

저희는 마침내 도시의 관문을 지나 앞쪽에 있는 언덕을 오르기 시작했습니다. 그 언덕의 정상에 올랐을 때, 저는 클라리몽드가 사는 도시에 마지막 인사를 하기 위해 뒤를 돌아봤습니다. 도시 위에는 커다란 구름이 하늘 가득 드리워져 있었습니다. 그 구름의 푸르스름한 빛과 빨간 지붕의 서로 다른 두 가지 색이 하나의 색으로 녹아들고, 새로이 피어오르는 거리의 연기가 하얀 거품처럼 빛나며 곳곳에 떠다니고 있었습니다. 눈에 보이는 것이라고는 단 하나의 커다란 건물뿐으로, 주위의 건물을 훌쩍 뛰어넘어 높다랗게 솟아 있었는데 수증기에 휩싸여 뽀얗게 보이기는 했으나 그 탑은 높고 맑은 햇살을 받아 아름답게 반짝이고 있었습니다. 그것은 5km쯤 떨어져 있었음에도 제게는 아주 가까이에 있는 것처럼 보였습니다. 그런데 그 건물은 탑도 그렇고, 회랑도 그렇고, 창틀의 장식은 물론 제비 꼬리처럼 생긴 풍향계에 이르기까지 전부가 눈에 띄는 특징을 가지고 있었습니다.

"저기 햇빛에 반짝이고 있는 건물은 어떤 건물입니까?"
제가 세라피온 신부에게 물었습니다. 그가 손차양을 하고 제가 가리킨 곳을 바라보며 대답했습니다.

"저건 콘치니 공이 창부인 클라리몽드에게 준 옛 궁전이다. 저기서는 끔찍한 일이 벌어지고 있지."

그 순간이었습니다. 그것이 환상이었는지, 혹은 사실이었는지는 모르겠으나 그 건물의 뜰에 깔린 돌 위로 하얀 사람의 그림자 같은 것이 미끄러져 가는 것을 본 듯한 느낌이 들었습니다. 아주 짧은 순간 반짝이듯 지나가 곧 사라져 버리고 말았지만, 그것은 틀림없이 클라리몽드였습니다.

아아, 바로 그때, 멀리 떨어진 험한 길의 정상, 두 번 다시 그 길을 내려갈 일은 없을 것이라 여겨지는 곳에서 차분하지 못하게 흥분된 마음으로 그녀가 살고 있는 궁전 쪽을 바라보았는데 구름 탓인지 그 저택이 아주 가깝게 보였으며, 저를 그곳의 왕으로 살게 하기 위해 부르는 것 같다는 생각이 든 그때의 제 마음을 그녀는 알고 있었던 걸까요? 그녀는 틀림없이 알고 있었다고 생각됩니다. 저와 그녀의 마음은 한 치의 빈틈도 없을 정도로 깊이 연결되어 있어서 그녀의 깨끗한 사랑이, 비록 잠옷을 입은 채이기는 하나, 아직 아침 이슬이 차가운 가운데 그 돌의 높은 곳에 그녀를 서게 한 것임에 틀림없었습니다.

구름의 그림자가 궁전을 덮었습니다. 풍경 전체가 지붕과 박공의 바다처럼 보였으며, 그 가운데로 하나의 기복이 산처럼 뚜렷하게 눈에 들어왔습니다. 세라피온 신부가 노새를 서둘러 몰기 시작했습니다. 저도 비슷한 속도로 노새를 몰기 시작했는데 잠시 후 길이 급격하게 꺾여져, S마을은 두 번 다시 그곳으로 돌아갈 수 없는 운명과 함께 제 눈에서 영원히 사라져버리고 말았습니다.

시골의 어둑한 들판만을 지나 3일 동안의 지루한 여행 끝에 제가 맡기로 되어 있는, 수탉 장식이 달려 있는 교회의 첨탑이 나무 사이로 보이기 시작했습니다. 그리고 이엉으로 지붕을 인 집과 조그만 정원이 있는 구불구불한 길을 지나 그다지 멋지지도 않은 교회의 현관 앞에 다다랐습니다. 입구에는 얼마간의 조각이 새겨져 있기는 했으나 나머지는 사암석을 거칠게 깎은 기둥 두어 개와 그 기둥과 같은 돌로 만든 부벽을 가진 기와지붕이 있을 뿐이었습니다. 왼쪽 편의 묘지에는 잡초가 무성하게 자랐으며 한가운데 철제 십자가가 서 있었습니다. 오른쪽에 사제관이 서 있었는데 마침 교회의 그림자가 거기로 드리워져 있었습니다. 그것은 극단적일 정도로 단순하고 소박한 건물이었는데 울타리 안으로 들어가 보니 닭 두어 마리가 거기에 흩어져 있는 곡식을 쪼고 있었습니다. 닭은 성직자의 음침한 복장에 익숙해져 있는 듯, 저희가 다가가도 특별히 도망치려고 하지는 않았습니다. 어딘가에서 짖는 소리가 들리는가 싶더니, 늙어서 뼈만 앙상하게 남은 개 한 마리가 다가왔습니다. 그것은 전임 사제의 개로 짓무른 눈, 회색 털, 그보다 더 나이 먹은 개는 없을 것이라 여겨질 정도로 쇠약해져 있었습니다. 제가 개를 가볍게 토닥여주자 꽤나 만족스럽다는 듯한 모습으로 저희와 함께 걷기 시작했습니다. 그러는 사이에 전임 사제 때부터 이곳의 관리를 맡고 있다고 하는 아주 나이 든 할멈이 나왔습니다. 할멈은 뒤쪽의 조그만 객실로 우리를 데려가더니 앞으로도 자신을 써줄 수 있겠느냐고 물었습니다. 그녀도, 개도, 닭도, 전임 사제가 남기고 간 것은 무엇이든 전부 그대로 돌봐주겠다고 대답했더니 그녀는 매우 기뻐했습니다. 세라피온 신부는 이 단출한 식구를 유지하는 데 필요하다고 그녀가 말한 만큼의 금액을 바로 꺼내 건네주었습니다.

저의 취임이 끝나자 세라피온 신부는 곧 학교로 돌아갔습니다. 그랬기에 도움을 얻을 사람도, 상의를 할 사람도 저 외에는 아무도 없었습니다. 그리고 클라리몽드에 대한 생각이 다시 제 마음속에 떠오르기 시작했습니다. 저는 그것을 지우기 위해 한없이 노력했으나 저의 묵상에는 늘 그녀의 그림자가 따라다녔습니다.

어느 저물녘에 제가 회양목이 심겨진 길을 따라 우리 집의 조그만 정원을 산책하고 있자니 느릅나무 너머로 저와 같이 걷고 있는 여자의 모습이 보이는 듯했으며, 또 그 느릅나무 잎 사이로 바다와 같은 녹색 눈이 반짝이고 있는 것처럼 보였습니다. 그러나 그것은 환영에 지나지 않았던 듯, 정원 너머로 가보았더니 모래를 깔아놓은 길 위에는 단지 발자국이 하나 남아 있을 뿐이었습니다. 그 발자국은 어린아이의 발자국이 아닐까 여겨질 정도로 작았습니다. 그런데 정원은 높다란 울타리로 둘러싸여 있었습니다. 저는 정원을 구석구석 찾아보았으나 누구 한 사람 보이지 않았습니다. 저는 그것이 신기해서 견딜 수가 없었으나, 나중에 일어난 기괴한 일에 비하자면 그 일은 정말 아무것도 아니었습니다.

그 후로 만 1년 동안 저는 자신의 직무에 임하여 세심하고 충실하게 일했습니다. 기도와 정진은 물론, 병든 자는 제 몸이 야윌 정도로 보살폈으며, 그 외에도 제 자신의 생활이 어려워질 정도로 남을 돕기에 힘썼습니다. 하지만 제 속에는 메워지지 않는 커다란 부분이 있었습니다. 제게 신의 은혜는 주어지지 않을 것 같다는 생각이 들었습니다. 이처럼 신성한 포교에 힘쓰는 자에게 샘솟기 마련인 행복이라는 것을 조금도 느낄 수 없었습니다. 제 마음이 멀리 다른 곳에 있었기 때문입니다. 클라리몽드의 말이 그때도 여전히 제 입술에 의해 되풀이되고 있었던 것입니다. 아아, 이 사실을 잘 생각해보시기 바랍니다. 저는 단 한 번 눈을 들어 한 여인을 보았고, 그 후 몇 년 동안이나 가장 비참한 고뇌를 계속해왔으며 제 평생의 행복이 영원히 파괴되었다는 사실을 생각해보시기 바랍니다.

하지만 저는 이 패배 상태에 대해서, 그리고 영적으로는 승리한 것처럼 보이지만 사실은 더욱 무시무시한 파멸의 구렁텅이에 떨어진 상태에 대해서 장황하게 이야기할 마음은 없습니다. 뒤이어 바로 사실을 솔직하게 이야기하도록 하겠습니다. 어느 날 밤의 일이었습니다. 제 사제관의 문에 달린 벨이 길고 세차게 울리기 시작했습니다. 할멈이 나가 문을 열어보니 한 남자의 그림자가 서 있었습니다. 그 남자는 구릿빛 얼굴을 하고 있었는데 몸에는 값비싼 외국 옷을 입고, 허리에는 단검을 차고 있는 모습이 바바라 할멈이 들고 있는 등에 비쳐 보였습니다. 처음에는 할멈도 놀라 겁을 먹은 듯했으나, 사내가 그녀를 안심시키고 저의 신성한 일에 대해서 부탁드릴 것이 있어 왔으니 저를 만나게 해달라고 말했습니다. 제가 2층에서 내려가려 한 순간, 할멈이 그를 안내해 올라왔습니다. 그 사내가 제게 매우 고귀한 자신의 여주인이 중병에 걸려 임종 직전에 신부님을 뵙고 싶어 한다고 말했기에 저는 바로 함께 가겠다고 대답하고 임종에 필요한 도구들을 챙겨 서둘러 2층에서 내려갔습니다.

밤의 어둠과 구별이 되지 않을 정도로 검은 말 2마리가 문 밖에서 대기하고 있었습니다. 말은 조바심을 내며 몸부림치고 있었는데 커다랗게 숨을 내쉬자 하얀 연기 같은 수증기가 가슴 부근을 뒤덮었습니다. 남자는 등자를 잡아 우선 제가 말에 오르는 것을 도와준 뒤 말 안장 위에 손을 대는가 싶었는데, 순식간에 다른 말로 옮겨 앉더니 무릎으로 말의 양쪽 옆구리를 누르고 고삐를 늦추었습니다. 말은 씩씩하게 쏜살처럼 달리기 시작했습니다. 제 말은 그 남자가 고삐를 쥐고 있었기에 그의 말과 나란히 달렸습니다.

저희는 잠시의 머뭇거림도 없이 똑바로 달려 나갔습니다. 마치 길고 검푸른 선으로 보일 정도로 지면은 뒤쪽으로 빠르게 흘러갔으며, 저희가 달려 나가는 길의 양 옆에 있는 검은 나무들의 그림자는 혼란에 빠진 군대처럼 술렁였습니다. 새카만 어둠에 잠긴 숲을 달려 나갈 때는 일종의 미신적 공포에 사로잡혀 온몸에 한기가 느껴졌습니다. 또 어떤 때는 말의 발굽이 돌을 차서 사방으로 흩어지는 불꽃이 마치 불의 길을 만드는 것처럼 보이기도 했습니다. 한밤중의 늦은 시각에 저희 두 사람이 그렇게 질풍처럼 달려가는 모습을 보았다면 누구나 악마에 올라탄 두 요괴라고 생각했을 것입니다. 저희가 달려가는 길 앞으로 때로는 이상한 불빛이 반짝이며 떠다니기도 했고, 멀리 숲에서는 밤새가 사람을 위협하듯 울어댔으며, 또 때로는 도깨비불처럼 번뜩이는 들고양이의 눈빛이 보이기도 했습니다. 말의 갈기는 점점 더 어지러워졌으며, 옆구리에서는 땀을 뚝뚝 흘렸고, 코로 내뱉는 숨결도 매우 거칠어지기 시작했습니다. 그래도 말의 속도가 떨어지면 안내인은 기괴한 외침을 올려 다시 빠른 속도로 달려 나가게 했습니다.

마침내 쏜살과도 같은 질주가 끝나고 나자, 수많은 사람들의 검은 그림자가 수많은 등불에 비치더니 곧 저희들 앞에 나타나기 시작했습니다. 저희는 소리를 울리며 나무로 만든 커다란 현수교를 건넌 뒤, 2개의 커다란 탑 사이로 검고 커다란 입을 벌린 채 둥근 지붕을 얹고 있는 문 안으로 들어섰습니다. 저희가 안으로 들어서자 성 안이 갑자기 술렁이기 시작했습니다. 횃불을 든 하인들이 사방에서 나왔기에 그 횃불이 여기저기서, 높고 낮게 흔들렸습니다. 저의 눈은 그저 이 한없이 커다란 건물에 현혹되어 있었을 뿐입니다. 수많은 원형 기둥, 회랑, 계단의 교차, 장엄하고 호화로운 모습, 환상적이고 장려한 모습, 전부 옛날이야기에나 나올 법한 광경이었습니다. 잠시 후 검은 피부의 하인, 언젠가 클라리몽드의 편지를 제게 건네주었던 하인이 눈에 들어왔습니다. 그가 저를 말에서 내리기 위해 다가왔고, 목에 금목걸이를 걸고 검은 벨벳 옷을 입은 집사인 듯한 사람이 상아로 만든 지팡이를 짚으며 제게 인사를 하기 위해 다가왔습니다. 그를 보니 눈물이 눈에서 뺨으로 흘러내려 그의 하얀 수염을 적시고 있었습니다. 그가 정중하게 머리를 숙이며 슬프다는 듯 외쳤습니다.

"너무 늦었습니다, 신부님. 너무 늦게 오셨습니다. 신부님께서 너무 늦게 오셨기에 신부님께 영혼의 구원을 부탁드릴 수 없게 되었습니다. 가엾은 여주인을 위해 하다못해 장례식이라도 치러주시기 바랍니다."

그 노인이 제 팔을 잡고 시체가 놓여 있는 방으로 안내해 주었습니다. 저는 그보다 더 격렬하게 울었습니다. 죽은 사람이 다름 아닌, 제가 그토록 깊이 그리고 열렬하게 사랑하던 클라리몽드였기 때문이었습니다. 침대 아래에 기도를 위한 테이블이 놓여 있었습니다.

구리 촛대 위에서 빛나고 있는 창백한 불꽃이 희미한 불빛을 어두운 실내에 던지고 있었는데, 그 불빛이 여기저기에 놓인 가구와 주름 장식의 벽을 비추고 있었습니다. 책상 위의 조각이 들어간 단지 안에는 빛바랜 백장미가 단 하나의 잎만을 남긴 채 꽂혀 있을 뿐, 꽃과 잎 모두 향기로운 눈물처럼 꽃병 아래에 떨어져 있었습니다. 깨져버린 검은 가면과 부채, 그리고 여러 가지 신기한 가장무도회 의상이 팔걸이의자 위에 놓여 있는 것을 보고, 죽음이 아무런 전조도 없이 갑자기 이 호화로운 저택으로 들어왔다는 사실을 알 수 있었습니다. 저는 침대 위를 바라볼 용기가 없었기에 무릎을 꿇고 고인의 명복을 열심히 빌기 시작했습니다. 신께서 그녀의 영과 나 사이에 무덤을 놓아, 앞으로 기도를 할 때마다 죽음으로 영원히 깨끗해진 그녀의 이름을 마음껏 부를 수 있게 해주셨다는 사실에 저는 뜨겁게 감사했습니다.

하지만 저의 열정은 점점 약해졌으며 언제부턴가 공상에 빠져들기 시작했습니다. 그 방에는 죽은 자의 방 같지 않다고 느껴지는 부분이 있었습니다. 저는 지금까지 죽은 자의 집을 종종 방문했는데 그때마다 늘 기분이 가라앉는 것 같은 냄새를 맡곤 했으나, 그 방에는—사실 저는 여자의 향기로운 냄새를 알지 못했지만— 어딘가 따뜻하고, 동양적이고, 몸이 나른해지는 것 같은 냄새가 부드럽게 감돌고 있었습니다. 그리고 그 창백한 등의 불은 시체 옆에서 노랗게 반짝이는 장례의 불빛을 대신하고 있다기보다는 오히려 음탕한 환락을 위해서 일부러 만들어진 옅은 조명처럼 느껴졌습니다. 저는 클라리몽드가 목숨을 잃어 제 곁을 영원히 떠난 직후에 그녀를 다시 만나게 되었다는 신기한 운명에 대해서 생각했습니다. 그리고 애석함에 괴로운 한숨을 내쉬었습니다.

그 순간 누군가가 제 뒤에서 저와 같은 한숨을 내쉬는 것이 느껴졌습니다. 놀라서 뒤를 돌아보았으나 아무도 없었습니다. 제 한숨 소리가 울려 그런 생각이 든 것이었습니다. 저는 보지 않겠다고 생각했기에 그때까지는 마음을 억누르고 있었으나 결국에는 죽음의 침상 위로 시선을 가져갔습니다. 끝자락에 커다란 꽃무늬가 있고 금실은실의 술이 달려 있는 새빨간 단자(緞子)로 된 가림막을 올려 아름다운 고인을 바라보니, 그녀는 손을 가슴에 모은 채 몸을 곧게 펴고 누워 있었습니다. 그녀는 반짝반짝 빛나는 하얀 삼베로 몸을 감싸고 있었는데 그것이 가림막의 짙은 보라색과 참으로 좋은 대조를 이루었으며, 그 하얀 삼베는 그녀의 우아하고 아름다운 몸의 형태를 조금도 감추지 않고 그대로 보여주는 아름다운 천이었습니다. 그 몸의 부드러운 선은 백조의 목과 같았는데, 제아무리 죽음이라 할지라도 그 아름다움을 앗아갈 수는 없었던 것입니다. 그녀가 누워 있는 모습은 솜씨 좋은 조각가가 여왕의 무덤 위에 놓기 위해서 조각한 하얀 석고상 같기도 했고, 또 조용히 내리는 눈에 온몸이 뒤덮인 채 잠들어 있는 소녀 같기도 했습니다.

저는 더 이상 기도를 바치기 위해 온 사람으로서의 엄숙한 태도를 지킬 수 없게 되어버렸습니다. 침대에 놓인 장미는 반쯤 시들어 있기는 했으나 그 강렬한 냄새가 제 머리로 스며들어 취한 듯한 기분이 되었기에 도저히 가만히 있을 수 없어서 방 안을 이리저리 걸어 다니기 시작했습니다. 그렇게 서성이다 침대 앞에 멈춰 서서 그 수의를 통해 보이는 아름다운 고인에 대해서 생각하는 동안 정말 터무니없는 공상이 제 머릿속에 떠올랐습니다. 사실 클라리몽드는 죽은 것이 아닐지도 모른다, 어쩌면 나를 이 성 안으로 불러들여 사랑을 고백할 목적으로 일부러 죽은 척하는 걸지도 모른다고까지 생각했습니다. 또 어떤 때는 그 하얀 덮개 밑에서 그녀가 발을 움직여 물결치는 기다란 시트의 주름을 살짝 흩어놓은 것 같다는 생각조차 들기도 했습니다.

저는 제 자신에게 물어보았습니다. "이 사람이 정말 클라리몽드일까? 이 사람이 클라리몽드라는 증거가 어디에 있지? 그 검둥이 하인은 다른 부인의 심부름으로 나를 찾아온 걸지도 몰라. 사실 나는 혼자만의 착각으로 이런 미치광이 같은 괴로움을 맛보고 있는 걸지도 몰라." 그래도 제 가슴은 격렬한 두근거림으로 대답했습니다.

"아니, 이 사람은 틀림없이 클라리몽드야. 그녀가 틀림없어." 저는 다시 침대가 있는 곳으로 다가가 의문의 시체를 조심스럽게 바라보았습니다. 아아, 이렇게 된 이상 솔직하게 말씀드릴 수밖에 없습니다. 그녀의 완벽하게 균형 잡힌 몸매, 그것은 죽음의 그림자에 의해 더욱 깨끗해지고 더욱 신성해졌다고는 하나 세상에 있을 때보다 더욱 육감적으로 느껴져 누가 보더라도 그저 잠들어 있는 것처럼 보였을 겁니다. 저는 장례식을 위해서 여기에 온 것이라는 사실도 잊은 채, 마치 신랑이 신부의 방으로 들어왔을 때처럼 신부가 수줍음 때문에 얼굴을 가리고 또 자기 몸 전체를 가릴 베일을 찾고 있는 장면을 상상했습니다. 비탄에 잠겨 있었다고는 하나 다른 한편으로는 희망에 잠겨 슬픔과 기쁨으로 몸을 떨며 그녀 위로 몸을 숙여 덮개 끝자락을 가만히 잡고 그녀가 눈을 뜨지 않도록 숨을 죽인 채 그 덮개를 들췄습니다. 저는 가슴의 격렬한 두근거림과 머리로 치솟는 피를 느꼈으며, 무거운 대리석을 들었을 때처럼 이마에서 땀이 흐른다는 사실을 깨달았습니다.

거기에 누워 있는 것은 틀림없이 클라리몽드였습니다. 저의 성직 수여식 때 교회에서 본 모습과 조금도 달라진 것이 없는 사랑스러운 그녀였습니다. 죽음으로 인해 그녀는 더욱 아름다운 마지막 매력을 발산하고 있었습니다. 창백한 그녀의 뺨, 약간 빛이 바랜 살색 입술, 밑으로 처진 기다란 눈썹, 하얀 피부 때문에 더욱 눈에 띄는 풍성한 금색 머리, 그것은 고요한 순결과 정신의 고난을 드러내고 있었으며 말로 표현할 수 없는 고혹의 일면을 나타내고 있었습니다. 그녀는 길게 풀어헤친 머리에 조그맣고 창백한 꽃을 꽂아 그것을 빛나는 베개 대신으로 삼았으며, 풍성한 곱슬 머리는 그대로 드러난 어깨를 감싸고 있었습니다. 그녀의 아름다운 두 손은 천사의 손보다도 더 맑았으며 경건한 휴식과 정숙한 기도의 자세를 나타내고 있었는데, 그 손에는 아직도 진주 팔찌가 그대로 남아 있어서 상아처럼 미끈한 피부와 그 동글동글 아름다운 모습이 죽은 뒤에도 여전히 요염함을 드러내고 있었습니다. 저는 그때부터 말로 표현하기 어려울 정도로 긴 사색에 잠겼는데 그녀의 모습을 바라보면 바라볼수록 그녀가 이 아름다운 몸을 영원히 버린 것 같지는 않다는 생각이 들었습니다.

한참을 바라보고 있었는데 제가 그렇게 생각해서인지, 혹은 램프의 불빛 때문인지는 모르겠으나 핏기 없던 그녀의 얼굴에 피가 돌기 시작한 것처럼 느껴졌습니다. 그녀의 팔을 가볍게 살짝 만져보니 차갑다는 느낌이 들기는 했으나 언젠가 교회의 문가에서 제 손에 닿았을 때만큼 차갑지는 않다는 생각이 들었습니다. 저는 다시 원래의 위치로 돌아가 그녀 위로 몸을 수그렸는데 제 뜨거운 눈물이 그녀의 뺨을 적셨습니다. 아아, 이 무슨 절망과 무기력한 슬픔인지요, 도저히 말로 표현할 수 없는 고통을 느끼며 저는 언제까지고 그녀를 바라보고 있었습니다. 저는 내 모든 생애의 생명을 모아 그녀에게 주고 싶다, 내 온몸에서 타오르고 있는 불꽃을 그녀의 차가운 몸에 쏟아 붓고 싶다는 헛된

소망을 품어보기도 했습니다.

밤은 점점 깊어갔습니다. 마침내 그녀와의 영원한 이별이 얼마 남지 않았음을 깨달은 순간, 저는 유일한 연인이었던 그녀에게 마지막 슬픈 마음을 담아 단 한 번의 입맞춤을 하지 않고는 견딜 수가 없었습니다. 오오, 기적입니다. 저의 숨결에 섞여 클라리몽드의 입술에서 새어나온 희미한 숨결을 뜨겁게 맞닿은 저의 입술로 느낄 수 있었습니다. 그녀가 눈을 뜨기 시작했습니다. 그것은 예전과 같은 빛을 머금고 있었습니다. 그리고 깊은 한숨을 내쉰 뒤 두 팔을 뻗어 말로 표현할 수 없는 기쁨의 빛을 얼굴에 띄운 채 제 목을 끌어안았습니다. "아아, 당신은 르무알도……." 그녀는 하프의 소리가 사라져가는 듯한 부드러운 목소리로 천천히 속삭였습니다. "어디 몸이라도 안 좋으셨나요? 저는 오랫동안 당신을 기다렸지만 당신이 오지 않으셔서 목숨을 잃었어요. 하지만 지금은 이미 결혼을 약속한 거겠죠? 저는 당신을 만날 수 있게 됐어요. 당신을 만나러 갈 수도 있게 됐어요. 안녕, 르무알도 님. 안녕. 저는 당신을 사랑해요. 제가 드리고 싶었던 말씀은 오직 이것뿐이었어요. 저는 당신이 지금 입맞춤해주신 몸을 다시 살려서 당신께로 돌아가겠어요. 저희는 머지않아 다시 만날 수 있을 거예요."

그녀의 머리는 뒤로 젖혀졌지만 그 팔은 저를 놓지 않으려는 듯 아직 목에 감겨 있었습니다. 갑자기 세찬 바람이 창문 부근에서 일더니 방 안으로 불어 들어왔습니다. 백장미에 남아 있던 잎 한 장이 가지 끝에서 나비처럼 잠깐 떨다가 곧 가지에서 떨어져 클라리몽드의 영을 태운 채 창밖으로 날아가 버리고 말았습니다. 램프의 불은 꺼졌습니다. 저는 정신을 잃고 시체의 가슴 위에 얼굴을 묻었습니다.

　제가 정신을 차렸을 때, 저는 사제관의 조그만 방 안에 누워 있었습니다. 전임 사제 때부터 기르던 개가 이불 밖으로 늘어져 있는 제 손을 핥고 있었습니다. 바바라 할멈은 분주하게 방 안을 오가고 있었는데 제가 눈을 뜨자 기쁨의 소리를 올렸고 개도 짖으며 꼬리를 흔들었습니다. 하지만 저는 여전히 지쳐서 한마디도 할 수 없었을 뿐만 아니라 손가락 하나 까딱할 수 없었습니다. 나중에 안 사실인데, 저는 그대로 3일 동안이나 잠을 잤고 그 사이에 숨을 조금도 쉬지 않았으며 살아 있는 기색이 조금도 없었다고 합니다. 바바라 할멈의 말에 의하면 제가 사제관을 출발하던 날 밤에 왔던 그 구릿빛 사내가 이튿날 아침에 아무런 말도 없이 저를 업고 왔다가 바로 돌아갔다고 합니다. 제가 조각난 기억들을 연결 지어 생각할 수 있게 되었을 때, 저는 그 무시무시했던 밤의 모든 일들을 마음속에 떠올려보았습니다. 처음 저는 어떤 마술적인 환혹의 희생양이 된 것이라 생각했지만, 곧 진실한 사실이었다고 판단할 만한 일들이 떠올랐기에 그 생각을 받아들일 수 없게 되었습니다. 제가 꿈을 꾼 것이라고는 여겨지지 않았습니다. 왜냐하면 바바라 할멈도 저와 마찬가지로 2마리 말을 끌고 온 낯선 남자를 보았으며, 그 사람의 생김새와 차림을 정확하고 자세하게 이야기할 수 있었기 때문이었습니다. 하지만 제가 클라리몽드를 다시 본 그 성에 대해서 아는 사람이 이 부근에는 아무도 없었습니다.

어느 날 아침 세라피온 신부님께서 제 방으로 찾아오셨습니다. 바바라 할멈이 제가 아프다는 말을 전했기에 서둘러 찾아온 것이었습니다. 서둘러 온 것은 저에 대한 애정 가득한 관심을 증거하는 일이었으나, 그 방문은 당연히 제가 느껴야 할 기쁨조차 제게 주지 못했습니다. 세라피온 신부는 그 응시 속에 거칠 것 없이 상대를 살피는 듯한, 심문하는 듯한 모습을 감추고 있었기에 저는 한없이 주눅이 들었습니다. 그와 마주앉은 것만으로도 저는 당혹감과 죄인이라는 느낌을 지울 수가 없었습니다. 그는 한눈에 제 마음속 고통을 꿰뚫어본 것임에 틀림없었습니다. 저는 바로 그 통찰력 때문에 그를 미워하게 되었습니다.

그는 위선자 같은 부드러운 목소리로 제 건강에 대해서 물으며 끊임없이 사자처럼 크고 노란 눈을 제게로 향했고, 저울질하는 듯한 시선을 제 영혼 속으로 던져 넣었습니다. 그리고 그는 제가 어떤 방침으로 이 교회를 관할하고 있는지, 여기에 온 뒤 행복한지, 여가시간은 어떻게 보내고 있는지, 이곳에 살고 있는 사람들과 친해졌는지, 무엇을 읽는 것이 가장 즐거운지 등 헤아릴 수도 없는 질문을 했습니다.

저는 이들 물음에 가능한 한 짧게 대답했으나 그는 그런 저의 대답을 끝까지 듣지 않고 서둘러 하나의 문제에서 다음 문제로 옮겨갔습니다. 그런 이야기는 그가 진짜로 하고 싶은 말과 아무런 관계도 없다는 사실을 느낄 수 있었습니다. 마침내 그가 아무런 전조도 없이, 마치 그제야 막 떠오른 것을 잊지 않고 말하는 것이라는 듯, 맑고 또렷한 목소리로 이야기하기 시작했습니다. 그것이 제 귀에는 마치 최후의 심판 날의 나팔소리처럼 들렸습니다.

"그 유명한 창부인 클라리몽드가 이삼일 전에 8일 밤낮으로 주연을 펼치다 마침내 세상을 떠나고 말았다. 그건 악마의 세계라고 할 만한 대향연으로, 벨사살이나 클레오파트라의 향연을 그대로 재연한 난행이 거기서 되풀이 되었다더구나. 아아, 우리는 왜 이런 시대에 태어난 건지. 무슨 말을 하는 건지도 모르겠는 검둥이 노예가 손님의 시중을 들었는데 아무리 봐도 내 눈에는 악마로밖에 보이지 않더구나. 그중 어떤 사람들이 입고 있는 옷은 제왕의 파티복으로도 손색이 없을 정도로 훌륭한 것이었다. 그 클라리몽드에 대해서는 여러 가지 이상한 소문이 무성하지만, 그 애인은 모두 끔찍하고 비참한 최후를 맞은 것 같더구나. 세상에서는 그 여자를 구울(ghoul)이라 부르기도 하고 여자 흡혈 귀라고 부르기도 하는 모양이다. 나는 역시 악마라 생각하고 있다."

세라피온 신부는 여기서 이야기를 멈추고 그 이야기가

제게 어떤 효과를 발휘했는지 이전보다 훨씬 더 주의해서 살피기 시작했습니다. 저는 클라리몽드의 이름을 듣고 놀라지 않을 수 없었습니다. 그녀가 죽었다는 소식보다, 그 사건이 그날 밤 제가 본 광경과 조금도 다르지 않은 우연의 암호와도 같다는 사실이 저를 더 괴롭혔기 때문이었습니다. 저는 그 번민과 공포를 숨기고 가능한 한 태연한 척하려 했으나 아무래도 그것을 얼굴에서 완전히 숨길 수는 없었습니다. 미덥지 못하다는 듯, 불안한 눈으로 저를 바라보던 세라피온 신부가 다시 이렇게 말했습니다. "자네에게 경고하겠네만, 자네는 지금 나락의 가장자리에 발을 얹고 있는 걸세. 악마의 손톱은 길어. 그리고 그들의 무덤은 진짜 무덤이 아닌 경우도 있다네. 클라리몽드의 무덤의 덮개는 3중으로 해두어야만 할 거야. 왜냐하면 만약 세상에 떠도는 이야기가 사실이라면 그녀가 죽은 것은 이번이 처음이 아니니. 르무알도, 모쪼록 네게 신의 가호가 있기를 빌겠다."

이렇게 말하고 세라피온 신부는 조용히 문 쪽으로 갔습니다. 잠시 후 그는 S로 돌아갔습니다만, 저는 그를 배웅조차 하지 않았습니다.

그 후 저는 건강을 회복하여 전과 다름없이 직무를 시작했습니다. 클라리몽드에 대한 기억과 세라피온 신부의 말씀이 늘 제 마음에 남아 있기는 했으나 세라피온 신부가 말한 불길한 예언이 현실로 나타날 것 같은 특별한 사건은 일어나지 않았습니다. 그랬기에 세라피온 신부와 저의 공포에는 역시 과장된 부분이 있다고 생각하게 되었습니다.

그러던 어느 날 밤, 신기한 꿈을 꾸었습니다. 그날 밤 저는 아직 깊이 잠들기 전에 침실의 커튼이 열리는 소리를 들었습니다. 커튼 위쪽의 고리가 봉 위를 격렬하게 미끄러져 나갔다는 사실을 깨닫고 서둘러 팔꿈치로 침대를 짚고 일어나보니 제 앞에 한 여자가 똑바로 서 있었습니다. 저는 그녀가 클라리몽드임을 바로 알아볼 수 있었습니다. 그녀는 손에 무덤에서 흔히 볼 수 있는 조그만 램프를 들고 있었는데 그 손가락은 장밋빛으로 비치고 있었으며, 손가락 끝에서 팔로 갈수록 점점 어둡고 허옇게 보였습니다. 그녀의 몸에 걸치고 있는 것은 오직 하나, 죽음의 침상에 누워 있을 때 두르고 있던 하얀 삼베였습니다. 그녀는 그렇게 간단한 차림을 하고 있는 것이 부끄럽다는 듯 가슴 부근을 가리려 했으나 그녀의 작은 손으로는 그것을 충분히 가릴 수가 없었습니다. 램프의 푸르스름한 불빛에 비쳐 그녀의 몸과 몸에 두르고 있는 것까지 전부 새하얗게 보였는데 한 가지 색에 둘러싸여 있는 만큼 그녀의 몸 전체의 윤곽이 더욱 잘 드러나 살아 있는 사람이라기보다는 목욕을 하고 있는 옛 미녀의 대리석 조각 같다는 느낌이 들었습니다. 생사와는 상관없이, 조각이든 살아 있는 여자든, 그녀의 아름다움에는 변함이 없었으나, 단 그 녹색 눈의 광채가 약간 흐려진 것과 예전에는 새빨간 색이었던 입술이 지금은 뺨의 색과 같이 옅은 장밋빛을 하고 있다는 점만이 전과 달랐습니다. 그녀는 머리에 파란 색깔의 조그만 꽃을 꽂고 있었는데 그 잎은 거의 떨어졌으며 꽃도 시들었지만 그것은 그녀의 우아함을 조금도 해치지 않았습니다. 그녀가 방에 들어왔다는 사실이 매우 이상한 일임에도 불구하고, 또 이상한 차림새로 방에 들어왔음에도 불구하고, 한동안은 제가 어떤 두려움도 느끼지 못했을 정도로 그녀는 아름다운 매력을 갖추고 있었습니다.

그녀는 램프를 책상 위에 놓고 제 침대 옆에 앉아 저를 향해 머리를 숙였습니다. 그리고는 다른 여자에게서는 아직 한 번도 들어본 적이 없는 사랑스럽고 부드러우면서도 은처럼 맑은 목소리로 말했습니다.

"르무알도 님. 너무 오래 기다리게 했죠? 당신은 제가 당신을 잊은 줄 아셨겠지요? 하지만 저는 멀리, 아주 멀어서 누구도 두 번 다시는 돌아올 수 없는 곳에서 돌아왔어요. 거기에는 태양도 없고 달도 없어요. 거기에는 오로지 공간과 그림자만 있을 뿐, 길도 없고 땅도 없고 날개로 날 수 있는 공기도 없어요. 그래도 저는 여기에 왔어요. 사랑은 죽음보다 강한 것으로, 결국에는 죽음까지도 정복해야 하니까요……. 아아, 여기에 오기까지 얼마나 많은 슬픈 얼굴과 무시무시한 것들을 만났는지 몰라요. 제 영혼이 오로지 의지의 힘만으로 이 지상에 돌아와 제 원래의 몸을 찾아내 그 안으로 들어가기까지 얼마나 많은 어려움이 있었는지 몰라요. 제 위를 덮고 있는 무거운 돌을 들어올리기 위해서 이루 말할 수 없는 노력을 했어요. 제 손을 좀 보세요. 이렇게 상처투성이가 되어버렸어요. 이 위에 입맞춤을 해주세요. 이 상처가 낫도록……." 그녀는 차가운 손을 번갈아가며 제 입에 댔습니다. 저는 몇 번이고, 몇 번이고 입맞춤했습니다. 그동안 그녀는 말로 표현할 수 없는 애정을 담아 저를 바라보았습니다.

부끄러운 이야기입니다만, 이때 저는 세라피온 신부의 충고도 또 제가 신성한 직무에 임하고 있다는 사실도 완전히 잊고 있었습니다. 저는 그녀의 첫 번째 습격에 아무런 거절도 하지 않고 복종했을 뿐만 아니라 그 유혹을 떨치기 위한 아무런 노력조차 하지 않았습니다. 클라리몽드의 살갗의 차가움이 제 몸으로 스며들어 제 전신은 오싹할 정도로 떨렸습니다. 한심하게 들릴지 모르겠으나 그 후로 저는 여러 가지 일들을 겪었지만 아직까지도 그녀가 악마라고는 믿고 싶지 않습니다. 적어도 그녀는 악마다운 모습을 가지고 있지 않았을 뿐만 아니라, 악마가 그렇게 교묘하게 자신의 손톱과 뿔을 감출 수 있으리라고는 여겨지지 않기 때문입니다. 그녀는 이불을 들추고 매혹적인 모습으로 아주 피곤하다는 듯 침대 끝에 앉았습니다. 그런 다음 그녀는 제 머리카락 속으로 조그만 손을 넣어 이리저리 모양을 바꿔가며 새로운 머리 모양이 제 얼굴에 어울리는지 시험해보곤 했습니다. 저는 이 죄 깊은 환락에 취해 그녀가 하는 대로 내버려두었는데, 그러는 사이에도 그녀는 다정한 어린아이처럼 이런저런 이야기를 했습니다. 무엇보다 이상한 사실은 이처럼 평범하지 않은 일을 하면서도 제 자신이 조금도 놀라지 않았다는 점입니다. 그것은 마치 꿈을 꿀 때 아주 환상적인 일이 일어나도 그것이 당연한 일처럼 여겨져 특별히 이상하다고는 생각지 않는 것처럼 당시의 모든 일도 제게는 매우 자연스럽게 여겨졌습니다.

"르무알도 님. 저는 당신을 뵙기 전부터 당신을 사랑했어요. 그래서 당신을 찾고 있었어요. 당신은 제가 꿈에 그리던 분이에요. 그런데 교회 안에서, 그것도 운명의 갈림길에 섰을 때 비로소 당신을 뵙게 된 거예요. 저는 그 순간 바로 '저분이다.' 라고 자신에게 말했어요. 저는 그때까지 가지고 있던 모든 사랑, 당신을 위해서 간직하고 있던 미래의 모든 사랑, 주교의 운명을 바꾸고 왕마저도 제 발밑에 무릎을 꿇게 만들 정도의 사랑을 담아서 당신을 바라봤어요. 그런데도 당신은 제게 오시지 않고 신을 택하셨어요……. 아아, 저는 신께 질투를 느껴요. 당신은 저보다도 신을 사랑하고 계세요. 그 생각을 하면 답답해요. 저는 불행한 여자예요. 저는 당신의 마음을 저만의 것으로 만들 수가 없어요. 당신은 단 한 번의 입맞춤으로 저를 이 세상에 되살아나게 해주셨어요. 목숨을 잃었던 이 클라리몽드를…… 그 클라리몽드가 당신을 위해서 지금 무덤의 문을 열고 온 거예요. 당신에게 생의 기쁨을 바치고 싶다, 당신을 행복하게 해주고 싶다는 생각에서 온 거예요."

이런 열정적인 사랑의 말들이 제 감정과 이성을 현혹했습니다. 저는 그녀를 달래기 위해서 아무렇지도 않게, '신을 사랑하는 것만큼 사랑한다.'는 등의 불경한 말을, 참으로 아무렇지도 않게 했습니다.

그녀의 눈이 다시 불타오르기 시작하더니 녹색 구슬처럼 반짝였습니다. "정말이세요? 신을 사랑하는 것만큼 저를 사랑하고 계신가요?"라고 그녀가 아름다운 손으로 저를 안으며 외쳤습니다. "그렇다면 저와 함께 가주시겠죠? 제가 가자는 곳으로 함께 가주시겠죠? 이제 꺼림칙하고 음울한 일은 그만두도록 하세요. 당신을 기사 중에서도 가장 훌륭하고 모두가 존경하는 사람으로 만들어드릴게요. 당신은 저의 연인이에요. 클라리몽드의 마음을 사로잡은 연인, 로마 교황마저 거부했을 정도의 이 클라리몽드의 연인. 그 정도면 남자의 자랑이 될 거예요. 아아, 나의 사람……. 저는 말로 표현할 수 없을 만큼 행복해요. 지금부터 황금처럼 아름다운 생활을 함께 하기로 해요. 저희 언제 출발할까요?"

"내일, 내일……."하고 저는 앞뒤 가리지 않고 외쳤습니다.

"내일……. 그럼 그렇게 해요. 그 사이에 저는 화장을 할 수 있을 거예요. 이대로는 너무 초라해서 여행을 할 수가 없어요. 저는 지금부터 바로 나가서 제가 죽었다고 생각하여 아주 슬퍼하고 있는 친구들에게 소식을 전할게요. 돈도,

옷도, 마차도 전부 준비를 해서 오늘 밤과 같은 시간에 다시 올게요. 안녕히 계세요." 그녀는 제 이마에 가볍게 입맞춤을 했습니다. 그런 다음 그녀가 들고 있는 램프가 멀어지는가 싶더니 커튼이 원래대로 닫히고 주위는 새카만 어둠에 잠겼습니다. 저는 깊은 잠에 빠져 이튿날 아침까지 아무것도 기억하지 못했습니다.

저는 평소보다 늦게 일어났으나 이 신기한 일이 자꾸만 떠올라 하루 종일 괴로웠습니다. 결국 어젯밤의 일은 제 상상력이 빚어낸 공상에 지나지 않는다고 생각하기로 했습니다. 그럼에도 불구하고 그때의 감격이 너무나도 생생했기에 전날 밤의 일이 허상이 아닌 것 같다는 생각이 들기도 했고, 다음에 다시 그런 일이 일어날 것 같다는 예감을 지울 수 없었기에 저는 악마적 생각을 전부 내몰아 달라고 신께 기도하고 잠자리에 누웠습니다.

저는 곧 깊은 잠에 빠져들었습니다. 그러자 그 꿈이 다시 계속되었습니다. 커튼이 열리더니 클라리몽드가 전과는 달리, 수의에 둘러싸여 푸르스름한 색을 띠거나 뺨에 죽음의 보랏빛을 띠거나 하지 않고, 화사하고 밝고 쾌활한 얼굴빛으로 들어왔습니다. 그녀는 옷깃에 금색 테를 두르고 비단 속치마가 보일 정도로 묶어 올린, 녹색 벨벳으로 만들어진 여행복을 입고 있었습니다. 금발은 검은색 펠트로 만든 커다란 모자 안에 풍성하게 묶여 있었고, 그 모자 위에는 하얀 깃털이 여러 가지 형태로 붙어 있었습니다. 그녀는 한쪽 손에 금 호루라기가 달린 조그만 채찍을 들고 있었는데 그 호루라기로 가볍게 나를 두드리며 말했습니다. "어머, 잠꾸러기시네요. 당신은 이렇게 준비를 하고 계셨군요. 벌써 일어나 옷을 입고 계실 줄 알았는데…… 얼른 일어나세요. 이제 시간이 없어요."

저는 침대에서 벌떡 일어났습니다.

"자, 옷을 갈아입으세요. 어서 가요."라고 그녀가 자신이 가져온 조그만 짐을 보이며 말했습니다. "우물쭈물하시니까 말이 답답해서 문을 바삭바삭 씹기 시작했어요. 지금이면 벌써 50㎞는 달려갔을 텐데……."

서둘러 옷을 입기 시작하자 그녀는 옷을 하나하나 건네주며 저의 허둥지둥하는 손놀림을 보고 웃기도 하고, 제가 잘못 입으면 그것을 가르쳐주기도 했습니다. 또 그녀는 제 머리를 서둘러 빗기고 품속에서 가장자리를 금은의 선으로 장식한 베니스풍의 조그만 수정 거울을 꺼내 장난기 가득한 표정으로, "마음에 드세요? 당신의 시녀로 삼아주세요."라고 말하기도 했습니다.

저는 이미 예전과 같은 사람이 아니라 스스로도 알아볼 수 없을 정도로 변해 있었습니다. 훌륭하게 만들어진 석상과 돌멩이만큼의 차이가 느껴질 정도로 변해 있었습니다. 완벽한 미남으로 변해 있었기에 왠지 겸연쩍다는 생각까지 들었습니다. 고급스러운 옷, 화려하게 꾸민 조끼가 저를 완전히 다른 사람으로 바꾸어놓았기에, 줄무늬가 들어간 2,

3m의 천으로 치장한 것만으로도 사람의 모습이 이렇게 바뀐다는 데 놀라지 않을 수 없었습니다. 옷이 바뀌자 제 피부의 빛깔까지 바뀌어 겨우 10분 만에 상당한 멋쟁이가 되었습니다.

저는 그 새 옷에 익숙해지기 위해 방 안을 대여섯 걸음 걸어보았습니다. 클라리몽드는 어머니와도 같은 기쁨으로 저를 바라보았는데 자신이 한 일에 만족하는 것처럼 보였습니다. "그럼 이만 나가도록 해요. 멀리까지 가야 하니. 아니면 시간에 맞춰서 가지 못할 거예요." 그녀가 제 손을 잡고 나갔습니다. 그녀가 손을 대면 모든 문이 열렸습니다. 저희는 개의 잠을 깨우지 않고 그 옆을 지나쳤습니다.

전에 저를 데리러 왔던 구릿빛 피부의 남자인 마르게리타가 문에서 기다리고 있었습니다. 그는 세 마리 말의 고삐를 쥐고 있었는데 말은 전부 전에 성으로 갈 때처럼 흑마로 한 마리는 저, 한 마리는 그, 나머지 한 마리는 클라리몽드가 타기 위한 것이었습니다. 그 말들은 서풍에 의해 암말에게서 태어난 스페인의 사향고양이가 아닐까 여겨질 만큼 바람처럼 빠르게 질주했습니다. 마침 출발할 때 떠오른 달이 저희가 가는 길을 비추며 전차의 한쪽 바퀴가 마차에서 떨어져 나갔을 때처럼 하늘 위를 굴러갔습니다. 저희 오른쪽으로는 클라리몽드가 나는 듯이 말을 달리며 저희에게서 뒤떨어지지 않기 위해 숨을 헐떡일 정도로 노력하고 있는 모습이 보였습니다. 잠시 후, 저희는 평평한 들판으로 접어

들었는데 그곳의 숲 깊은 곳에서 커다란 네 마리 말을 매단 마차 한 대가 저희를 기다리고 있었습니다. 저희가 그 마차에 오르자 마부가 말을 재촉하여 미친 듯이 달려 나가게 했습니다. 저는 한쪽 팔로 클라리몽드의 가슴을 감쌌으며, 그녀도 역시 한쪽 팔로 저를 안고 머리를 제 어깨에 기댔습니다. 저는 그녀의 반쯤 드러난 가슴이 가볍게 제 팔을 누르고 있다는 사실을 깨달았습니다. 저는 이처럼 뜨거운 쾌락을 맛본 적이 없었습니다. 저는 모든 일을 잊고 말았습니다. 어머니의 뱃속에 있었을 때의 일을 잊은 것처럼 제가 성직자라는 사실조차 잊고 악마에게 홀릴 정도로 황홀한 기분이 들었습니다.

그날 밤 이후부터 저의 성격은 반씩 두 개로 갈라진 듯, 제 안에 낯선 두 사람이 존재하는 것 같다는 느낌이 들었습니다. 어떤 때는 성직자에서 신사가 된 꿈을 꾸고 있는 것 같다는 생각이 들었으며, 또 어떤 때는 신사에서 성직자가 된 것 같다는 생각이 들기도 했습니다. 저는 이제 현실과 꿈의 경계를 구분할 수 없게 되어 어디부터가 사실이고 어디서 꿈이 끝난 건지조차 알 수 없게 되었으며, 고귀하고 젊은 귀족과 방탕한 자는 성직자를 욕했고 성직자는 젊은 귀족의 불경한 생활을 혐오하고 싫어했습니다. 이처럼 저는 이 두 가지 서로 다른 생활을 인식하며 참으로 강렬하게 그것을 지속하고 있었습니다. 그러나 저는 이 상태가 이처럼 신비한 성질을 가지고 있었음에도 불구하고 한시도 머

리가 이상해질 것 같다는 생각은 들지 않았습니다. 단, 제가
이해할 수 없었던 불합리한 점은 같은 한 인간의 의식이
서로 성격이 다른 2개의 인간 속에 존재한다는 사실이었습
니다. 저는 조그만 C마을의 사제인지, 혹은 클라리몽드의
애인 신분인 르무알도인지 그 두 가지 사이의 변화를 아무
래도 이해할 수가 없었습니다.

그야 어찌 됐든 저는 베니스에서 생활하고 있었습니다.
적어도 저는 그렇게 믿고 있었습니다. 저의 이 환상적인
여행은 어디까지가 현실의 세계이고 어디까지가 환영인지
분명히 알 수는 없었지만, 저희 두 사람은 카나레이오 강변
의 커다란 저택에서 살았습니다. 저택 안에는 벽화와 조각
상이 가득했으며 클라리몽드의 방에는 대가인 티치아노[2]
의 명작 2점이 걸려 있었습니다. 그곳은 왕궁과 조금도 다
를 바 없는 곳이었습니다. 두 사람 모두 곤돌라를 가지고
있었으며 우리 집 고유의 제복을 입은 선장이 딸려 있었고,
또 음악실도 있었으며 따로 보살펴주는 시인도 데리고 있
었습니다. 클라리몽드는 언제나 호화로운 생활을 했기에
자연스럽게 클레오파트라와도 같은 느낌을 주었으며, 저
역시 마치 여러 신하들을 거느린 왕자나 12사도 중 한 사람
의 일족, 혹은 이 조용한 공화국(베니스)의 네 포교사의
가족이라도 되는 양 존경을 받아 베니스의 총독조차 길을

---

[2] 15~16세기에 걸쳐서 활동한 베니스의 화가.

비켜줄 정도였습니다. 악마가 이 세상에 내려온 이후, 저만큼 방약무인했던 동물도 없었을 겁니다. 게다가 저는 리도로 가서 도박을 해보았는데, 그곳은 그야말로 아수라의 거리라고 해도 좋을 정도였습니다. 저는 온갖 계급 즉, 몰락한 옛 명문가의 자제, 극장의 여자, 교활한 악한, 광대, 난폭하게 굴며 자신의 힘을 과시하는 자 등을 불러 놓았습니다. 이처럼 방탕한 생활을 하면서도 저는 클라리몽드에게 충실했으며 또 그녀를 열렬히 사랑했습니다. 클라리몽드도 매우 만족하여 사랑이 변하는 일은 없었습니다.

클라리몽드를 가지고 있다는 것은 20명의 여자, 아니 모든 여자를 가지고 있다는 것과 다를 바 없는 일이었습니다. 그녀는 참으로 예민한 감수성과 여러 가지 독특한 풍모, 싱싱하고 새로운 매력을 한 몸에 전부 가지고 있어서 마치 카멜레온과도 같은 여자였습니다. 만약 어떤 사람이 다른 여자의 아름다움에 취해서 음탕한 마음을 품었다면, 그녀는 곧 그 미녀의 성격과 매력과 용모를 완전히 몸에 갖추어 그 사람에게 같은 음탕한 생각을 품게 만드는 여자였습니다. 그녀는 저의 사랑을 백배로 해서 돌려주었습니다. 이 세상의 젊은 귀공자나 법관으로부터도 화려하게 청혼을 받았으나 그것은 전부 실패로 끝나버리고 말았습니다. 포스카리3) 사람으로부터도 청혼을 받았으나 그녀는 그것도

---

3) 베니스 총독의 일가.

거절했습니다. 돈은 얼마든지 가지고 있었기에 그녀는 사랑 외에는 아무것도 바라지 않았습니다. 오로지 사랑, 청춘의 사랑, 순진한 사랑, 자신의 마음속에서 불타오르는 사랑, 그것이 처음이자 마지막인 열정 외에는 아무것도 바라지 않았습니다.

저는 더할 나위 없이 행복했습니다. 하지만 유일한 괴로움은 매일 밤 저주스러운 악몽에 시달려, 가난한 마을의 사제로서 하루 종일 자신의 난잡한 행동을 참회하고 또 죗값을 치르기 위한 고행을 하는 꿈을 꾼다는 것이었습니다. 언제나 그녀와 함께 있었기에 저는 클라리몽드의 이상한 모습에 대해서 깊이 생각하지도 않고 안심했으나, 세라피온 신부가 그녀에 대해서 하신 말씀이 종종 떠올라 불안한 마음을 완전히 떨칠 수는 없었습니다.

때로는 그녀의 건강이 예전처럼 썩 좋지 않아지는 경우도 있었습니다. 그녀의 피부는 나날이 창백해져 갔으며, 불려온 의사들도 그 병명을 알 수 없어 도저히 치료할 방법을 찾지 못했습니다. 의사들은 하나같이 뭔지 모를 약을 건네주었는데 그 어느 것도 그녀에게는 효과가 없었기에 다시 불려온 사람은 아무도 없었습니다. 그녀는 눈에 보일 정도로 창백해져 갔으며 몸이 점점 차가워져서, 예전에 그 낯선 성 안에 있었을 때처럼 하얗게 죽어가고 있었습니다. 저는 그렇게 시들어 죽어가는 모습을 보고 말로 표현할 수 없는 괴로움을 느꼈습니다. 그녀는 저의 괴로움에 감동하여 죽음을 앞둔 인간이 느끼는 운명적 미소를 아름답고 슬프게 지어 보였습니다.

어느 날 아침의 일이었습니다. 저는 그녀의 침대 옆에 놓인 조그만 식탁에서 아침을 먹은 뒤, 한시도 떨어져 있기 싫었기에 그녀 옆에 앉아 있었습니다. 그때 과일을 깎고 있었는데 잘못해서 제 손을 깊이 베고 말았습니다. 자줏빛 조그만 피가 바로 뿜어져 나와 일부가 클라리몽드에게도 튀었는데 그 얼굴빛이 갑자기 바뀌어 이전까지는 그녀에게서 볼 수 없었을 정도로 야만스럽고 잔인한 기쁨의 표정을 짓기 시작했습니다. 그녀가 동물과도 같은 가벼운 몸놀림으로, 마치 원숭이나 고양이처럼 가볍게 뛰어내려 제 상처로 달려들더니 아주 기쁘다는 듯 그 피를 빨기 시작했습니다. 그녀는 조그만 입 가득, 마치 감별사가 셰리주나 시러큐스를 맛보는 것처럼 천천히 음미하며 제 피를 빨았습니다. 그 눈은 점점 반쯤 감기고 녹색 눈의 동그란 동공이 타원형으로 바뀌기 시작했습니다. 그녀는 때때로 제 손에 입맞춤하기 위해 피 빨기를 그만두었는데, 빨간 피가 더욱 배어 나오기를 기다렸다가 다시 상처로 입술을 가져갔습니다. 피가 더 이상 나오지 않는다는 사실을 깨달은 순간, 그녀의 눈은 아름답게 반짝였으며 5월의 새벽보다 더 붉은빛으로 자리에서 일어났습니다. 얼굴빛도 생기가 넘쳤고 손에서도 온기가 느껴졌으며, 예전보다 훨씬 더 아름답고 건강한 몸이 된 것처럼 보였습니다.

"저는 죽지 않아요, 죽지 않을 거예요"라고 그녀가 반미치광이처럼 제 목에 매달리며 외쳤습니다. "저는 아직 오래도록 당신을 사랑할 수 있어요. 제 목숨은 당신 것이에요. 제 몸은 전부 당신에게서 받은 거예요. 당신의 존귀하고 값비싼, 이 세상의 그 어떤 영약보다도 뛰어나고 값비싼 피 몇 방울이 제 목숨을 원래대로 되돌려주었어요."

이 광경은 오래도록 저를 두렵게 했으며 클라리몽드에 대해 이상한 의심을 품게 했습니다. 그날 밤, 제가 침대에 눕자 잠이 저를 예전의 사제관으로 데려갔습니다. 저는 세라피온 신부가 평소보다 훨씬 더 엄숙하고 불안한 표정을 짓고 있는 것을 보았습니다. 그가 저를 가만히 바라보다 마침내 슬프다는 듯 외쳤습니다. "너는 혼을 잃었을 뿐만 아니라 이제는 그 몸마저 잃으려 하고 있다. 타락한 젊은이는 실로 끔찍한 일을 겪게 되는 법이다." 그 말이 저를 강하게 움직였습니다. 하지만 그때의 인상이 그토록 생생했음에도 불구하고 그것도 곧 제게서 사라져갔으며 다른 여러 가지 생각들도 전부 제 마음에서 떠나버리고 말았습니다.

그러던 어느 날 밤의 일이었습니다. 제가 거울을 보고 있자니, 그 거울에 자신의 모습이 비친다는 사실도 모른 채, 클라리몽드가 두 사람이 식사 후면 늘 마시기로 되어 있는, 가미를 한 포도주를 따른 잔 안에 무엇인가 가루를 넣고 있었습니다. 그 모습이 거울에 비쳤기에 저는 잔을 들어 입으로 가져가는 시늉을 하다 옆에 있는 찬장 위에 올려놓았습니다. 그녀가 뒤를 돌았을 때 저는 그 잔 안에 있던 내용물을 테이블 밑으로 살짝 쏟아버린 다음 제 방으로 돌아와 침대에 누웠지만, 오늘 밤에는 무슨 일이 있어도 잠을 자지 않겠다, 이 모든 이상한 일에 대해서 무엇인가를 발견하고 말겠다고 결심했습니다. 잠시 후 클라리몽드가 나이트가운을 입고 들어왔는데 옷을 벗더니 제 침대로 올라와 제 옆에 누웠습니다. 그녀는 제가 잠들었는지 확인한 뒤, 제 소매를 걷어 올렸습니다. 그리고 머리에서 황금 핀을 뽑아 낮은 목소리로 말했습니다.

"한 방울……, 그저 한 방울이면 돼요. 이 바늘 끝에 루비만큼……. 당신이 아직 사랑해주신다면 저는 죽어서는 안 돼요……. 아아, 슬픈 사랑……. 저는 당신의 자줏빛으로 빛나는 아름다운 피를 먹어야만 해요. 편안히 잠을 자세요, 나의 소중한 보물……. 편안히 주무세요, 나만의 신, 나만의 사람……. 저는 당신께 나쁜 짓을 하는 게 아니에요. 제가 영원히 살기 위해서는 당신의 생명을 마셔야만 해요. 저는 당신을 한없이 사랑하니 다른 연인을 만들어 그 사람의 피를 빠는 게 좋겠지요. 하지만 당신을 알고 난 뒤부터 다른 사람들은 싫어졌어요……. 아아, 아름다운 팔……. 이 얼마나 둥글고, 이 얼마나 새하얀 팔이란 말인가. 이렇게 아름답고 파란 혈관을 어떻게 찌르라는 건지." 그녀는 혼잣말처럼 중얼거리며 흑흑 흐느껴 울었습니다. 저는 그 눈물이 제 팔을 적시는 것을 느꼈으며, 그녀가 그 손으로 힘껏 쥐는 것을 느꼈습니다. 그러다 그녀는 마침내 결심한 듯 핀으로 제 팔을 가볍게 찌르더니 배어 나오는 피를 빨기 시작했습니다. 겨우 대여섯 방울밖에 빨지 않았으나 제가 잠에서 깨어날 것을 두려워하여 상처를 문지른 뒤 연고를 바르고 제 팔에 조그만 붕대를 조심스럽게 감아주었기에 그 통증은 곧 사라져버리고 말았습니다.

더 이상 의심의 여지가 없었습니다. 세라피온 신부의 말씀은 틀리지 않았습니다. 그 사실을 분명히 알았음에도 불구하고 저는 여전히 클라리몽드를 사랑하지 않을 수 없었습니다. 저는 그녀의 부자연스러운 건강을 지키게 하기 위해 원하는 만큼 피를 마시게 해주었습니다. 그리고 그녀를 두려워하지도 않았습니다. 그녀도 자신을 흡혈귀라고 생각하지 말아 달라고 애원하는 듯했습니다. 저도 지금까지 보고 들은 바에 의해서 그녀를 두려워하지 않게 되었기에 한 방울씩의 피를 그렇게 아깝다고는 생각지 않았습니다. 오히려 저는 제 팔의 혈관을 열어, '자, 마시도록 해. 나의 사랑이 내 피와 함께 당신의 피 속으로 스며들어 간다면, 그건 내가 바라던 일이야.'라고 말하고 싶었습니다. 저는 그녀가 마취를 위해 준비한 술과 그 핀에 대해서는 한마디도 하지 않도록 주의를 기울였습니다. 그렇게 해서 두 사람은 완벽하게 조화로운 생활을 유지할 수 있었습니다.

하지만 성직자로서의 양심의 가책이 이전보다 훨씬 더 저를 괴롭히기 시작했습니다. 저는 어떤 방법으로 제 육체를 억제하고 정화시킬 수 있는지, 그 방법을 전혀 알지 못했습니다. 그처럼 많은 환각이 무의식중에 생긴 것이라 할지라도, 제가 그것을 직접 행한 것은 아니라 할지라도, 또 그것이 꿈이든, 사실이든, 그처럼 음탕하고 더러운 마음과 더러운 손으로 그리스도의 몸을 만질 수는 없었습니다. 저는 그 불쾌한 환각에 빠지지 않기 위해 잠을 자지 않으려 노력했습니다. 저는 손가락으로 제 눈꺼풀을 누르고 벽에 똑바로 기댄 채 몇 시간이고 서 있기도 하는 등 있는 힘껏 잠과 싸웠습니다. 하지만 졸음이 쉬지 않고 제 눈을 공격해 왔기에 참을 수 없었으며, 절망적인 불쾌감 속에서 두 팔은 저절로 늘어졌고 졸음의 물결이 저를 다시 불성실의 해안으로 데려갔습니다. 세라피온 신부는 가장 세차게 훈계를 해서 저의 나약함과 열의의 부족을 엄하게 꾸짖었습니다.

그러던 어느 날, 제가 평소보다 더 괴로워하고 있을 때 그가 말했습니다. "네가 이 그칠 줄 모르는 고뇌에서 벗어날 수 있는 방법은 오직 하나, 비상수단을 쓰는 수밖에 없겠구나. 커다란 병은 대대적인 치료를 필요로 하는 법이다. 나는 클라리몽드가 묻힌 곳을 알고 있어. 우리는 그녀의 시체를 꺼내볼 필요가 있을 것 같다. 그러니 너의 애인이 얼마나 가엾은 모습을 하고 있는지를 잘 보기 바란다. 그렇게 하면 그 벌레 먹은 부정한 시체, 완전히 흙이 되어버린 시체 때문에 네 혼을 잃는 일은 없을 게다. 틀림없이 너를 원래대로 되돌려놓을 수 있을 거야." 저도 비록 한때는 만족을 얻었으나 이중생활에 지쳐 있던 차였습니다. 저는 제가 과연 공상의 희생물이 되어버린 신사인지, 혹은 성직자인지 분명히 확인하고 싶었습니다. 저는 제 안에 있는 두 사람에 대해서 어느 한쪽을 죽이고 다른 한쪽을 살리거나 혹은 둘 모두를 죽여야지, 그렇게 하지 않고 지금처럼 끔찍한 상태로는 그리 오래 견딜 수 있을 것 같지 않다고 생각했습니다.

세라피온 신부가 곡괭이와 지렛대와 등을 준비해 왔습니다. 그리고 저희는 한밤중에 묘지의 길을 걸어갔습니다. 신부는 그 부근과 묘지의 상태를 잘 알고 있었습니다. 곳곳의 묘비를 희미한 등으로 비춰본 끝에 두 사람은 기다란 잡초에 숨겨진 채 이끼에 덮인, 기생식물이 자란 돌 판이 있는 곳에 이르렀습니다. 그곳의 묘비에는 이런 글이 새겨져 있었습니다.

〈클라리몽드 여기에 묻히다.

생전에 가장 아름다운 여자로 알려짐.〉

"여기가 틀림없다."라고 세라피온 신부가 중얼거리며 등불을 땅바닥에 내려놓았습니다. 그는 지렛대를 돌 판 끝의 아래쪽에 넣고 그것을 들어올리기 시작했습니다. 돌이 들어 올려지자 기생식물들을 제거하기 시작했습니다. 그리고 이번에는 곡괭이로 파기 시작했습니다. 밤보다 더 어두운 침묵 속에서 저는 그가 하는 행동을 가만히 지켜보고만 있었는데, 그는 어두운 무덤 위로 몸을 구부려 땀을 흘리며 무덤을 파고 있었습니다. 그는 죽음에 직면한 사람처럼 끊어질 듯 숨을 헐떡이고 있었습니다. 참으로 기이하고 무시무시한 광경으로, 만약 사람들에게 이 모습을 보여줬다면 틀림없이 신에게 봉사하는 성직자가 아니라 부정한 악한이나 도굴꾼이라고 생각했을 겁니다. 열심히 작업하는 세라피온 신부의 근엄하고 난폭한 모습은, 사도나 천사라기보다는 오히려 일종의 악마처럼 여겨졌습니다. 그 놀란 듯한 얼굴을 비롯하여 모든 가혹한 모습이 등불에 의해 더욱 강조되어, 그러한 경우의 불쾌한 상상력을 한층 더 강하게 해주었습니다. 제 얼굴에서는 얼음 같은 땀이 커다란 방울이 되어 흘러내렸고, 머리카락은 섬뜩함에 곤두서 있었습니다. 가혹한 세라피온 신부는 실제로 증오해야 할 신성모독 행위를 저지르고 있는 것이라 여겨졌기에, 우리 위에서 무겁게 소용돌이치고 있는 검은 구름 속에서 번뜩이는 번개를 내려 그를 재로 만들어달라고 기도할까 싶기도 했습니다.

근처 측백나무 가지 끝에 둥지를 틀고 있던 올빼미가 불빛에 놀라 날아올라서는 잿빛 날개를 등불의 유리에 부딪치며 구슬프게 울었습니다. 여우도 멀리 어둠 속에서 울부짖고 있었습니다. 그 외에도 여러 섬뜩한 소리들이 고요함 속으로 울려 퍼졌습니다. 마지막으로 세라피온 신부의 곡괭이가 관을 때리자 관에서 요란한 소리가 났습니다. 그는 그것을 비틀어 뚜껑을 열었습니다. 그 안의 클라리몽드는 대리석상처럼 푸르스름한 모습으로 두 손을 모은 채 머리부터 발끝까지 하얀 수의 하나만 입고 있을 뿐이었습니다. 그녀의 빛을 잃은 입술의 한쪽 끝에서 조그맣고 새빨간 것이 한 방울 이슬처럼 반짝이고 있었습니다. 그것을 본 세라피온 신부는 크게 화를 냈습니다. "오오, 악마가 여기에 있었구나. 더러운 창부! 피와 황금을 빠는 놈!" 그런 다음 그는 시체와 관 위에 성수를 뿌리고, 다시 성수에 적신 솔로 십자가를 그었습니다. 가엾은 클라리몽드, 그녀의 아름다운 오체는 성수 방울이 뿌려지자마자 흙이 되었으며 재와 거의 석회가 되어버린 뼈와 거의 형체도 없는 덩어리로 변해버리고 말았습니다.

냉정한 세라피온 신부가 가엾은 시체를 가리키며 외쳤습니다. "르무알도, 너의 애인을 보기 바란다. 이렇게 됐는데도 너는 아직 이 미인과 함께 리도 강변이나 푸시나 강변을 산책하고 싶은 게냐?"

저는 두 손으로 얼굴을 가린 채 커다란 파멸감을 맛보았습니다. 저는 사제관으로 돌아갔습니다. 그날 이후 클라리몽드의 애인으로 신분이 높았던 르무알도 경은, 오랫동안 신기한 길동무였던 성직자의 몸에서 떠나가 버리고 말았습니다.

하지만 딱 한 번, 그것은 무덤을 파헤친 다음 날 밤이었는데 저는 클라리몽드의 모습을 보았습니다. 그녀는 처음 교회의 문가에서 제게 했던 것과 같은 말을 했습니다. "불행한 분, 참으로 불행한 분……. 당신은 어째서 그렇게 어리석은 신부의 말씀을 들으신 거죠? 행복하지 않으셨나요? 제가 당신께 저의 참혹한 무덤을 모욕하고 공허한 것을 끄집어내게 할 만한 짓을 한 적이 있었나요? 당신과 저 사이의 영적, 육체적 교통은 이제 영원히 끊어져버리고 말았어요. 안녕히 계세요. 당신은 틀림없이 제게 한 일을 후회하게 될 거예요." 그녀는 연기처럼 사라져버리고 말았습니다. 그리고 저는 그녀를 두 번 다시 만나지 못했습니다.

아아, 그녀의 말은 사실이 되어 나타났습니다. 저는 그녀에게 한 일을 얼마나 한탄했는지 모릅니다. 아직도 그녀에게 한 일을 후회하고 있습니다. 그 후 저의 마음은 안정을 되찾았으나 신의 사랑도 그녀의 사랑을 대신할 만큼 크지는 않았습니다. 여러분, 이것이 제 젊은 시절의 이야기입니다. 결코 그녀를 봐서는 안 됩니다. 거리를 걸을 때는 언제나 땅바닥에 시선을 굳게 고정시킨 채 걸어야만 합니다. 제아무리 깨끗한 마음으로 주의 깊게 자신을 지키려 해도 일순간의 실수로 영원히 되돌릴 수 없는 일을 겪게 되는 법이니.

에드먼드 옴 경

헨리 제임스(Henry James)

미국 뉴욕의 워싱턴 플레이스에서 태어났다. 주로 영국에서 활약했으며, 심리주의소설, 모더니즘소설의 선구자로 알려져 있다. 영국을 비롯하여 유럽 각지를 방문, 유럽적인 시점과 미국인으로서의 시점을 어우른 국제적 시점으로 뛰어난 작품을 다수 남겼다. 가정환경의 영향인지 심리현상에 몰두했으며, 모든 것을 확실히 하지 않고 암시에만 그치는 '몽롱법'이라는 자신만의 창작법을 생각해내 이 작품을 비롯한 심리소설에 응용했다. 말년에 영국으로 귀화하였으며 뇌졸중과 폐렴으로 세상을 떠났다.

이 이야기의 초고에 날짜는 없지만 내가 편집자로 관계했던 인물 가운데 한 사람인 그의 아내가 세상을 떠나고 상당한 시간이 흐른 뒤에 쓴 내용인 듯하다. 이 기이한 이야기 가운데 그 사실을 분명하게 해주는 부분은 어디에도 없지만 그것은 그리 중요한 사항이 아니리라. 나는 그의 소유물이 내 것이 되었을 때 잠겨 있던 서랍 속에서 이 초고를 발견했는데 그 서랍에는 다른 여러 가지 물건들도 함께 들어 있었다. 편지, 메모, 감정서, 빛바랜 사진, 초대장, 이 모든 것들은 결혼 1년 뒤의 난산 때문에 짧은 생을 마친 어느 불행한 부인과 관계된 것들뿐이었는데 그 가운데 이것이 섞여 있었다. 관계라고 해봐야 그저 조금 전에 이야기했던 것이 전부이니 너무나도 황당해서 근거도 아무 것도 없는 이야기라고 여겨질지 모르겠다. 쓴 사람이 실제로 있었던 일의 보고서로 이 글을 쓸 의향이었는지는 보장할 수 없지만, 대체로 거짓말을 하지 못하는 사람이었다는 사실만은 보장할 수 있다. 어쨌든 이것은 본인이 자신을 위해서 쓴 것이지 타인을 위해서 쓴 것은 아니다. 나는 지금 그것을 내 마음대로 사람들 앞에 공개하는 것인데, 그 이유는 단지 기이한 이야기이기 때문이다. 소설처럼 적혀 있기는 하지만 본인이 자신을 위해서 쓴 글임을 잊지 말았으면 하는 바람이다. 이름을 제외하고는 아무것도 바꾸지 않았다.

이 사건에 혹시 허구와도 같은 부분이 있다고 한다면 그 발단부터 그랬다는 사실을 나는 인정하지 않을 수 없다. 이야기는 11월의 어느 따뜻한 일요일 정오, 마침 교회의 아침 예배가 끝나 사람들로 붐비던 산책로에서 시작되었다. 브라이턴은 인파로 북적였다. 당시가 시즌의 절정기였고 날씨도 좋은 데다 일요일이었기에 산책을 나온 사람들이 더욱 많은 듯했다. 파란 바다도 그날은 예의 바르게 점잖을 떨고 있었다. 조물주가 설교를 하고 있는데 조그맣게 코를 골며 졸고 있는 듯하다니, 참으로 대단한 예의이기는 했으나……. 편지를 쓰며 아침을 보낸 나는 점심을 먹기 전에 광장의 풍경을 구경하기 위해 밖으로 나섰다. 해안과 큰 도로의 경계에 있는 철책에 기대 서 있을 때―그때 틀림없이 담배를 피우고 있었던 것으로 기억한다― 갑자기 가벼운 지팡이와도 같은 것이 어깨를 건드렸기에 누가 또 장난을 치나보다 싶어 돌아보니, 장난의 주인공은 소총부대의 테디 보스트윅이었다. 내가 혼자 있었기에 이야기상대가 되어줄 속셈이었던 것이다. 이에 함께 이야기를 나누며 천천히 걸었다. 이 사람은 누구와 이야기를 하든 상대방과는 상관없이 언제나 익살스러운 말만 하는 사람이었다. 우리 둘은 오가는 사람들을 바라보기도 하고, 그 가운데 누군가에게 인사를 하기도 하고, 저 사람은 누구였더라 하며 고개를 갸웃거리기도 하고, 젊은 아가씨에 대한 평을 하기도 하며 걷고 있었다. 이때 그와 나 사이의 미인에 대한 견해에는 서로 차이가 있었으나, 마침 맞은편에서 어머니와 함께 걸어오고 있던 샬롯 마든 양에 대해서만은 두 사람의 의견이 일치했다. 누가 그녀를 보든 우리의 의견에 반대할 사람은 아무도 없으리라. 브라이턴의 공기도 예전에는 용모가 빼어나지 못한 아가씨까지 아름답게 해주었으며, 용모가 빼어난 아가씨는 그 용모를 한층 아름답게 해주었으나 요즘에는 이러한 이익도 어떻게 되었는지 도무지 알 길이 없다. 어쨌든 이곳에서도 미인은 거의 볼 수 없게 되었다. 하지만 마든 양만은 본 사람 모두가 다시 한 번 돌아볼 만큼 용모가 빼어났다. 바로 그렇기 때문에 우리도 발걸음을 멈춘 것이었으나 우리는 이미 상대방 여성들을 알고 있었으니 입장이 약간 다르기는 했다.

우리는 지금 왔던 길을 그녀들과 함께 되돌아가며 그녀들이 가는 대로 따라갔다. 그녀들은 이제 막 교회에서 나온 참이었는데 지금부터 산책로 끝자락까지 갔다가 거기서 다시 되돌아올 생각이었다. 테디가 어머니 쪽은 내게 완전히 맡겨둔 채 자신이 샬롯을 독차지한 것도 타고난 유머 때문이었는데, 나는 아가씨가 실제로 눈앞에 있고 함께 이야기도 나눌 수 있었기에 특별히 싫다는 생각은 들지 않았다. 우리는 꽤 오랫동안 산책을 했다. 어머니는 나를 떼어놓으려 하지 않았으며, 마침내 피곤하니 쉬고 싶다고 말했다. 나무그늘 아래 벤치가 있었기에 우리는 그곳에 앉아 지나는 사람들에 대해서 이야기를 나누었다. 이 모녀는 예전부터 나를 놀라게 했었다. 어머니와 딸이 닮은 것은 흔히 있는 일이지만 이들처럼 쏙 빼닮은 경우도 그리 흔치 않을 것이다. 게다가 이 두 사람은 성격까지 거의 구별이 되지 않을 정도로 쏙 빼닮았다. 세상에서는 흔히 현명한 어머니가 딸이 걸어갈 길에 대한 지침을, 약간은 제지하는 의미도 담아서 경계하듯 이야기하는 것을 들을 수 있다. 하지만 가령 샬롯이 50세가 되어 어머니처럼 요염함을 잃고 편견에 사로잡히는 나이가 된다 할지라도, 역시 어머니처럼 아름다울 것이라는 생각을 방해할 만한 것은 어디에도 없었다. 올해로 22세가 된 그녀는 연분홍빛이 살짝 감돌아 힘껏 끌어안아주고 싶을 만큼 빼어난 용모를 자랑하고 있었다. 목의 생김새는 어머니와 마찬가지로 아름다웠으며 자태도 역시 단정하고 아름다웠다. 모습도 그렇고, 성격도 그렇고, 태도도 그렇고—아주 살짝 드리우는 그림자나 울림과 같은 것까지도—, 이 두 사람의 용모에는 한쪽을 보면 다른 한쪽을 떠올리게 하는, 떼려야 뗄 수 없는 면이 있었다.

이 모녀는 약간의 재산을 가지고 있었으며 브라이턴에 즐겁고 조그만 가정을 꾸리고 있었다. 집에는 초상화와 기념품과 상품이 가득 장식되어 있었으며, 책장 위에는 박제된 동물이 몇 개나 늘어서 있기도 하고 건조시킨 물고기의 표본이 유리상자 안에 들어 있기도 했다. 그 하나하나에 경건한 애착심을 품고 있다고 마든 부인 자신이 말하곤 했다. 그녀의 남편은 만년에 건강이 나빠져 의사의 권유로 여기서 계속 생활했었다. 그렇기에 '지금도 이 집에 있으면 저는 남편의 가호를 입고 있다는 생각이 들어요.'라고 그녀는 내게 말한 적이 있었다. 남편의 가호는 참으로 대단한 것이었던 듯, 그녀는 때로 은근히 빗대어 말하는 것 같은 기분으로 거기에 저항하는 경우도 있는 듯했다. 이 가호라는 관념, 자신이 기원해서 마음에 품고 있는 이 이익과도 같은 생각은 물론 그녀에게 없어서는 안 될 것이었던 듯, 그녀는 언제나 평온함이라는 것에 막연한 불안과 동경심을 가지고 있었다. 친구를 원했기에 친구도 꽤나 많았다. 처음 만났을 때부터 그녀는 내게 매우 친절했으나, 나는 자만심 강한 젊은이가 곧잘 착각하듯 그것을 그녀가 내게 특별히 천박한 '속셈'을 갖고 있기 때문이라고 생각하지는 않았기에 결코 기분 나쁘게 받아들이지는 않았다. 자신의 딸을 위해서 나를 원하고 있다거나, 혹은 흔히 볼 수 있는 어처구니없는 어머니들처럼 자신의 남자로 삼기 위해서 나를 원하고 있다거나 하는 느낌은 조금도 받지 않았다.

이 모녀에게는 서로에게 공통된 내성적인 욕구가 있어서 마치 '저희를 믿으셔도 좋으니 아무 걱정 말고 사귀어주셔도 돼요. 저희가 결혼을 목적으로 삼고 있지 않을까, 그런 걱정은 조금도 하실 필요 없어요.'라고 말하고 싶어 하는 듯했다. 우리가 처음 알기 시작했을 무렵, 샬롯이 내게 털어놓은 이야기가 있다. "물론 어머니는 아름다워요. 그게 어머니의 가치예요." 그녀는 어머니의 용모를 숭배하고 있었다. 그것은 그녀가 자랑스럽게 여기고 있는 유일한 것이었다. 어머니의 말려 올라간 눈썹을 그녀는 아름다움의 극치라고 생각했다. 또 한 번은 이렇게 말한 적도 있었다. "어머니는 마치 의사선생님을 기다릴 때와 같은 얼굴을 하고 계세요. 그 의사선생님이란 바로 당신이에요. 그렇게 생각하지 않으시나요?" 이 말은 마치 내게 병을 고치는 어떤 힘이 있기라도 한 것처럼 이야기하는 듯했다. 그런 마든 부인 역시 샬롯에 대해서는 이상할 정도로 자신보다 훨씬 더 뛰어나다고 인정하고 있다는 사실을, 본인인 샬롯이 문득 내뱉은 말로 알 수 있었기에 나는 이 모녀의 관계에 흥미를 느끼지 않을 수 없었다. 물론 실제로는 행복했다. 서로가 언제나 상대방을 마음에 두고 있었으니.

　광장에서는 산책자들의 행렬이 자연스럽게 흐름의 방향을 유지하고 있었다. 샬롯은 흐름에 휩싸여 테디 보스트윅과 함께 앞쪽으로 멀어져 갔다. 그녀는 생글생글 웃는 얼굴로 고개를 끄덕이며 그대로 앞으로 갔다가 곧 혼자 되돌아와 멈춰 서더니 우리에게 말을 걸었다. 테디는 그야말로 퇴짜를 맞은 형태였는데, 그것을 또 익살스럽게 이야기했다. 그랬기에 다시 한 번 가도 괜찮겠냐고 물었고, 어머니가 "너희 좋을 대로 하렴."이라고 말하자 샬롯은 어깨너머로 무례한 미소를 내게 지어보였으며, 두 사람은 그대로 우리에게서 멀어져 갔다. 테디가 외눈 안경으로 나를 가만히 바라보았으나 나는 아무렇지도 않았고, 마든 양에 대해서만 생각하며 부인에게 웃어 보이고,

"따님은 약간 바람기가 있는 듯합니다."

"어머, 그렇게 말씀하시지 마세요……." 부인이 중얼거리듯 말했다.

"아니, 아름다운 아가씨들은 모두 그렇습니다, 조금씩은." 나는 탓하려는 것이 아니라는, 대범한 마음을 내보일 생각으로 힘주어 말했다.

"그렇다면 어째서 아름다운 아가씨가 벌을 받는 거지요?"

그 격렬한 질문에 나는 퍼뜩 놀랐다. 갑자기 하얗게 번뜩이는 칼날을 들이민 듯한 질문이었다. 잠시 생각한 뒤 나는 물음에 답했다. "어떤 벌인지 알고 계신가요?"

"그럼요, 제 자신이 나쁜 아가씨였으니까요."

"그래서 벌을 받으셨나요?"

"평생 벌을 받고 있어요."라고 그녀가 시선을 다른 곳으로 향하며 말하는가 싶더니 갑자기 "어머!"하고 목소리를

높이며 벤치에서 벌떡 일어나, 그때 테디와 함께 모습을 드러낸 아가씨 쪽을 바라보았다. 그녀는 한동안 선 채로 있었는데 그 얼굴에는 묘한 표정이 떠올라 있었다. 잠시 후 자리에 앉았지만 얼굴은 새빨갛게 상기되어 있었다. 그 모습을 본 샬롯은 어머니 곁으로 성큼성큼 똑바로 걸어가더니 다정하게 어머니의 손을 잡고 바로 옆자리에 앉았다. 딸은 창백해진 얼굴로 어머니의 얼굴을 뚫어져라 바라보았다. 마든 부인은 우리가 이상하게 생각하지 않도록 하기 위해서 퍼뜩 정신을 차리고 조용히 무표정하게 앉은 채 평범하게 오가는 사람들의 무리와, 맑은 하늘과, 잠들어 있는 듯 보이는 바다를 바라보았다. 그때 내 시선은 우연히 두 여인이 서로 잡고 있는 손으로 떨어졌다. 한눈에도 어머니의 손에 강하게 힘이 들어가 있다는 사실을 알아볼 수 있었다. 보스트윅은 세 사람 앞에 선 채 그 자리의 상황을 눈짓으로 내게 물었는데 샬롯이 바로 그 눈치를 깨닫고는 약간 초조한 듯한 목소리로 말했다. "보스트윅 대위님, 그런 곳에 서 계시지 마시고 저쪽으로 가주세요. 네? 저쪽으로 가주셨으면 해요."

그 말을 듣고 나도 부인이 아픈 것이 아니라면 좋겠다고 생각하며 자리에서 일어났는데, 부인이 바로 "당신들, 돌아가지 마세요. 조금만 더 여기에 있다가 점심에 저희 집으로 함께 가요."라고 말하며 나를 억지로 잡아끌어 거기에 앉혔다. 나는 그녀의 손이 마음속 고통을 스스로 이야기하는 듯한 비밀스러운 신호처럼 나의 팔을 힘껏 누르는 것을 느꼈다. 그녀가 내게 무엇을 전달하려 한 것인지는 모르겠으나 아마도 사람들 속에서 누군가를 봤거나 어떤 좋지 않은 것이라도 본 모양이었다. 잠시 후 그녀는 "이제 마음이 가라앉았어요. 갑자기 가슴이 두근거렸었는데 이제는 가라앉았어요."라고 말했다. 이제는 그만 돌아가야 할 때가 온 것 같다며 우리는 천연덕스럽게 행동했다. 이 1막도 이제는 막을 내릴 때가 되었다고 느꼈다. 보스트윅과 나는 이 상냥한 친구들과 점심을 함께 했는데 식사를 마치고 돌아오는 길에 그는 '그처럼 자신의 취향에 꼭 맞는 사람들은 만난 적이 없었다.'고 공언했다.

마든 부인은 내일 다시 둘이서 차를 마시러 와 달라고, 그리고 사정이 허락하는 한 자주 놀러 오라고 곁들여 말했다. 그런데 그 이튿날 5시에 내가 상대방의 깔끔한 현관을 찾아가보니 두 여인은 시내로 나가고 없다는 것이었다. 집사에게 편지가 전달되어 있었다. "급한 용무가 생겼다며 매우 안타까워하셨습니다. 사오일쯤 집을 비우실 듯합니다." 입이 무거운 집사로부터 나는 간신히 이런 말을 들을 수 있었다. 3일 후, 다시 한 번 찾아가 보았으나 상대방은 시내로 나간 채 아직 돌아오지 않았다. 그런데 그 주의 마지막 날에 마든 부인으로부터 편지가 왔다.

<이제야 돌아왔습니다. 바다와 같은 마음으로 이해해주시고 발걸음을 옮겨주시기 바랍니다.>라고 적혀 있었다.

그녀가 분명한 영감을 가지고 있다는 사실을 내게 이야기해준 것은 틀림없이 이때, 이 편지를 받고 찾아갔을 때였던 것으로 기억하고 있다. 그러한 상태에 있는 사람이 당시 영국에 얼마나 있었는지는 알 길이 없지만 그 사실을 이야기한 사람은 아무도 없었기에 그것을 들었을 때는 참으로 기이한 일이라는 생각이 들어 나는 놀랐다. 게다가 부인이 그 섬뜩한 자극은 나와 관계가 있다고 말했기에 나는 더욱 놀랐다. 그 자리에는 다른 사람들도 있었다. 하나같이 브라이턴의 한가롭고 멋 부리기 좋아하는 여자들, 걸핏하면 놀란 척 눈을 동그랗게 뜨고 상황과 어울리지도 않는 감탄사를 연발하는 할머니들로 나는 그날 샬롯과 천천히 이야기 나눌 시간조차 없었다. 하지만 그 이튿날 만찬 때, 나는 다시 두 사람을 만났고 그때는 마든 양의 옆자리에 앉을 수 있었기에 만족했다. 지금 생각해보면 나는 그때 처음으로 그녀가 사소한 일에 연연하지 않는 아름다운 사람이라는 사실을 잘 알게 되었다. 틀림없이 그때가 처음이었던 것으로 여겨진다. 그 전까지 나는 그녀의 인격이라는 것을 한 소절 한 소절 불린 노래처럼 드문드문 본 것에 지나지 않았으나 그제야 비로소 커다란 목소리로 내 눈앞에 커다란 분홍빛이 되어 나타난 것이었다. 나는 노래 전부를 들은 것이었다. 그것은 얼마나 신선하고 아름다운 곡이었는지. 나는 시간만 나면 그것을 가만히 입속에서 중얼거렸다.

식사를 마친 뒤 나는 부인과 한동안 이야기를 나누었다.

그때 차가 나왔는데 밤도 이미 꽤 깊은 시각이었다. 하녀가 쟁반을 들고 내 곁으로 다가왔기에 부인에게, "어떻게 하시겠습니까? 드시겠습니까?"라고 물었더니, "마실래요."라고 답했고, 나는 쟁반 위에서 찻잔을 집어 그녀에게 내밀었다. 부인이 내민 손에 찻잔을 틀림없이 들려줬는데 어떤 이유에서였는지 그것을 쥐려 하던 부인의 손이 놀라 흠칫했기에 순간 찻잔이 두 사람의 손에서 미끄러져 쨍그랑 바닥으로 떨어졌다. 부인은 옷을 감싸는 여자의 몸짓으로 얼른 몸을 슥 피했다. 깨진 찻잔 조각을 주워 모아 내가 몸을 일으켰을 때 부인은 방 맞은편에 있는 딸 쪽을 가만히 바라보고 있었다. 딸은 거기에 답해서 입가에 상냥한 미소를 지으면서도 걱정스럽다는 듯한 눈빛으로 '어머니, 어떻게 된 일이에요?'라고 암묵 중에 묻는 듯한 모습을 보였다. 부인은 예전에 광장에서 기묘한 동작을 했을 때처럼 그때도 얼굴이 새빨갛게 물들어 있었는데 무슨 생각을 한 것인지 갑자기, "당신이 조금 더 꼭 쥐고 있었으면 좋았잖아요."라고 나를 나무라기 시작했기에 나는 당황했다. 나는 어찌해야 좋을지 몰라 쩔쩔매며 내 손을 변호했는데 부인이 뭔가 간절히 애원하는 듯한 눈빛으로 내 얼굴을 가만히 바라보았다. 나는 그 눈빛의 의미를 알 수 없어서 더욱 당황했으나 문득 그것이 '당신이 잘못한 거예요. 그렇게 생각해주세요. 그렇게 생각해주세요.'라고 말하고 있다는 사실을 깨닫게 되었다. 그때 하녀가 찻잔 조각과 흘린 차를 치우기 위해 돌아왔는데 내가 그렇게 생각하려던 순간 부인은 나와 딸의 시선에서 휙 달아나듯 별실로 들어가 버렸다. 자신의 옷이 더러워졌다는 사실에는 신경도 쓰지 않았다.

그날 밤은 더 이상 모녀의 모습을 볼 수 없었지만, 이튿날 오전 중에 나는 큰길에서 마든 양과 우연히 마주쳤다. 그녀는 머프 안에 동그랗게 만 악보를 넣어두고 있었는데 지금 친구 집에 2부 합창 연습을 위해 혼자서 다녀오는 길이라고 말했다. 나는 근처를 잠깐 걷지 않겠느냐고 말했다. 그녀는 자신의 집 현관까지 나를 데려가놓고 내가 들어가도 되겠느냐고 물었더니, "오늘은 안 돼요. 그만두세요." 라고 매정하지는 않지만 아주 분명하게 말했다. 그녀의 말에 어디다 두어야 할지 모를 시선을 문득 창 쪽으로 옮겼는데 거기에 어머니의 하얀 얼굴이 있었다. 객실 창에서 이쪽을 바라보고 있었다. 아, 부인이구나. 유령이 아니야, 라고 생각한 순간 그녀가 휙 모습을 감추었다. 딸은 눈치를 채지 못했다. 그곳까지 걸어가는 동안에도 딸은 어머니에 대해서 한마디도 하지 않았다. 나는 만나고 싶지 않다는 말을 들었기에 그 후 한동안은 그냥 그대로 내버려두었다. 뜻밖의 일로 꽤 오랫동안 연락을 주고받지 못했는데 그러는 사이에 나는 런던으로 와버리고 말았다. 런던에 머무는 동안 부인으로부터 트랜턴으로 바로 와주었으면 한다는 정중한 초대를 받았다. 트랜턴은 서식스에 있는 오래된 도

시로 내가 최근에 알게 된 한 부부가 거기서 살고 있었다.

런던에서 트랜턴으로 가보니 마든 모녀는 그곳의 집에 10명 정도 되는 사람들과 함께 있었다. 부인이 나를 보자마자 무엇보다 먼저, "저를 용서해주세요."라고 말하기에 무엇을 용서해야 하는 거냐고 물었더니, "언젠가 차를 쏟은 일."이라고 대답했다. 차는 당신에게 튀지 않았느냐고 했더니, "어쨌든 제가 실수를 해서……. 하지만 언젠가 이해하실 수 있을 거예요. 그때는 용서를 해주실 거죠?"라고 말했다. 내가 간 첫째 날, 그녀는 그와 같은 말을 몇 번인가 했다. 그것은 나를 위해서 마련해둔 영감과 같은 것으로 그녀가 거기에 이상할 정도로 집착하는 듯했기에, "저는 그런 것에는 조금도 놀라지 않습니다. 언젠가 이해하실 수 있을 거예요."라고 놀리듯 말하자 그녀는, "당신에게 그것이 일어나면 그건 바로 알 수 있을 거예요."라며 특별히 반대하는 것 같지도 않았다. 그녀에게는 영감이 오는 것이 은밀하게 느껴지는 모양이었는데, 그것은 깊은 예감으로 언제나 그에 대해서 이야기하는 것은 그런 이유 때문이라고 했다. "영감에 대해서 이야기한 것을 기억하고 계신가요? 저는 당신을 처음 만났을 때부터 언젠가 이 분에게는 모든 사실을 이야기할 수밖에 없는 일이 일어날 것이라고 분명하게 알고 있었어요." 그녀는 이렇게 말했다. 그리고, "그때가 오기까지 조급하게 생각하지 말고 침착하고 냉정하게 기다릴 수밖에 없어요. 저는 필요 없는 일에 신경을 쓰고 싶지 않아요. 당신도 신경질적이 되어서는 안 돼요. 곧 익숙해질 테니."라고 말했다. 단서가 없었기에 상상에 한계가 있었다. 나는 일부러 과장스럽게 말했는데 혹시 부인이 그런 말로 사람을 어리둥절하게 만들 생각이었다면 특별히 놀랄 필요도 없었기 때문이었다. 나는 그녀가 하는 말의 의미를 상상조차 할 수 없었지만, 그런 말을 듣고 오싹한 느낌이 들었다기보다는 뭔가 이상하다는 생각이 들었다. 이 사람 머리가 약간 이상한 것 아니냐고 마음속으로 말하려면 말할 수도 있었을 테지만 도저히 그런 말을 할 수 있는 상황은 아니었다. 자신으로서는 어떻게 해볼 수도 없을 정도로 어쩔 수 없는 일이라는 인상을 그녀에게서 받았기 때문이었다.

그 집에는 다른 젊은 아가씨들도 몇 명인가 있었지만 샬롯이 가장 매력적이었다. 그라운드 게임에서 그녀는 모든 사람들로부터 베어 쓰러뜨리기의 명인으로 주목받고 있었다. 남자는 두어 명 있었고 나도 그 가운데 한 사람이었지만, 사실은 모두가 기꺼이 그녀에게 져주는 쪽이 되고 싶어 했다. 다시 말해서 그녀는 우수한 스포츠 선수로 주목받고 있었던 것이다. 모든 사람에게 하나같이 친절했기에 남자들은 그만 밖으로 나가는 것이 늦었고, 집에 들어가는 것이 빠르지 못했다. 그런 남자들과 그녀가 서로에게 추파를 던졌는지 어땠는지는 모르겠으나, 다른 사람들은 그랬을 것이라고 생각하고 있었다. 테디 보스트윅도 브라이턴에서 이곳으로 왔는데 그는 틀림없이 그랬을 것이라 생각하고 있었다.

3일째 되던 날은 일요일로 모두가 아침 운동 삼아 야외를 걷기로 했다. 바람이 없는 흐린 날로 서식스 분지에 편안하게 둥지를 튼 것 같은 조그만 교회의 종이 마치 집 안에서 울리는 것처럼 가까이서 울리고 있었다. 때는 나뭇잎이 전부 떨어진 직후로, 하늘이 널따랗게 보이는 계절이면 늘 그렇듯 온화하고 촉촉하고 습한 공기 속을 우리는 삼삼오오 열을 지어 걸었는데 어떻게 된 일인지 나는 운 좋게 마든 양과 뒤쪽을 걷게 되었다. 지금도 기억하고 있는데 그때 널따란 잔디밭을 그녀와 함께 건너가며 나는 내 가슴 속에만 있는 것을 말해버리고 싶은 격렬한, 그리고 내게 있어서는 중요한, 예를 들어서 지금만큼 당신이 사랑스럽게 보인 적은 한 번도 없었다거나, 혹은 지금이 내 생애 중에서 가장 감미로운 시간이라거나 그런 말들을 해버리고 싶다는 강한 충동을 느꼈다. 그러나 젊었을 때는 특히 이런 말을 하면 어떻게 될지, 몇 번이고 그 말을 입 안에서 곱씹기만 할 뿐 좀처럼 입 밖으로는 내뱉지 못하는 법이다. 게다가 그때 나는 아직 그녀에 대해서 충분히 잘 알고 있지도 못했으며, 그건 그렇다 해도 상대방이 나를 아직 충분히 알지 못한다는 생각이 내게는 있었다. 대대로 내려오는 트랜턴 마을의 무덤과 촛대의 박물관 같은 교회에서는, 그 널따란 트랜턴의 자리도 일행으로 가득 찼기에 모두가 여기저기로 흩어지게 되었고 나는 마든 양을 위해서 자리를 하나 마련했으며 그 옆에 나도 자리를 잡았다. 그녀의 어머니와 친구들로부터는 조금 떨어진 곳이었다. 의자에는 농부인 듯한 사람들이 두어 명 앉아 있었는데 그들이 우리를 위해 무릎을 조금씩 양보해주었기에 그들과 그녀를 갈라놓기 위해서 내가 먼저 자리를 잡았다. 그런데 그녀가 앉고도 아직 조금 자리가 남아 있었지만 예배가 절반 정도 끝날 때까지 그곳은 빈 채로 남아 있었다.

누군가 사람이 들어와서 거기에 앉았다는 사실을 내가 깨달은 것은 예배가 절반 정도 진행되었을 때였다. 내가 보았을 때 그 사람은 자리에 앉은 지 이미 몇 분이나 지난 뒤인 듯, 바른 자세로 앉아 옆에 모자를 놓고 지팡이 손잡이에 두 손을 겹쳐 눈앞의 제단 쪽을 가만히 바라보고 있었다. 검은 옷에 창백한 피부의 젊은 남자였는데 신사다운 풍채를 하고 있었다. 마든 양이 자리를 양보하라고 내게 주의를 주지 않았기에 나는 그 사람이 거기에 앉아 있는 것을 문득 보고는 조금 의외라고 생각했다. 잠시 후, 나는 그 사람이 기도서를 가지고 있지 않다는 사실을 알게 되었기에 옆으로 손을 뻗어 내 기도서를 좌석 끝에 앉은 그의 앞에 놓아주었다. 그렇게 하면 내 것이 없어지기 때문에 마든 양이 마음을 써서 자신의 우단으로 표지를 싼 기도서의 한쪽을 내게 들게 해줄 것이라는 속셈이 있었기에 그렇게 한 것이었으나 그 기대는 보기 좋게 빗나가고 말았다.

왜냐하면 뒤늦게 들어온 그 사람이 내가 기도서를 내민 순간 고맙다고도 뭐라고도 말하지 않고 자리에서 슥 일어나더니 그대로 여닫이가 달려 있지 않은 좌석에서 소리도 없이 나가 사람들의 눈에 띄지 않도록 살금살금 교회의 중앙 통로를 지나갔기 때문이었다. 그의 기도는 2, 3분 만에 끝난 듯했다. 늦어서 나중에 들어온 것은 그렇다 해도 도중에 일찌감치 자리에서 일어나 걸어가다니 무례하기 짝이 없는 일이었으나, 소리를 내지 않았기에 특별히 방해가 되지는 않았다. 나는 자리에서 일어나 걸어가는 남자의 뒷모습을 잠깐 돌아보았으나 그 남자가 나가는 모습에 마음을 빼앗긴 사람은 한 명도 없는 듯했다. 단지 내가 보고 놀란 것은 마든 부인이 거기에 마음을 빼앗겨 갑자기 자리에서 벌떡 일어난 일 때문이었다. 그녀는 그 남자가 지나는 것을 유심히 바라보았지만 남자가 빠른 걸음으로 지나쳤기에 그녀도 바로 자리에 앉았다. 바로라고 말하기는 했지만 교회를 둘러본 나의 눈과 마주칠 정도의 시간은 있었다. 그로부터 5분쯤 지나서 나는 마든 양에게 조그만 목소리로 미안하지만 내 기도서를 집어서 이쪽으로 좀 건네 달라고 부탁했다. 사실 나는 아까부터 그녀가 스스로 그렇게 해줄 것이라 생각하고 기다리고 있었다. 그녀는 기도서를 건네주더니 다시 기도에 들어갔지만, 특별히 귀찮아하지는 않은 것 같았는데 그 증거로 책을 집어 건네주면서, "어째서 이런 곳에 놓으신 거죠?"라고 말했다. 내가 거기에 답하려는 것과 그녀가 무릎을 꾼 것은 거의 동시의 일이었다. 그랬기에 나는 말을 하려다 말았다. 나는 '그냥 잠깐 친절을 베풀어본 겁니다.'라고 말하려 했었다.

기도가 끝난 뒤 모두가 자리에서 일어났을 때 내가 다시 뜻밖이라고 생각한 일은, 마든 부인이 함께 온 사람들과 함께 밖으로 나가지 않고 딸에게 뭔가 할 말이 있는 사람처럼 통로를 지나 우리가 있는 곳으로 왔다는 사실이었다. 부인은 딸에게 한두 마디를 건넸으나, 순간 나는 그것은 핑계에 불과하며 사실은 내게 뭔가 할 말이 있는 것이라는 사실을 깨달았다. 아니나 다를까 그녀는 샬롯을 앞으로 떠밀어 내보낸 뒤, 갑자기 내게 속삭였다.

"조금 전 그 사람 보신 거죠?"

"조금 전 그 사람이라면, 여기에 앉았던 신사 말인가요? 그야 안 볼 수 있었겠습니까?"

"쉿!" 그녀가 크게 흥분한 모습으로, "저 아이에게는 말하지 마세요. 저 아이에게 말해서는 안 돼요."라고 말하고 내 팔에 자신의 팔을 얹더니 힘껏 잡아당겨 놓지 않으려 한 것은 아무래도 나를 딸에게서 멀어지게 하기 위해서였던 듯했다. 하지만 그렇게 경계할 필요도 없었다. 왜냐하면 마든 양 옆에 테디 보스트윅이 이미 붙어 있기 때문이었다. 두 사람이 앞장서서 교회를 나서자, 다시 다른 남자가 그녀 옆으로 다가갔다. 나는 이러고 있을 때가 아니라는 마음이 들었다. 마든 부인은 밖으로 나서자마자 내 팔을 잡고 있던 손에서 힘을 뺐지만, 그녀가 아직 나의 도움을 필요로 하고 있다는 사실을 나는 깨닫지 못했다.

"누구에게도 말하지 마세요. 아무한테도 말해서는 안 돼요."라고 그녀는 여전히 이런 말을 했다.

"저는 무슨 말인지 모르겠는데요. 누구한테 무엇을 말한단 말인가요?"

"당신이 그 사람을 봤다는 사실."

"하지만 모두가 그 사람을 봤는걸요."

"누구도 보지 못했어요. 아무도 본 사람이 없어요."라고 아주 분명하게 말하기에 내가 얼굴을 슬쩍 보니 그녀는 바로 정면을 뚫어져라 바라보고 있었다. 하지만 나의 시선을 느낀 듯, 앞서 나간 무리들이 있는 교회의 낡은 현관문에 잠깐 멈춰 서서 나를 유심히 쳐다보며 심상치 않은 모습으로, "당신밖에 없어요. 당신에게만 보인 거예요."

"하지만 당신도 보셨잖아요, 부인."

"네, 저는 물론 보았죠. 그게 저의 업보예요." 그녀는 이 말과 함께 얼른 그곳에서 벗어나 다른 사람들 속으로 섞여들었다. 집으로 가는 길, 나는 혼자 사람들과 떨어져 천천히 돌아갔다. 나는 마음속에서 반추했다. 나는 누구를 본 것일까? 어째서 그것이 유령이란 말인가? 그 남자의 모습은 지금도 뚜렷하게 가슴속에 떠올랐다. 어째서 그것이 다른 사람의 눈에는 보이지 않는 걸까? 마든 부인은 예외라고 했다. 어째서 그것이 업보라는 말인가? 그리고 내가 묘한 은혜를 나누어받게 된다는 것은 대체 무슨 뜻일까? 나는 자물쇠를 채운 자신의 가슴에 이런 의문을 감춘 채 점심식사 때까지 가만히 내버려두었다. 식사를 마친 뒤 담배를 피우기 위해 테라스로 나가 한두 바퀴 돌았는데 완만하게 돌이 깔려 있는 곳으로 나갈 수 있는 방의 프랑스식 창문으로 문득 마른 부인의 석고 같은 얼굴이 보였다. 나는 언젠가 브라이턴에서 샬롯을 만나 그녀의 집까지 갔을 때 창으로 얼핏 내밀었던 그 얼굴을 떠올렸다. 그러나 이때는 정체를 알 수 없는 나의 친구는 모습을 감추지 않았다. 그녀는 유리창을 똑똑 두드려 내게 들어오라는 신호를 보냈다. 그녀는 묘하게 생긴 작은 방에 있었다. 트랜턴에는 1층에 객실이 몇 개나 있었는데 그곳은 그 가운데 하나로 인도실이라 불리는, 이른바 동양풍으로 장식한 방이었다. 대나무 의자, 병풍, 긴 술이 늘어져 있는 등롱, 진열장 속에는 진기한 불상, 하나같이 친밀감이 그다지 느껴지지 않는 물건들만 있었고, 거의 사용되지 않는 방이었다. 나는 빙 돌아서 그 방으로 들어가 부인과 마주보았다. 방으로 들어서자마자 그녀가 내게 대뜸 말했다. "솔직하게 대답해주셨으면 해요. 당신 저희 딸과 사이가 좋으신가요?" 나는 대답이 바로는 나오지 않았다. "그 질문에 대답하기 전에 어째서 그런 생각을 하게 되셨는지 그 이유를 들려주셨으면 합니다. 제가 먼저 뻔뻔스럽게 나선 적은 없었습니다."

'거짓말 마세요.' 걱정에 잠긴 듯한 아름다운 눈으로

이렇게 말하며 마든 부인은 내 질문에 만족스러운 답변도 하지 않은 채 강경하게 나왔다.

"오늘 아침 교회에 갈 때 당신, 저희 아이에게 아무런 말도 하지 않았나요?"

"어째서 제가 무슨 말인가를 했을 거라고 생각하시는 거죠?"

"당신도 그 사람을 보았으니까요."

"보았다니, 누구를 말입니까?"

"어머, 알고 계시면서." 그녀가 진지한 얼굴로, 아니 그보다는 약간 비난하는 듯한 투로 말했다. 마치 내가 그녀를 이름도 없는 사람으로 얕잡아보고 있기라도 하다는 듯.

"오늘 아침에 교회에서 알 수 없는 말씀을 하셨던 그 문제의 신사 말입니까? 저희들 자리에 껴서 앉았던?"

"당신은 그 사람을 보았어요. 당신은 그 사람을 보았어요." 그녀가 슬픔과 안도감이 묘하게 뒤섞인 것 같은 목소리로 한숨을 쉬듯 말했다.

"물론 봤습니다. 당신도 보셨잖아요."

"그런 건 아무래도 상관없어요. 당신, 그것을 어쩔 도리가 없는 일이라고 생각하시나요?"

나는 다시 영문을 알 수 없었다. "어쩔 도리가 없는 일?"

"당신은 결국 그 사람을 볼 수밖에 없었던 거예요."

"그야 물론이죠. 저는 장님이 아니니까요."

"어쩌면 보지 않을 수도 있었을 거예요. 다른 사람들은 보지 못하니."

나는 무슨 소린지 도무지 알 수가 없었다. 그 사실을 있는 그대로 상대방에게 말했으나, 그녀가 뒤이어 한 말로 나는 더더욱 영문을 알 수 없게 되었다.

"저는 알고 있었어요. 당신이 딸과 틀림없이 연애를 하는 사이가 될 것이라고 생각한 순간부터 알고 있었어요. 그것이 시험이 될 거라고 할 수 있을 거예요. 즉 증거가 될 거라고 저는 알고 있었어요."

"연애라는 것에는 이처럼 묘하고 뭐가 뭔지 알 수 없는 기분이 늘 따라다니는 법인가요?" 내가 웃으며 물었다.

"그건 직접 판단하시면 될 거예요. 어쨌든 당신은 그 사람을 보았어요. 당신은 그 사람을 봤잖아요." 그녀가 장담하듯, "머지않아서 다시 보게 될 거예요."

"저는 특별히 반대는 하지 않지만 그 사람이 누구인지 가르쳐주신다면 훨씬 더 흥미를 느낄 거라 생각합니다."

그녀는 슬쩍 내 눈을 피했다가 다시 나와 눈을 마주쳤다. "당신이 교회에 갈 때 저희 아이에게 무슨 말씀을 하셨는지, 그것을 말씀해주시면 가르쳐드릴게요."

"제가 무슨 말을 했다고, 그녀가 그러던가요?"

"제게는 그런 말을 딸에게서 들을 필요가 없어요." 부인은 어딘가 자신 있다는 듯한 표정이었다.

"아아, 그랬었죠. 당신께는 영감이라는 게 있으니까요. 하지만 안타깝게도 이번만은 당신의 영감도 맞지 않았습니다. 솔직히 말씀드려서 저는 따님께 특별히 이렇다 할 말은 아무것도 하지 않았으니까요."

"당신, 그게 사실인가요?"

"제 명예를 걸겠습니다, 부인."

"그럼 그 아이와 연애는 하지 않을 생각인가요?"

"그건 별개의 문제라고 생각합니다." 나는 웃기 시작했다.

"당신은 사랑에 빠진 거예요. 맞아요. 그렇지 않고서는 그 사람이 보일 리 없으니까요."

"그러니까, 그 사람은 대체 누구입니까, 부인?" 나는 약간 답답한 생각이 들었기에 따지듯 물었다.

하지만 그래도 그녀는 내게 다시 질문을 할 뿐이었다. "당신, 저희 아이에게 뭔가 하고 싶었던 말 없었나요? 거기에 가까운 데까지 가지 않았었나요?"

아아, 이거 꽤나 핵심에 접근하기 시작했다. 과연 말로 들은 것 이상의 영감이었다. "맞습니다. 당신이 말씀하신 그것에 가까운 곳, 아슬아슬했다고 말해야 할까요? 저 스스로도 어떻게 얌전히 물러날 수 있었는지 모르겠습니다."

"그것으로 됐어요. 입으로 말했는지 말하지 않았는지, 그건 구별할 필요가 없어요. 단지 당신이 느꼈다는 사실. 그래서 그 사람이 나타난 거예요."

나는 결국 언제까지고 같은 말만을 거듭해서 되풀이하는 그녀의 이야기에 질려서 기도하듯 두 손을 모아 탄원했다. 그 탄원하는 마음에는 실제로 답답한 기분도 크게 섞여 있었으나 한편으로는 묘한 호기심과 어떤 저주에 의한 공포의 불꽃과 같은 것도 함께 섞여 있었다.

"제발 부탁이니 부인께서 말씀하시는 그 사람의 이름을 가르쳐주세요."

부인은 내게서 눈을 피하더니 마치 지금까지 보류해왔던 것도, 책임도, 두 가지 모두 내던져버리듯 두 손을 높이 치켜들고, "에드먼드 옴 경."

"그렇다면 그분은 어떤 분이신가요?"

내가 물은 순간 그녀는 퍼뜩 놀라며,

"쉿, 그 사람들이 와요." 그녀의 시선을 따라가 보니 창의 테라스에 샬롯이 서 있는 것이 보였다. 부인이 단단히 주의를 주는 듯한 투로, "그 사람에 대해서는 단 한마디도 해서는 안 돼요. 절대로요."

샬롯은 눈 위로 두 손을 가져가 유리창 너머로 방 안을 들여다보며 생글생글 웃는 얼굴로 이곳을 통해 들어가게 해달라고 눈과 얼굴로 신호를 보내고 있었다. 나는 자리에서 일어나 그곳으로 가서 창문을 열어주었다. 부인은 다른 곳을 바라보고 있었고 그녀가 웃으며 성큼성큼 들어와, "어머, 두 사람, 이런 곳에 몰래 숨어서 무슨 음모를 꾸미고 있었던 거죠?" 마침 그날은 오후부터 무엇인가—무엇인지는 잊어버렸지만—를 할 계획이었는데, 마든 부인도 거기에 참가할지 물어보라고 부탁을 받은 참이었기에, 운 좋게도 내가 거기에 있다는 사실 때문에 특별히 의심을 받지는 않았다. 그랬기에 샬롯도 심문을 어중간한 상태에서 그치고 말았던 것이다. 그런데 어머니가 획 몸을 돌리더니 참으로 어색하기 짝이 없는 무성의함으로 목에 손을 감으며 딸을 맞이하는 포옹을 했기에 내가 더 당황하고 말았다. 어쩔 수 없었기에 그대로 내버려둔 채 나는 일부러 매우 정중하게,

"지금 막 어머님께 당신의 손을 빌리고 싶다고 청하던 참이었습니다."

"아아, 그래요? 그래서 어머니께서 허락을 하셨나요?" 마든 양이 바로 응수했다.

"마침 그 순간 당신이 오셨기에."

"네, 좋아요. 아주 잠깐만 당신의 뜻에 맡기겠어요."

"샬롯, 너 이분을 좋아하니?" 마든 부인이 전혀 생각지도 못했던 노골적인 말투로 물었다.

"그런 걸 본인 앞에서 어떻게 얘기해요? 안 그런가요?" 그녀가 약간 장난스럽게 들뜬 기분으로, 그러면서도 나에 대해 이런 사람 애초부터 좋아할 리 없잖아요, 라고 말하는 듯한 표정을 지으며 말했다.

사실 그녀는 그 말을 또 다른 한 사람 앞에서 한 셈이 되었다. 그도 그럴 것이 그 바로 전에 테라스를 통해서—프랑스식 창문은 아직 열린 채였다— 방 안으로 들어오는 발소리가 들리더니 신사 한 명이 들어오는 것이 보였기

때문이었다. ─적어도 내 눈에는 그렇게 보였다. 마든 부인은 "그 사람들이 와요."라고 말했었는데, 아니나 다를까 샬롯 한 사람이 아니라 그 신사가 조금 떨어져서 뒤를 따라온 것인 듯했다. 나는 그 귀인이 오늘 아침 교회에서 우리 곁에 앉았던 사람과 같은 사람이라는 사실을 한눈에 알아볼 수 있었다. 이때는 나도 전보다 더 자세히 보았다. 근방에서 본 적이 없는 얼굴과 차림새였다. 나는 지금 귀인이라고 말했는데, 그것은 마치 왕족이라도 찾아오신 듯 뭐라 말할 수 없는 느낌이 들었기 때문이었다. 주위를 물리치는 듯한 위용이 있어서 우리와는 격이 전혀 다른 사람인 듯했다. 그런데 그가 나를 진지한 얼굴로 빤히 쳐다보았다. 내게 무엇인가 하라고 말하는 것 아닐까 여겨질 정도였다. 무릎을 꿇고 앉아 그의 손에 입맞춤이라도 할 줄 알고 있는 걸까? 그가 같은 태도로 마든 부인에게 시선을 돌렸으나 부인은 어떻게 대해야 하는지를 알고 있었다. 그녀는 이 사람이 온 것을 보고 처음에는 흠칫 당황했으나, 이후부터는 완전히 시미치를 떼고 있었다. 그것을 보고 나는 그녀가 내게 주었던 주의를 떠올렸다. 나는 그녀의 흉내를 내느라 애를 먹었다. 왜냐하면 나는 이 사람이 에드먼드 옴 경이라는 사실 외에는 아무것도 몰랐지만, 이 사람 앞에 있으면 묘한 압박감이 느껴졌기 때문이었다. 그는 아무런 말도 하지 않고 거기에 그냥 서 있었다. 나이는 젊었다. 미남이었다. 수염을 말끔하게 깎았으며 멋쟁이였고 연푸른 눈이 아

름다웠다. 머리 모양이나 머리를 기른 품이 오래 전의 초상
화처럼 어딘가 고풍스러웠다. 그는 상복을 입고 있었으나
훌륭한 차림새라는 것은 한눈에 알아볼 수 있었다. 한손에
는 모자를 들고 있었다. 그런 그가 나를 다시 이상할 정도
로 빤히 바라보았다. 지금껏 누군가가 나를 이렇게 빤히
바라본 적은 한 번도 없었다. 마치 가슴이 얼어붙는 듯하여
뭔가 말을 해주었으면 좋겠다고 생각한 것을 기억하고 있
다. 그처럼 아무런 소리도 내지 않고 입을 다물고 있는
사람은 본 적이 없었다. 물론 이런 인상은 전부 눈 깜빡할
사이에 받은 것이었으나, 나는 문득 그 사람의 얼굴이 얼핏
얼핏 샬롯의 얼굴표정과 아주 닮은 것 같다는 생각이 들었
다. 샬롯은 어머니와 나의 얼굴을 번갈아 바라보고 있었다.
그 사람은 샬롯의 얼굴은 결코 보지 않았다. 그녀도 그
사람은 보지 않는 것 같았다. 마침내 샬롯이 말했다. "대체
무슨 일이예요? 두 사람 모두 그렇게 이상한 얼굴을 하
고!" 나는 퍼뜩 제정신이 든 듯한 기분이었다. 그녀가 같은
말투로, "누가 보면 유령이라도 본 줄 알겠어요!"라고 말
했다. 나는 내 얼굴이 빨개졌다는 사실을 스스로도 알 수
있었다. 에드먼드 옴 경은 빨개지지 않았다. 이 사람은 아
무리 당황스러운 순간에도 동요하지 않는 사람이라고 생각
했다. 그런 사람과는 곧잘 만나곤 했지만 그처럼 냉정한
사람은 본 적이 없었다.

"자자, 그런 실없는 소리 하지 말고 얼른 저리로 가서

나도 참가할 거라고 말해두어라." 마든 부인이 약간 굳은 얼굴로 말했는데, 그 목소리는 떨리고 있었다.

"당신도 오실 거죠?" 샬롯이 빙그르 돌아서며 물었다. 나는 이 질문을 그녀와 함께 온 사람에게 한 것이라고 생각했기에 대답하지 않았다. 그러나 나보다도 함께 온 그 사람이 훨씬 더 굳게 입을 다물고 있었다. 그녀는 문 앞까지 가더니 거기에 멈춰 서서 손잡이에 손을 얹은 채 내 쪽으로 돌아보며 다시 같은 질문을 되풀이했다. 나는 "네."라고 끄덕인 뒤 곧장 문을 열어주기 위해 달려갔다. 그녀는 복도로 나서더니 나를 놀리는 듯한 커다란 목소리로, "눈치 없는 분이시네요. 손 같은 거 빌려드리지 않을 거예요."

문을 닫고 방 안 쪽으로 돌아선 나는 내가 등을 돌리고 있는 사이에 에드먼드 경이 창문을 통해서 밖으로 나갔다는 사실을 알게 되었다. 마든 부인이 방 안에 혼자 서 있었다. 두 사람은 오래도록 서로의 얼굴을 마주보았다. 나는 샬롯이 경쾌하게 복도를 떠난 순간, 그래 저 아가씨는 무슨 일이 있었는지 전혀 모르는 거야, 라고 그 순간 처음으로 깨달았다. 알 수 없는 것은 그 점이었다. 그 손님이 내 눈에 보인 것은 조금도 이상한 일이 아닌 듯한 느낌이 들었다. 그보다 샬롯에게 보이지 않는다는 사실이 참으로 신기하게 여겨졌다. 이것으로 그녀가 교회에서도 깨닫지 못하고 있었다는 사실을 분명히 알 수 있었다. 이 두 가지 사실—둘 모두 이미 끝나버린 일이지만—을 생각하자 내 가슴이 이상하게 고동치기 시작했다. 내가 이마를 훔치자 마든 부인이 맥이 풀려버린 듯한 낮은 목소리로 말했다.

"이제 저의 일생을 아셨겠죠? 저의 일생을 드디어 아셨겠지요?"

"대체 그 사람은 누구인가요? 뭐죠, 그 사람은?"

"제가 망쳐버린 사람이에요."

"그 사람을 어떻게 망쳤다는 거죠?"

"아아, 무서워라. ─벌써 몇 년이나 전의 일이에요."

"몇 년이나 전? 하지만 저분은 젊으시잖아요?"

"젊다고? ─젊다고?" 마든 부인이 외쳤다.

"저보다 먼저 태어나신 분이에요."

"그런데 왜 저렇게 젊게 보이는 거죠?"

그녀가 내게로 가까이 다가와 내 가슴에 손을 얹었다. 그 얼굴에는 나도 모르게 나를 움츠러들게 만드는 무엇인가가 있었다.

"당신 모르시겠나요? 느끼지 못하셨나요?" 참으로 난처한 양반이라고 말하는 듯한 표정이었다.

"참으로 이상하다고는 느끼고 있습니다만." 내가 웃으며 말했으나 그 목소리가 웃음을 배반하고 있다는 사실은 스스로도 알고 있었다.

"저 사람, 죽은 사람이에요." 부인의 얼굴은 창백했다.

"죽은 사람?" 나의 숨결도 거칠어져 있었다. "그럼 저 신사는─." 이렇게만 말한 채 그 다음 말이 나오지 않았다.

"뭐가 됐든 편한 대로 부르세요. 여러 가지 호칭이 있잖아요. 어쨌든 저 사람은 분명히 존재해요."

"그야 완벽하게 존재하고 있습니다." 나 역시 무심결에 목소리가 커졌다. "이 집이 유령의 집인 겁니다. 이 집이 유령의……." 나는 유령이라는 단어에 지금까지 꿈에서조차 생각하지 않았던 의미를 부여하며 외쳤다.

"아니요, 이 집이 그런 게 아니에요. 그렇게 말하면 가엾잖아요." 그녀가 바로 맞받아쳤다. "이 집과는 아무런 관계도 없어요."

"그럼 당신이로군요? 부인." 그쪽이 그나마 나은 일이라도 되는 양 내가 말했다.

"아니요, 저도 아니에요. ―저라면 상관없지만―."

"그럼, 저 때문인가요?" 내가 병적으로 웃으며 슬쩍 떠보았다.

"그 누구도 아니에요, 우리 아이예요. ―저 아무것도 모르는 천진한 우리 아이예요." 이렇게 말하고 마든 부인은 의자에 털썩 몸을 묻더니 와락 울음을 터뜨렸다. 나는 머뭇머뭇 그녀가 당혹스러워하는 이유를 물었으나, 뜻밖에도 그녀는 그것을 강하게 뿌리쳤다. 그래도 나는 끈질기게 물었다. ―제가 부인을 도와드려서는 안 되는 건가요? 제가 관여해서는 안 되는 건가요? "아니요, 벌써 관여하고 계세요."라고 그녀가 훌쩍이며, "당신은 그 일 속에 계신 거예요. 이미 그 속에 계신 거예요."

"그거 기쁜 말이네요. 이처럼 기이한 일 속에 있다니."
내가 대담하게 말했다.

"기쁠지 어떨지는 모르겠지만, 당신은 이제 빠져나갈 수
없어요."

"빠져나가고 싶은 마음도 없습니다. ―이거 일이 재미있
어졌는데."

"당신이 싫어하지 않으시니, 저도 기쁘네요." 부인이 이
렇게 말하고 내게서 얼굴을 돌리더니 서둘러 눈물을 닦았
다. "자, 그럼 이만 저쪽으로 가요."

"하지만 저는 아직 조금 더 알고 싶습니다."

"그건 곧 보게 되실 거예요. 자, 저쪽으로 가요!"

"그렇지만 무엇을 보게 되는 건지 알고 싶은데."

"당신이 무엇을 알 수 있겠어요. 저조차도 모르는데."
그녀가 맥 빠진 목소리로 말했다.

"그럼, 저희가 함께 하기로 합시다. ―틀림없이 알 수
있을 겁니다."

이 말을 듣고 그녀가 치밀어 오르는 눈물을 지우려 하며
의자에서 일어나, "맞아요, 함께 하는 편이 더 좋겠네요.
전 그래서 당신이 좋았던 거예요."

"그래요, 저희 둘이서 그것을 꿰뚫어보기로 합시다."

"그러기 위해서는 좀 더 자제심을 갖지 않으면 안 돼요."

"네, 그렇게 하겠습니다. 그렇게 하도록 훈련하겠습니
다."

"곧 익숙해질 거예요."라고 그녀가 결코 잊지 못할 어조로 말했다. "자, 저쪽으로 가서 사람들과 어울리도록 하세요. —저도 바로 뒤따라 갈 테니."

나는 밖으로 나가 테라스를 지나면서 뭔가 내게도 역할이 주어진 것 같다는 기분이 들었다. 부인이 말한 '분명한 존재'를 다시 만나는 것이 조금도 두렵지 않았으며, 오히려 즐거운 마음이었다. 나는 스스로의 운을 새로이 하고 싶었으며, 이 신념에 스스로를 개방했다. 나는 틀림없이 에드먼드 경을 따라잡을 수 있을 것 같다는 생각이 들어 빠른 걸음으로 집 주변을 한 바퀴 돌아보았다. 그때는 따라잡지 못했지만 마든 부인이, 내가 만나고 싶어 하면 반드시 만날 수 있다고 말한 것처럼 그날 중으로 그렇게 되었다.

지금도 그렇지만 당시 영국의 시골집에서는 일요일 오후의 놀이로 곧잘 동네사람들과 함께 산책을 나갔다. 그날에는 우리도 오후부터 산책을 나갔는데 여성들을 생각해서 그렇게 멀리까지 가지는 않았다. 게다가 해가 짧은 시기였기에, 나는 오후의 차 시간까지 조금 더 걷고 싶었으나 5시에는 모두가 홀의 난롯가로 돌아와 있었다. 마든 부인도 일행에 가담할 예정이었으나 어찌된 일인지 모습을 드러내지 않았다. 출발하기에 앞서 안부를 살피러 갔던 샬롯의 말에 의하면 단지 피곤하다는 것이었다. 그대로 부인은 오후 내내 모습을 드러내지 않았으나, 나는 그것을 크게 마음에 두지 않았다. 사실은 산책하는 동안 샬롯과도 5분

이상은 함께 하지 않았을 정도로 마음에 걸리는 일이 있었기 때문이었다. 나는 지금 나의 일생이 거기에서부터 펼쳐질, 신비한 입구의 문턱을 밟고 있는 것이라는 생각이 들었다. 그 입구가 지금 갑자기 열려 거기에서부터 지금까지 맡아본 적도 없는, 술의 향기보다 강렬한, 코를 찌르는 듯한 향기가 피어오르고 있었다. 지금까지 유령에 관한 이야기는 수도 없이 들어왔지만, 나의 것은 일단 만나고 나니 다시 한 번 친밀하게 만나보고 싶다는 생각이 들었기에, 그것과는 얘기가 전혀 달랐다. 등대의 불빛을 찾는 도선사처럼 나는 그 유령을 찾고 있었다. 그리고 나는 언제라도 이 불길한 문제를 총괄하여 누구에게라도 유령이라는 것은 세상에서 상상하고 있는 것처럼 무서운 것이 아니라 재미있는 것이라고 대답할 수 있을 만큼의 준비가 되어 있었다. 나의 마음이 매우 들떠 있었다는 점에는 의심의 여지가 없었다. 나만은 다르다는, 어떻게 다른 건지 나에게 주어진 그 특이성도 아직은 잘 몰랐으나, 단지 환영이 신비하게 증대할 경우의 예외적 사실이라는 점이 내게는 마음에 들었던 것이다. 동시에 나는 마든 부인이 없다는 사실을 분명히 고려했던 것이라 생각한다. 생각해보면 마든 부인이 없다는 사실은 그녀가 '저의 일생을 아셨겠죠?'라고 말한 것에 대한 주석이었던 것이다. 아마도 그녀는 오랜 세월 그 에드먼드 옴 경을 보아왔는데 나처럼 강한 신경을 가지고 있지 않기에 마음이 무너진 것이리라. 점점 익숙해질 거라고 자신이 그랬던 것처럼 말했지만, 사실은 무신경해져 있었던 것이다. 그녀는 마음이 무너지는 일에 익숙해져 있었던 것이다.

　해가 짧은 시기에는 오후의 차 시간이 되면 밖은 벌써 어두워지지만, 트랜턴에서는 이때가 가족들이 모여 단란한 시간을 보낼 때였다. 지난 세기에 지어진 하얀 벽의 넓은 홀에서는 난롯불이 타오르고 있었으며, 각자 옷을 갈아입기 전의 한때를 진흙이 묻은 구두를 신은 채 소파 깊숙이 몸을 묻고 앉아 산책에서 나누던 이야기를 계속해서 나누는 등 서로의 마음을 주고받으며 보내고 있었다. 누군가가 찾고 있던 소설책의 제3권을 혼자 심취해서 읽은 것조차 모두의 화목한 즐거움 가운데 하나였다. 나는 주의를 기울여 그때를 노리고 있었는데, 마침 샬롯이 방에서 나가려 하는 것을 보았기에 그녀에게로 다가갔다. 여성들은 이미 한 명씩 방을 떠났으며, 내가 그녀에게 말을 걸었을 때는 마침 세 명의 남자도 이제 슬슬 자리에서 물러나려 할 때였다. 샬롯은 뭔가 깊이 생각하는 것이 있었던 것일지도 몰랐다. 무엇을 생각하고 있었는지는 모르겠으나, 두어 마디 말을 주고받은 뒤 그녀는 이제 가보아야 한다고 말했다. 만찬에 늦어서는 안 된다고 생각한 것이리라. 시간이 아직 충분히 있다는 사실을 내가 정확히 보여주었으나, 그녀는 몸이 좋지 않았던 어머니가 어떻게 하고 계신지 어쨌든 보고 와야 한다며 반대했다.

"아니요, 어머님은 지금까지보다 훨씬 기분이 좋아지셨을 겁니다. 그건 제가 보장하겠습니다."라고 내가 말했다. "어머니는 저를 신뢰해도 좋다는 사실을 알게 되셨기에, 그것으로 몸이 좋아지셨습니다."

마든 양은 그때 일단 일어났던 의자에 다시 앉아 있었고 나는 그 앞에 서 있었는데, 웃음기 없는 얼굴로 나를 올려다보는 그녀의 아름다운 눈에는 어딘가 슬픔의 빛이 어려 있었다. 그것은 내가 그녀에게 상처를 주었기 때문이 아니라, 나와 그녀의 어머니 사이에서 일어난 일을—물론 그것을 매우 진지하게 받아들이려는 것은 아니라 할지라도—더는 한바탕 농담으로 웃어넘길 수 없게 되었다는 사실을 슬퍼하는 듯 여겨지는 눈빛이었다. 그랬기에 나는 가능한 한 다정하게 있는 그대로 그녀의 의문에 답해주었다. 실제로 나는 가엾은 부인이 내게 자신의 짐을 대신 지게 하고 얼마간 안심하고 편안해졌다는 사실을 알고 있었기 때문이었다. 나는 말했다. "오늘 어머님은 아마도 몇 년 만에 처음으로 푹 주무셨을 겁니다. 어머님께 여쭤보시기 바랍니다." 샬롯이 다시 자리에서 일어나, "당신이 꽤나 노력을 해주셨군요."

"잠깐, 15분 정도는 괜찮지 않습니까? 당신의 어머님께서 당신의 손을 제게 주셨으니 둘이서 이렇게 잠깐 이야기를 나눌 수 있는 권리가 제게도 있습니다."

"저를 당신의 것으로 만든 건 '당신의' 어머님이신가

요? 어머님께 한껏 감사를 하셔야겠네요. 하지만 전 그런 거 원하지 않아요. 저희들의 손은 저희들 어머님의 손이 아니라고 저는 생각해요. 이 손은 언제부턴가 저의 손이 되어버렸어요." 이렇게 말하고 그녀는 웃었다.

"그래, 알았으니 앉으세요. 앉아서 제 이야기를 조금 들어주세요."

나는 그녀가 내 말을 듣는지, 안 듣는지 시험해보고 싶었기에 졸라대듯 그곳에 버티고 서 있었다. 그녀는 억지스러운 부탁을 받아 곤란하게 되었다는 듯 공허한 시선을 여기저기로 던졌다. 텅 비어버린 홀은 조용해서 커다란 시계가 똑딱이는 커다란 소리만이 들려왔다. 마침내 그녀가 조용히 앉았기에 나는 의자를 그 옆으로 가져갔다. 그런 다음 나는 다시 난로 쪽으로 얼굴을 휙 돌렸는데, 돌린 순간 거기에는 우리 둘만이 있는 것이 아니라는 사실을 깨달았다. 그런데 신기하게도 퍼뜩 놀란 그 마음의 혼란이 평소 같았으면 더욱 심해졌을 테지만, 이때는 다음 순간에 슥 가라앉아 있었다. 나는 난로 바로 앞에서 에드먼드 경을 본 것이었다. 그는 예의 인도실에서 보았을 때처럼 우수를 띤 기품에서 엄숙함을 빼낸 것 같은 무표정한 눈으로 나를 가만히 바라보고 있었다. 나는 그에 대해서 이전보다는 얼마간 알고 있었기에 거기에 그가 있다는 사실을 깨달은 모습은 보이지 않고, 아무 일도 없었던 것처럼 행동했다. 전에 그를 보았을 때는 그가 샬롯과 함께 있는 것이라는 느낌이 계속 들었을 뿐이었으나, 이번에는 그와 반대로 이렇게 여기에 모여 있는 데에는 특별한 이유가 있을 것 같다는 기분이 들었다. 그러나 거기에 나타난 사람으로부터는 샬롯에게 아무런 힘도 미치지 못했다. 나는 나의 감응력이 일반 사람들과는 달라서 신경이 마치 하프의 현처럼 팽팽하게 당겨져 있다는 사실을 그녀에게 숨기기 위해 커다란 애를 먹었으나, 그래도 그럭저럭 거기에 성공했다. 왜 '그럭저럭'이라고 말했는가 하면, 그녀가 또 무슨 말인가 하지나 않을까 싶어 조마조마한 마음으로 입을 다물고 있었는데, 아니나 다를까 인도실에 있었을 때처럼 그녀가 내 얼굴을 바라보며, "당신, 왜 그러세요?"라고 이상하다는 듯 물었기 때문이다.

나의 급선무는 어떻게 해서든 그녀에게 빨리 가르쳐주는 일이었다. 아무것도 모르고 있는 그녀를 보고 있으면 나는 가슴이 막히는 듯했으며 머릿속에서 내가 알고 있는 사실이 소용돌이를 쳤다. 그녀가 이 신비한 인물 앞에 있다는 사실을 스스로 아는 것은 애처로운 일이었다. 위험인지, 아니면 비탄인지, 축복인지. 그도 아니면 독약인지. 그것이 무엇의 전조인가 하는 것은 중요한 문제가 아니었다. 내가 본 것은 거기에 아무것도 모른 채 아름답게 앉아 있는 그녀가, 지금은 마침 베일에 가려 숨겨져 있지만 사실은 언제 눈앞에 나타날지 알 수 없는 무시무시한 것의 바로 옆에 있다는 사실이었다. 나는 그것을 알고 있었기에 —적어도 그녀에게는 견딜 수 없는 일이라는 사실을 알고 있었기에, 지금은 그를 상대하지 않겠지만, 알게 된다면 그녀도 마찬가지이리라. 기묘하고 재미있는 일이 아니라면 틀림없이 온몸에 소름이 돋는 일이리라. 물론 지금 나는 상대하지 않겠지만, 나중이 되면 그렇게 해주겠다. 그것은 내게 그녀를 지켜야 한다는 생각이 있었기 때문이었다. 이런 생각이 들자 곧 심장이 고동치기 시작했다. 나는 그녀의 의식을 덮어둘 수 있다면 무슨 일이든 하겠다고 결심했다. 하지만 무엇보다도 여기서 내가 그녀를 사랑하고 있다는 사실에 스스로가 분명하게 눈뜨지 못한다면, 기껏 내가 할 수 있는 일도 애매하고 모호해져버린다. 그녀를 구하는 길은 그녀를 사랑하는 일이었으며, 그녀를 사랑하는 길은 지금 여기서 내가 하려는 일을 그녀에게 털어놓는 것이었다. 에드먼드 경은 특별히 내가 하려는 일을 방해하지 않았을 뿐만 아니라, 시간이 조금 지나자 우리에게서 등을 돌리고 난로의 불을 가만히 바라본 채 서 있었다. 그리고 시간이 조금 더 지나자 그는 난로 위 선반에 팔꿈치를 대고 머리를 받치고 있었는데 참으로 실망한 듯 깊은 생각에 빠져 있다기보다는, 매우 피곤해 보이는 모습이었다. 샬롯 마든은 내 말을 듣더니 갑자기 의자에서 튕겨져 오르듯 일어났다. 마치 이야기에서 도망치듯 벌떡 일어났으나 그녀는 특별히 화를 내지도 어떻게 하지도 않았다. 내가 말한 마음에 거짓이 없었기 때문이었다. 그녀가 입 안에서 무엇인가 중얼거리며 방 안을 서성거렸기에 나는 여기서 조금이라도 점수를 따야겠다고 생각했고, 거기에 마음이 팔려 있었기에 에드먼드 경이 어떤 식으로 모습을 감췄는지는 깨닫지 못했다. 원래 있던 곳을 바라보았을 때 그곳은 이미 텅비어버린 뒤였다. 물론 조금도 방해가 되지 않았기에 있든 없든 상관없는 일이었으나. 단지 나는 그때 샬롯이 나를 향해 슬프게 머리를 흔드는 모습에서 뭔가 무자비한 것을 순간적으로 느꼈다는 사실을 기억하고 있을 뿐이다.

내가 말했다. "지금 대답을 달라는 것은 아닙니다. 단지 이 일에 얼마나 많은 것들이 걸려 있는지, 당신이 그것을 분명히 알아주셨으면 합니다."

그녀가 대답했다. "저는 지금도, 그리고 언제까지고 그런 대답을 당신께 하고 싶지 않아요. 전 그런 거 정말 싫어요. 죄송하지만 사람이 혼자 있고 싶어 할 때는 혼자 있게 해주셨으면 해요."

이 괴로움에 빠진 미인의 말릴 수도 없이 떼를 쓰는 어린아이 같은 말 속에서 무정한 무엇인가를 찾아내려면 얼마든지 찾아낼 수 있었을지도 모르겠지만, 방에서 나가며 그녀는 어색하게, 빠른 어조로, 모호하게, 마음을 담아, "고마워요. 고마워요. 정말 고마워요!"라고 말했다.

만찬의 자리에서는 나도 이미 관대한 마음이 되어 평소에는 결코 나와 같은 쪽에 앉지 않던 그녀가 오늘은 나와 같은 쪽 테이블에 앉아 있는 것을 보고는 기쁜 마음이 들었다. 어머니는 나와 거의 마주보는 앞자리에 앉아 있었다. 그리고 우리가 자리에 앉자 마든 부인이 우리를 묶고 있는 신비한 관계를 표현하는 눈으로 의미심장한 눈빛을 내게 던졌다. 그 눈은 물론 '딸에게서 들었어요.'라는 의미를 표현한 것이었으나, 그 외에 다른 의미도 포함하고 있었다. 어쨌든 나도 말없이 눈빛으로 대답했는데, 그것이 그녀에게 '그 사람을 또 보았습니다.'라는 의미를 전달했다는 사실을 알 수 있었다. 그러나 그것을 알고 난 뒤에도 그녀는 평소와 특별히 다르지 않은 모습으로 다정하고 정중하게 옆 사람을 대했다. 식사가 끝난 뒤 남자들과 여자들이 객실에 함께 모였을 때 내가 곧장 부인 앞으로 가서 잠깐 조용한 곳에서 이야기를 나누고 싶다고 말하자, 그녀가 펼쳤다 접은 부채로 시선을 떨어뜨리며 낮은 목소리로 말했다. "그 사람이 이 방에 있어요. 이 방 안에 있어요."

"이 방에?" 나는 방 안을 둘러보았으나 눈에 들어오지 않았다.

"우리 아이가 있는 곳을 보세요." 부인이 약간 불쾌하다는 듯한 얼굴로 말했다. 그랬다, 샬롯은 널따란 객실이 아니라 그 옆의 다실에 있었다. 두어 걸음 다가가 들여다보니 열려 있는 문으로 다실의 한가운데서, 등을 이쪽으로 향한 세 신사와 이야기를 나누고 있는 그녀가 보였다. 처음 보았을 때 한동안은 알지 못했으나 그들 가운데, 그 세 명의 신사 중 한가운데에 있는 사람이 다름 아닌 에드먼드 경이라는 사실을 알 수 있었다. 놀랍게도 두 신사들에게는 그의 모습이 보이지 않는 모양이었다. 내가 보기 전까지 샬롯은 그에게 눈을 향한 채 직접적으로 이야기를 하고 있는 것 같은 자세를 취하고 있었다. 잠시 후, 그녀는 나를 보았으나 바로 몸의 방향을 바꾸어버렸다. 나는 샬롯에게 내가 감시하고 있는 것 같다는 느낌을 주어서는 안 되겠다고 생각했기에 서둘러 어머니 곁으로 돌아갔다. 그런 느낌을 주어서는 좋지 않았다. 마든 부인은 조금 떨어진 곳에 조그만 소파가 놓여 있는 것을 보고 거기에 앉아 있었기에 나도 그 옆에 앉았다. 나는 여러 가지로 묻고 싶은 것이 있었기에 그것을 위해 다시 한 번 예의 인도실로 가서 천천히 이야기하고 싶었다. 하지만 곧 거기서도 비밀 이야기는 충분히 가능하다는 사실을 알게 되었다. 이렇게 곁에 딱 붙어 앉아서 둘이서만, 그리고 서로에게 대답은 말없이 고개만 끄덕인다면 어디서든 이야기가 새어나갈 염려는 없었다. 내가 말했다.

"그래요, 저기에 있네요. 7시 15분을 지났을 무렵에는 홀에 있었습니다."

"그때도 저는 알고 있었어요. 그래서 전 아주 기뻤어요!"라고 부인이 숨기지 않고 말했다.

"아주 기뻤다니요?"

"이렇게 된 이상 이제는 당신의 문제이지 저의 문제가 아니니까요. 그래서 전 조금 마음이 편안해졌어요."

"오늘 오후에는 푹 주무셨죠?" 내가 물었다.

"지난 몇 개월 동안 그렇게 푹 잔 적은 없었어요. 그런데 당신이 그걸 어떻게 아셨죠?"

"그건 에드먼드 경이 홀에 있었다는 사실을 당신이 알고 계신 것처럼, 저도 알 수 있습니다. 이렇게 된 이상 앞으로 저희는 서로에 대해서 무엇이든 알게 되겠군요. —상대방과 관계된 일은."

"그 사람과 관계된 일이겠지요." 부인이 정정했다.

"하지만 정말 좋았어요, 당신이 그것을 대한 방법은." 그녀가 길고 부드러운 한숨과 함께 덧붙였다.

"저는 당신의 따님과 좋은 사이가 된 사람으로서 그런 방법을 취한 것입니다." 내가 바로 응수했다.

"물론이죠, 물론이고말고요."

지금은 샬롯에 대한 나의 감정이 깊어졌다고 느끼고 있었기에 부인의 이 말에 나는 잠시 소리 내어 웃지 않을 수 없었다. 그러자 상대방이 그 모습을 보고 바로 말했다.

"그렇지 않고서야 당신에게 그 사람이 보일 리 없죠."

나는 그 특권을 존중했으나, 그럼에도 승복할 수 없는 부분이 있었다.

"그녀를 사랑하는 사람이라면 누구에게나 보입니까? 그렇다면 10명 이상은 있을 겁니다."

"그런 분들은 당신처럼 사랑하고 있지 않아요."

그 말을 들은 나는 그것을 승인하지 않을 수 없었다.

"저는 물론, 그저 제가 이야기한 것에 지나지 않습니다. 만찬 전에 이야기할 기회를 만들어서."

"그 아이는 저를 보자마자 바로 그 얘기를 했어요." 부인이 대답했다.

"그런데 희망은 있을까요?"

"그건 제가 바라는 일이에요. 간절히 바라는 일이에요."

그 한 줄기 성의에 나는 감동했다. "정말 뭐라 감사의 말씀을 드려야 할지……." 내가 입 안에서 중얼거렸다.

"전 모든 일이 잘 풀릴 거라 믿고 있어요. ─그 아이만 당신을 사랑한다면요." 가엾은 부인이 덧붙이듯 말했다.

"모든 일이 잘 풀릴까요?" 나는 잠시 결론을 내릴 수가 없었다.

"네, 그렇게만 되면 그 사람에게서 벗어날 수 있어요. 두 번 다시 보지 않아도 된다는 의미예요."

"그녀가 저를 사랑한다면 저는 그 사람을 보는 것에 그렇게 신경을 쓰지 않을 겁니다." 내가 과감하게 말했다.

"당신이라면 저보다 훨씬 더 잘 받아들일 수 있을 거예요. 당신은 모르시니까요. 모르시니 행복할 거예요." 나의 동지가 말했다.

"실제로 모르겠습니다. 대체 저 사람, 어쩔 생각인 걸까요?"

"저 사람은 저를 괴롭히려는 거예요." 그녀는 이렇게 말하고 창백해진 얼굴을 내게로 향했다. 나는 그때 처음으로 알았다. 에드먼드 옴 경의 속내가 그런 것이라면 그는 그 목적을 완전히 달성한 것이라는 사실을. "제가 그 사람에게 한 일에 대한 보복으로요." 그녀가 주석을 덧붙였다.

"당신은 그에게 무슨 일을 하신 건가요?"

그녀가 잊으려 해도 잊을 수 없다는 듯한 눈빛으로 나를 보았다.

"제가 그 사람을 죽였어요."

바로 5분 전에 50m도 떨어지지 않은 곳에서 그를 보았던 나는 그 말에 깜짝 놀라지 않을 수 없었다.

"그래요, 놀라는 것도 당연한 일이죠. 조심하세요, 아직 저기에 있으니. ―저 사람, 자살을 했어요. 제가 실연의 아픔을 주었거든요. 저 사람은 저를 크게 원망하고 있어요. 두 사람은 결혼 직전까지 갔었어요. 그런데 제가 약속을 어기고 말았어요, 마지막 순간에. 다른 사람을 훨씬 더 좋아하게 됐거든요. 그 외의 이유는 없었어요. 재산이네, 돈이네, 지위네 그런 근거는 아무것도 없었어요. 그냥 다른 건 아무것도 필요 없는 사람이었어요, 그 사람은. 결국 저는 마든 소령과 사랑에 빠져버린 거예요. 마든을 본 순간 전, 이 사람이 아니고는 누구와도 결혼할 수 없다고 느꼈어요. 에드먼드 옴에게서는 사랑을 느끼지 못했었거든요. 어머니와 결혼한 언니가 가져온 혼담이었어요. 그런데 상대방은 저를 좋아했어요. 그건 저도 어렴풋이 알고 있었어요, 어느 정도인지는. 하지만 저는 이렇게 말했어요. 제게는 그럴 마음이 없다고요. 도저히 그럴 수 없고, 영원히 그럴 마음도 들지 않을 거라면서요. 그런 말로 뿌리쳤기에 상대방은 목숨을 끊기 위해 약을 먹었어요. 물론 무섭고 두려웠어요. 상대방이 몸부림치다 죽었으니까요. 저와 마든 소령과의 결혼생활은 5년도 계속되지 못했지만 전 매우 행복했어요. ―지금은 이미 흔적도 남아 있지 않지만. 그런데 남편이 세상을 떠난 뒤부터 저는 그 사람을 보게 되었어요."

나도 모르는 사이에 이야기에 빠져 있었기에 이렇게 물었다. "그 남편을요?"

"아니요, 그럴 리가요! 저기, 저 사람을 보게 된 거예요. 그런데 그게 늘 샬롯과 함께 있을 때였어요. 처음 보았을 때는 목숨을 잃는 게 아닐까 싶었어요. 한 7년쯤 전, 저 아이가 처음으로 사교계에 들어섰을 때였어요. 제가 혼자 있을 때는 결코 나타나지 않고, 저 아이와 있을 때만 모습을 드러냈어요. 그런데 말이죠, 어떨 때는 몇 개월이고 모습을 드러내지 않다가 일주일 내내 매일 모습을 드러내는 경우도 있어요. 그 이후부터 전 그를 내몰기 위해 여러 잡다한 일들을 해봤어요. 의사에게 진찰을 받는 것은 물론, 식이요법도 써봤고 생활환경을 바꿔보기도 했고 신을 믿어보기도 했어요. 브라이턴에서 당신과 광장에 있었을 때, 제 몸이 안 좋았던 것처럼 보였던 적이 있었죠? 바로 그때 그 사람을 오랜만에 본 거예요. 그리고 그날 밤, 차를 옆질렀을 때도, 이후 한낮에 저 아이와 집의 현관까지 당신이

오신 것을 제가 창문에서 봤을 때도, 모두 저 사람이 바로 거기에 있었던 거예요."

"이제야 알았습니다. 그랬던 거로군요." 나는 말로 표현할 수 없을 만큼 온몸에 소름이 돋았다. "역시 다른 놈들과 차이가 없는 유령이로군."

"차이가 없는 유령이라니, 당신 다른 것도 본 적이 있나요?"

"아니요, 얘기로 곧잘 듣던 것과 같다는 의미입니다. 그런 케이스를 접한다는 건 매우 흥미로운 일이니까요."

"당신, 저를 케이스라고 말한 건가요?" 부인이 매우 분개한 듯 외쳤다.

"저는 제 경우를 생각하고 있는 겁니다."

"당신은 진짜예요. 역시 당신을 신용하길 잘했어요."

"부인의 신용을 얻다니 제게는 더없이 고마운 일입니다만, 어째서 저를 신용하시는 겁니까?"

"저도 여러 가지로 생각을 해보았어요. 저 사람이 우리 딸에게 보복을 가한 그 끔찍한 세월 동안."

"그렇다면 따님도 눈치를 챘을 법한데요." 내가 항의를 해보았다.

"바로 그거예요. 전 그게 두려웠던 거예요. 저 아이가 언젠가 알게 될 것이. 알게 되면 저 아이가 어떻게 될지, 그것이 말로 표현할 수 없을 정도로 두려웠던 거예요."

"걱정하실 것 없습니다. 따님이 알게 하지는 않을 겁니

다. 무슨 일이 있어도 눈치 채지 못하게 하겠습니다." 나도
모르게 너무 큰소리를 냈기에 두어 명이 무슨 일인가 하고
이쪽을 돌아보았다. 마든 부인이 나를 일어서게 했다. 이렇
게 해서 그날 밤의 이야기는 끝나버리고 말았다. 이튿날
나는 트랜턴을 떠나겠다고 그녀에게 밝혔다. ─사랑을 거
절당한 남자로서 이대로 어영부영 남아 있는 것은 유쾌한
일이 아니며, 또 참으로 분별없는 행동이기 때문이었다.
부인은 당황했으나 그러한 이유들을 이해해주었고 참으로
한탄스럽다는 눈으로 원망의 말을 했다. "당신, 제게 무거
운 짐을 지운 채 내버리고 갈 생각인가요?" 물론 앞으로
몇 주일 동안 '샬롯을 괴롭히겠다.'는 뜻이 아니라는 사실
은 두 사람 모두 알고 있었다. '샬롯을 괴롭히겠다.'는 말
속에는 여자다운, 그리고 어머니다운 묘하게 모순된 기분
으로 자신의 마음에 든 나의 편을 들어주겠다는 태도도
포함되어 있었다. 나는 어디까지나 남자다운 분별을 가질
자신이 있었으나, 그래도 떠나기에 앞서 마든 양에게 한마
디 하고 떠날 정도의 세심한 마음은 가지고 있었다. 아침
식사를 마치고 난 뒤 그녀에게 잠깐 테라스로 함께 나가줄
수 없겠느냐고 말했더니, 그녀가 나를 쌀쌀맞게 바라보며
어찌해야 좋을지 모르겠다는 듯 망설이기에, 나는 단지 한
마디 물어본 뒤 작별인사를 하려는 것뿐이다, ─나는 당신
을 생각해서 여기를 떠나는 것이다, 라고 말해주었다.

　그녀가 함께 나가주었기에 두 사람은 집 주위를 서너

바퀴 천천히 돌았다. 넓고 웅대한 그 대지는 풍경이 참으로 아름다웠다. 거기에 서 있으면 어디를 바라보아도 멀리 바다로 이어지는 들판이 한눈에 들어왔다. 평소 같았으면 창문 앞을 지날 때 안에 있는 친구들이 어째서 그렇게 다른 마음이라도 있는 것처럼 빠져나간 것이냐고 비꼬지나 않을까 조심을 했을 테지만, 그때의 나는 그런 것을 조금도 마음에 두지 않았다. 단지 그때도 우리가 집을 한 바퀴 돌았을 무렵부터 에드먼드 경이 우리 곁으로 다가와 샬롯의 맞은편을 천천히 걸었는데, 그 친구들은 지금도 정말 그의 모습을 보지 못하는 걸까 신기한 마음이 들었을 뿐이었다. 나는 그가 어떤 신비한 요소로 이루어져 있는지 알지 못했으며, 그것에 대한 특별한 의견이 있는 것도 아니었다. 그러한 것들은 다른 사람들에게 맡겨두고, 나는 지금까지 세상에서 사귀어온 친구 중 누구와도 다름없는 인간(그 존재의 법칙도)이라 생각하고 있었다. 실제로 존재하고 있으며 개인색도 있고 본래의 인간임은 다른 사람들과 마찬가지였다. 그중에서도 외모에는, 어디를 어떻게 봐도 단정함, 영리함, 위용과 같은 것들을 하나로 뭉친 듯한 풍격이 있었다. 그랬기에 나는 시험 삼아 그를 한번 만져보겠다거나, 상대방이 침묵을 지키고 있는데 그것을 무시하고 내가 먼저 말을 걸어보겠다거나, 그와 같은 주제넘은 짓은 생각한 적도 없었으며, 그 외에 사교상의 무례를 범하는 짓은 생각조차 한 적이 없었다. 이 무렵에는 나도 전보다 눈을 똑바로 뜨고 자세히 보았는데 그는 언제나 한 치의 흐트러 짐도 없이 단정한 차림으로 자신이 나타나야 할 자리에 모습을 드러냈다. 차림새는 단정했으며 몸가짐도 좋았고, 머리에서 발끝까지 늘 흠잡을 데 없는 모습으로 나타났다. 기괴한 인상을 받았다는 점은 부정할 수 없지만, 어쨌든 나는 언제나 진짜 인간이라는 인상을 받았다. 얼마간 시간 이 흐르자 나는 그의 괴이한 정체에 일종의 미적 관념까지 연결 짓게 되었다. 사랑과 고난과 죽음이라는 전통적 이야 기의 아름다움이었다. 심지어 그는 나의 지원군이다, 나의 관심을 언제나 지켜주고 있으며 이상한 속임수가 나를 희 롱하지 못하도록, 적어도 내가 사랑에 실패하지 않도록 지 켜주고 있는 지원군이다, 라고까지 생각하게 되었다. 그런 그는 자신의 아픔과 실연을 심각하게 생각하여 살아 있는 동안에 그 증거를 보여준 사람이었다. 만약 마든 부인이 내게 말한 것처럼 그러한 일들에 책임감을 느껴 그 사건을 깊이 생각한 것이라면, 나도 철저하고 정밀하게 그것을 분 석하겠다. 그것은 아버지의 죄가 아니라, 어머니가 범한 죄가 자식에게 미친 일종의 정의로운 복수 사건이다. 이 불행한 어머니는 자신이 타인에게 준 괴로움 때문에 괴로 움이라는 벌을 받고 있는 것인데, 정직한 사내의 정당한 기대를 가볍게 보는 경향은 그녀의 자녀, 즉 나를 거부한 딸도 역시 물려받았을지 모를 일이었다. 그렇다면 딸이 같 은 불의를 저지를 경우, 당연히 괴로움을 맛보지 않을 수 없을 테니 그것을 잘 가르쳐주고 감시해주지 않으면 안 되리라. 그 미모가 어머니를 꼭 닮은 것처럼 샬롯은 어딘가 고집스러운 일면이 있으니 그것 때문에 어머니와 같은 길을 걸을지 모르며, 가볍고 조그만 일을 계기로 마음에 그릇된 생각을 품게 된다면, 즉 타인의 신의를 배신하거나 매정한 행동을 하게 된다면, 그때는 자신도 모르는 사이에, 즉석에서 어쩔 수 없이, 그녀의 눈에는 예의 '정체'가 갑자기, 가차 없이 나타나버릴 것이다. 그러면 그 '정체'라는 것은 젊은 그녀의 세계관 속에서 어떻게든 작용을 하게 된다. 나는 그녀가 특별히 허영심에서 내게 그런 태도를 취한 것이라고는 생각지 않고 있었기에 그다지 걱정은 하지 않았으며, 따라서 내가 허둥대기에는 아직 너무 이르다는 사실도 알고 있었다. 그녀가 희생양이 되는 일이 벌어지기 전에 아직은 얼마든지 극복할 방법이 있을 터였다. 무엇보다 그녀는 자신을 조금 더 내려놓지 않고는 남들에게 준 것을 되찾지는 못하리라. 내가 지금 이상의 것을 졸랐는지 어땠는지, 그것은 별개의 문제였으나, 어쨌든 그날 아침 테라스에서 내가 그녀에게 물은 것은, 이번 겨울에도 당신의 집을 계속해서 방문해도 괜찮겠냐는 것이었다. 나는 그렇게 자주 찾아가지는 않을 것이며, 오늘부터 3개월 동안은 그녀에게 말을 걸지 않겠다고 약속했다. 당신이 하고 싶은 대로 하라는 그녀의 대답을 듣고 우리는 그렇게 헤어졌다.

나는 내가 한 약속을 끝까지 지켰다. 3개월 동안 나는 입을 다물고 있었다. 그 사이에 그녀가, 자신의 행복과는 상관없는 일이지만, 나라는 충복을 잃고 쓸쓸해 하는 모습을 보였기에 뜻밖이라는 느낌을 받은 적이 있었다. 나로서는 어떻게 해서든 그녀의 마음을 끌고 싶었기에 그런 점에는 꽤나 민감해져 있기도 했고, 관대해져 있기도 했으며, 세심하게 주의를 기울였고, 애써 빈틈없이 행동하려 노력하고 있었다. 때로는 나의 마음이 보답을 받은 듯한 느낌이 들어서 '아아, 역시 당신은 가장 좋은 사람이에요. 자, 이제 그만 말을 하셔도 돼요.'라고 자신도 모르게 말하려는 것처럼 보인 적도 몇 번 있었다. 그러는 사이에 그녀의 아름다움 속에 평소보다 기운이 없는 듯한, 넋을 잃은 듯한 것이 번지기 시작해서 어떤 날은 조롱하는 듯한 눈빛이, '조심하지 않으시면 저 '좋아요.'라고 말해서 당신의 뜻대로 할지도 몰라요.'라는 의미를 내보이기도 했다. 마든 부인은, 그저 나를 믿어주고 있다는 사실만으로도 내게는 커다란 도움이 되었다. 나는 부인의 믿음을 높이 평가하여, 내 위에 작용하고 있는 그 신비한 힘이 갑자기 멈출 때가 오면 그때는 지금보다 더 나를 믿어줄 것이라 생각하고 있었다. 트랜턴에서 돌아오자 에드먼드 경은 우리에게 휴식을 주었다. 솔직히 말하자면 그랬기에 처음에는 실망감을 느꼈다. 왠지 그만큼 나의 역할이 줄어들고 연결고리가 헐거워진 것 같다는 느낌이 들었다. 물론 샬롯과의 관계를 말하는 것이다. "당신, 너무 성급하게 기뻐해서는 안 돼요." 마든 부인이 주의를 주었다. "저 같은 경우에는 때로 반년 동안이나 모습을 드러내지 않은 적도 있었어요. 그러다 생각지도 못한 순간에 불쑥 다시 나타나요. 그런 일이라면 저도 잘 알고 있어요." 부인은 몇 주일 동안 무엇 하나 부족한 점이 없는 날이 계속되었으나, 물론 딸에 대해서 내게 이야기하는 무분별한 행동은 하지 않았다. 그 아이라면 걱정할 것 없어요, 당신의 행동은 잘못되지 않았어요, 라고 보증을 해주었기에 나도 완전히 안심한 얼굴이 되어, 여자란 시간이 지나면 꺾이는 법이라는 듯한 표정을 짓고 있었다. 그녀는 남자가 뻔뻔스럽게도 유령이 되어 나타날 만큼 한심해진 순간에조차 여자는 꺾이는 법이라는 사실을 알고 있었던 것이다. 그녀는 지금이 자신의 가장 좋은 시기라고 느끼고 있었다. 거의 최상의 시기, 평온한 마음의 봄날이라고 느끼고 있었다. 여느 때보다 몸의 상태도 좋아서 그것을 내 덕이라며 감사하고 있었다. 예의 것이 보여도 왠지 짐이 가벼워진 듯한 느낌이 들어 예전처럼 주위를 둘러볼 때마다 가슴이 저미는 듯한 일도 사라져버렸다. 샬롯은 여전히 나를 안중에 두고 있지 않았으나, 그러면서도 나보다 더 자기 자신에게 반항하고 있었다. 그해 겨울은 서식스의 바다도 참으로 평온해서 우리는 곧잘 밖으로 나가 햇빛을 쐬곤 했다. 내가 샬롯과 함께 그 부근을 천천히 돌아다니고 있으면 마든 부인은 벤치나 일광욕 의자에 앉아 우리를 기다렸고, 우리가 곁을 지나면 웃음을 지어 보였다. 나는 그녀의 얼굴에 '저기, 그 사람이 당신 곁에 있어요.'라는 신호(대부분은 나보다 부인이 먼저 보았다)가 나타나지 않을까 언제나 그녀의 눈빛과 얼굴을 주의 깊게 살펴보았으나, 아무것도 나타나지 않았다. 그 계절은 날씨도 온화했지만, 우리들 정신의 기상도도 매우 온화했다. 4월도 저물 무렵이 다가오자 날씨는 마치 6월과도 같았는데, 그런 어느 날 밤, 브라이턴의 한 사교적 모임에서 두 사람을 만났을 때 내가 샬롯을 그 집의 발코니로 불러내자, 방의 프랑스 창문을 통해서 밖으로 나갈 수 있게 만들어진 그 발코니로 그녀가 얌전히 나와 함께 나와 주었다. 흐릿한 밤하늘에 별빛도 희미했으며, 바로 발밑의 절벽 아래에서는 어두운 파도소리가 들려오고 있었다. 우리는 한동안 그 파도소리에 귀를 기울이고 있었는데 곧 파도소리에 섞여 집 안에서 바이올린 소리가 피아노 반주와 함께 들려오기 시작했다. 우리에게 자리를 피할 구실을 만들어준 연주가 시작된 것이었다.

"어때요? 전보다 제가 조금은 더 좋아지셨나요?" 잠시 사이를 두었다가 내가 말을 시작했다. "제 말을 다시 들어줄 마음이 생기셨나요?"

내가 말을 꺼내자마자 그녀는 갑자기 나의 팔을 꼭 쥐고, "쉿! 저기에 누가 있는 거 아니에요?" 이렇게 말하고 발코니 한쪽 끝의 어둠 속을 가만히 바라보았다. 이 집의 발코니는 길이가 집 전체의 길이와 같았으며, 거기에 브라이턴의 오래된 집 중에서도 폭이 가장 넓은 집이었다. 우리 뒤쪽에 열어놓은 창을 통해서 얼마간 불빛이 흘러나오고 있을 뿐, 그 외의 창은 안에서 커튼을 닫아놓아 다른 곳은 한 치 앞도 알아볼 수 없는 짙은 어둠이었기에, 저쪽에서 이쪽을 바라보고 있는 신사의 모습도 흐릿하게밖에 보이지 않았다. 야회복을 입은 신사로 오늘 밤의 손님인 듯했다. 하얀 셔츠와 창백한 얼굴만이 흐릿하게 보였는데, 아마도 우리보다 먼저 바람을 쐬기 위해 거기로 나온 손님인 듯했다. 처음 샬롯은 그런 손님이라고 생각한 듯했으나, 이상할 정도로 이쪽을 빤히 바라보고 있었기에 점차 심상한 일이 아니라고 여겨지기 시작한 모양이었다. 그 외에 그녀가 어떻게 보았는지 잘은 알 수 없지만, 나는 그녀가 갑자기 불안을 느끼기 시작했다는 사실을 깨닫기보다, 내 자신의 인상 쪽에 마음을 빼앗겨버리고 말았다. 나의 인상은 사실, 매우 강한, 소름이 돋을 것만 같은 공포감이었다. 아아, 마침내 샬롯도 보았구나. 그 이외의 의미는 전혀 없는 것이었다. 갑자기 "아!"하는 격한 소리를 내는가 싶더니 그녀는 벌써 서둘러 집 안으로 달려 들어가고 있었다. 그러자 그 바로 직후에 나는 내 가슴 속에서 전혀 새로운 감정이 솟아오르는 것을 느꼈다. 지금까지 두려웠던 마음이 갑자기 분노로 바뀌었고, 그 분노가 비난의 태도가 되어 나는 발코니를 성큼성큼 걸어갔다. 이렇게 되자 문제는 사랑하는 아가씨를 겁먹게 만든 그 모습으로 간략화 되었다. 나는 그녀의 신변을 보호하기 위해 전진했으나 거기에 나를 맞아들이기 위해 서 있는 것은 아무것도 없었다. 두 사람 모두가 잘못 보았거나, 에드먼드 경은 이미 모습을 감춘 것이었다.

나는 바로 샬롯의 뒤를 따라서 방 안으로 들어갔는데, 무슨 일인지 객실 안에서는 소동이 벌어져 있었다. 누군가 여성 손님이 기절하여 음악은 중지되었으며 의자를 치우는 소리가 들리고 모두가 서로를 밀치며 앞으로 밀려들고 있었다. 기절한 여성은 혹시나 하고 걱정을 했던 샬롯이 아니라 마든 부인이었다. 부인은 갑자기 몸이 좋지 않아진 것이었다. 부인이라는 사실을 알고 마음이 놓였던 것을 나는 지금도 기억하고 있다. 샬롯이 쓰러졌다면 그것은 틀림없이 가슴 아픈 일이었을 테지만, 어머니가 쓰러졌다면 그것은 오히려 샬롯의 흥분을 가라앉히는 데 도움이 되리라 생각했기 때문이었다. 그러나 말할 필요도 없이 그 집안사람들에게는 어쨌든 커다란 일이었다. 나는 부인 곁을 지키는 역할도 맡지 못했으며, 부인을 마차에 태우는 역할도 맡지 못했다. 마든 부인은 곧 정신을 차렸고, 집으로 돌아가자고 말했다. 나는 부인이 돌아간 뒤 불안한 마음으로 그 자리를 떠났다.

이튿날 아침, 어떻게 되었을까 싶어 찾아가보았는데 어젯밤보다 부인의 몸이 훨씬 안정되었다는 사실은 알 수 있었으나, 샬롯을 만나고 싶다는 뜻을 전달해달라고 했더니 오늘은 만날 수 없다는 대답이 돌아왔다. 나는 그날 하루 종일 아무 것도 손에 잡히지 않았으며, 그저 가슴만 두근거릴 뿐이었다. 그런데 저물녘이 다 되었을 때, 사람이 와서 '바로 와주셨으면 해요. 어머니가 뵙고 싶다고 하세요.'라고 연필로 적은 편지를 전해주었다. 5분 뒤, 나는 다시 현관으로 찾아갔고 곧 거실로 안내되었다. 마든 부인은 소파에 누워 있었는데, 나는 처음 본 순간 그녀의 얼굴에서 죽음의 그림자를 느꼈다. 그러나 그녀가 처음으로 한 말은 덕분에 몸이 많이 좋아졌다는 것이었다. 그때는 노쇠한 심장이 말썽을 부린 것이었으나 지금은 매우 안정되어 있었다. 내게 손을 내밀기에 몸을 구부려 그녀의 눈을 가만히 바라보고 있자니, 그녀가 입 밖으로는 내지 않은 말을 읽어낼 수가 있었다. '저 사실은 많이 좋지 않아요. 그래도 괜찮다, 괜찮다고 말하며 그렇게 보이려 하고 있는 거예요.' 샬롯은 어머니 곁에 서 있었는데 그때는 이미 겁먹은 모습도 보이지 않았으며, 나와는 눈도 마주치지 않고 매우 진지한 얼굴을 하고 있었다.

"저 아이가 제게 말했어요. 저 아이가 제게 말했어요."

"저 사람이 당신에게?" 나는 샬롯이 발코니에서 본, 정체를 알 수 없는 인물에 대해서 어머니에게 이야기한 걸까 싶어 두 사람의 얼굴을 번갈아 바라보았다.

"네, 당신이 저 아이에게 다시 말을 걸었다는 사실을요.

참으로 믿을 만한 분이기에 감탄했다는 사실을요."

그 말을 들은 나는 가슴이 떨릴 정도의 기쁨을 느꼈다. 그 말은 내게 그 최고의 추억을 떠올리게 해주었다. 또한 샬롯이 듣고 싶었던 말은 그녀를 깜짝 놀라게 만드는 말이 아니라, 그녀를 위로하는 말이었다는 사실을 그 말은 이야기하고 있었다. 나는 그 순간 스스로 분명하게 깨달을 수 있었다. 마치 부인의 입으로, 샬롯은 그때 본 것을 알고 있었어요, 라는 말을 들은 것처럼 그 사실을 분명히 알 수 있었다.

"저는 말을 걸었습니다. 말을 걸었지만 저 사람은 대답을 해주지 않았습니다." 나는 이렇게 말했다.

"지금이라면 대답할 거지, 샬롯? 그렇게 해드려라." 부인이 깊은 생각에 잠긴 듯한 투로 중얼거리듯 말했다.

"당신은 제게 정말 잘 해주셨어요." 샬롯이 진지하고 다정하게 말했는데 그 눈은 카펫을 가만히 바라보고 있었다. 지금까지와는 다른 무엇인가가 그녀 속에 있었다. 그녀는 무엇인가를 깨달은 것이었다. 그랬기에 강박감을 느끼고 있는 것이었다. 자신의 몸을 제어하지 못해 그녀가 떨고 있는 모습을 나는 보았다.

"아, 당신이 조금만 더 마음을 열어줬다면 저 역시 얼마든 더 잘해드릴 수 있었을 텐데!" 나는 그녀에게 손을 내밀며 목소리가 커졌다. 그런데 그 순간 나는, 응, 뭐지? 싶었다. 소파 너머에 흐릿하게 나타난 것이 있었는데 그것이 위에서부터 몸을 웅크려 마든 부인을 들여다보고 있었다. 나는 나의 모든 존재를 걸고 샬롯에게 그것이 보이지 않기를, 나는 결코 아무런 말도 하지 않을 테니, 라며 간절하게 기도했다. 에드먼드 옴 경이라고 무의식적으로 짐작한 것보다, 부인을 봐야겠다는 충동이 더 강했다. 그러나 나는 그것을 참았다. 부인은 그냥 조용히 있었다. 샬롯은 자리에서 일어나 내게 손을 맡기려 했는데, 바로 그 순간 깜짝 놀라서 시선이 고정되어버리고 말았다. 깜짝 놀라서 그녀가 앗 하고 외친 다음 순간 다른 목소리가, 임종의 신음소리가 내 귀에 들어왔다. 그러나 동시에 나는 나의 애인을 끌어안기 위해, 그녀의 얼굴을 가리기 위해 정신없이 달려들었다. 그녀는 나의 가슴 속으로 힘없이 무너지듯 몸을 맡겼다. 나는 한동안 그렇게 그녀를 꼭 끌어안은 채, 모든 것을 잊은 듯 그녀에게 몸을 맡겼다. 그녀는 울음을 터뜨렸고 나도 오열했으며, 서로가 울고 있다는 사실을 느끼며 누가 누구인지도 모를 정도로 끌어안고 있었다. 그러다 나는 문득 우리가 단 둘이서만 있다는 사실을 깨닫고는 섬뜩한 느낌이 들었다. 그녀는 내게서 몸을 떼었다. 소파 옆에 있던 그림자는 벌써 흔적도 없이 사라져버렸다. 마든 부인은 아까와 같은 자세로 소파 위에 두 눈을 감은 채 조용히 누워 있었다. 그 고요함이 우리 두 사람에게 새로운 공포감을 주었다. 샬롯은 그 공포를 "어머니! 어머니!"라는 외침으로 표현하며 어머니 위로 몸을 내던졌다. 나는 그녀 옆에 힘없이 무릎을 꿇었다. 마든 부인은 이미 숨을 거둔 뒤였다.

샬롯이 앗 하고 외친 직후 내가 들은 목소리는, 그 비참한 목소리는 이 가엾은 부인이 죽음에 앞서 외친 절망의 소리였을까, 아니면 악마를 떨쳐냈기에 온 마음이 편안해져 나온 울음소리였을까? 그것은 마치 폭우 속으로 한 줄기 바람이 휙 불어가는 듯한 소리였다. 아마도 악마를 떨쳐냈기에 나온 소리였으리라. 그 때문일까? 고맙게도 에드먼드 옴 경을 본 것은 그때가 마지막이었다.

로드리고, 혹은 마법의 성

마르키 드 사드(Marquis de Sade)

프랑스 파리에서 백작의 아들로 태어났다. 학대와 방탕으로 정신병원 및 형무소에 수감된 경험이 있다. 사드의 작품 대부분은 형무소에서 집필된 것으로, 폭력적인 포르노그래피를 포함하고 있으며 도덕적, 종교적, 법률적 제한을 받지 않는 철학자의 자유와 개인의 육체적 쾌락을 가장 높이 추구했다. 1803년에 정신병원에 넣어졌고 1814년에 정신병원에서 세상을 떠났다. 사디즘은 그의 이름에서 유래한 말이다.

스페인의 왕인 로드리고는 쾌락의 종류를 여러 가지로 변화시키는 기술에 있어서는 모든 왕들 가운데 어깨를 나란히 할 자가 없는 기량을 가지고 있었으며, 또 그 즐거움을 자신의 것으로 만드는 수법에 있어서는 무엇 하나 거칠 것 없이 행동하는 난폭한 사람이었다. 왕위까지도 법망을 피하기 위한 가장 안전하고 확실한 무기 가운데 하나라고 본 그는 그것을 손에 넣기 위해서 온갖 억지스러운 짓을 다했다. 왕위를 손에 넣는 데 한 아이가 방해가 되자, 그는 아무렇지도 않게 그 아이까지 추방하려 했다. 그러나 이 불행한 아이—즉, 이 아이의 삼촌이자 후견인인 로드리고는 다시 그 시역자가 되려 한 것이다— 돈 산초의 어머니인 아나길다가 다행스럽게도 아들의 신변에 드리워진 음모를 사전에 간파하여 교묘하게 난을 피하는 데 성공했다. 곧, 그녀는 아프리카로 건너가 스페인 왕위의 정통한 계승자인 아들을 무어 인에게 맡기고, 왕위 찬탈자의 죄스러운 의도를 그들에게 호소하며 그의 보호를 애원한 것이었다. 그런데 그 소망이 막 이루어지려던 찰나, 그녀는 불행한 아들과 함께 이 세상을 떠나버리고 말았다.

그렇게 되자 로드리고는 자신의 안전을 해할 우려가 있는 모든 것으로부터 완전히 해방되어 이제는 자신의 쾌락을 위해서만 마음을 썼다. 예를 들어 자기 주위에서 색정을 불러일으킬 대상을 더 늘리기 위해 신하들의 딸을 한 명도 남김없이 자신의 궁정으로 불러들일 생각을 했다. 볼모를 두어 신하들의 전횡을 막겠다는 구실은 사실 그 사악한 음모를 숨기기 위한 것에 지나지 않았다. 그들이 조금이라도 망설이거나 머뭇거리는 기색을 보이거나 딸을 돌려달라고 요구하면 당장 국사범이라는 낙인이 찍혀 죽음으로 명령에 저항한 대가를 치러야만 했다. 그처럼 무자비한 왕의 지배하에서는 비굴함에 몸을 맡기거나 모반을 일으키는 것 외에는 달리 선택할 길이 없는 법이다.

이렇게 해서 수많은 소녀가 그 군주의 퇴폐한 궁전을 아름답게 채색하게 되었는데, 그 소녀들 속에 플로린다라는 16세쯤의, 마치 수많은 꽃 가운데서 향기를 내뿜는 한 송이 장미처럼 눈에 띄게 아름다운 소녀가 있었다. 그녀는 줄리앙 백작의 딸이었는데, 줄리앙 백작은 로드리고의 명령에 따라서 아나길다의 교섭을 견제하기 위해 아프리카에 파견되어 있는 장군이었다. 그런데 돈 산초와 그 어머니의 죽음이 백작의 행동을 무의미한 것으로 만들어버렸기에 백작은 당연히 모국으로 돌아와도 좋을 터였다. 그리고 플로린다가 미인만 아니었다면 틀림없이 그렇게 됐을 터였다. 그러나 로드리고는 이 미소녀를 보자마자 첫눈에, 백작의 귀환이 자신의 욕망을 달성하는 데 방해가 될 것이라는 사실을 깨달았다. 그랬기에 그는 편지를 보내서 백작을 아프리카에 그대로 머물게 했으며 그의 부재로 인해서 보장받은 행운을 어떻게든 서둘러 즐기기 위해 모든 수단을 가리지 않고, 어느 날 플로린다를 왕궁 안에 머물게 했다. 그러나 참된 애정을 추구하기보다는 여자의 마지막 것을 빼앗기에만 급급한 로드리고는 일단 그녀를 자신의 것으로 만들고 나자 곧 다른 여자들밖에 머리에 남아 있지 않게 되었다.

설령 가해자는 그 능욕을 쉽게 잊을지 모르겠으나, 적어도 상처받은 쪽에게는 그것을 영원히 기억할 권리가 있다.

마음에 상처를 입은 플로린다는 자신의 몸을 덮친 이 불행을 아버지께 어떻게 알려야 좋을지 몰랐기에, 역사가에 의해서 전해진 교묘한 하나의 우의를 차용하여 백작에게 이런 내용의 편지를 썼다. 〈평소 아버지께서 그토록 소중하게 여기라고 말씀하셨던 저의 반지가 다른 사람도 아닌 왕의 손에 의해서 깨져버리고 말았습니다. 왕께서는 손에 단도를 들고 제게 달려들자마자 그 보물을 훼손해버리셨습니다. 소중한 보물을 잃었기에 전 얼마나 슬퍼했는지 모릅니다. 아버지 어떻게든 이 원한을 풀어주시기 바랍니다.〉 그러나 그녀는 편지에 대한 답장을 받기도 전에 괴로움에 몸부림치다 세상을 떠나고 말았다.

한편 백작은 딸이 보낸 편지의 참뜻을 꿰뚫어보았다. 다시 스페인으로 건너가 부하들을 불러 모았다. 그들은 백작에게 충성을 맹세했다. 그런 다음 아프리카로 되돌아오자마자 백작은 무어 인을 설득하여 복수의 동지로 삼았다. 그처럼 극악무도한 짓을 일삼는 왕이라면 그만큼 쳐서 깨뜨리기도 쉬울 것이라고 무어 인을 상대로 설명했다. 그리고 스페인의 나약함을 증명해보이기도 하고 그 나라 인구가 감소하고 있다는 사실과 백성 및 신하가 군주에 대해 품은 증오심을 이야기하기도 했다. 거기에 심지어는 원한에 불타오르는 마음이 생각해낼 수 있는 온갖 방법을 이용하기도 했다. 상대방은 망설이지 않고 백작에게 힘을 빌려주기로 했다.

당시 아프리카의 그 지방을 지배하고 있던 황제 무사는 가장 먼저 백작의 말을 확인해보기 위해서 소부대를 은밀하게 파견했다. 그 부대는 격분한 백작의 부하들과 합류하여 그들의 원조를 받았으며, 이 계획을 더욱 견고한 것으로 만들어야 한다고 믿은 무사가 다른 부대를 보냈기에 순식간에 한층 더 맹위를 떨치게 되었다. 어느 틈엔가 스페인은 아프리카 군으로 넘쳐나게 되었다. 그래도 로드리고는 여전히 무사태평함을 즐기고 있었다. 그렇지 않았다 한들 그에게 대체 무엇이 가능했겠는가? 성 하나, 병사 하나 없는 그에게. 군비는 한 푼도 남김없이 탕진했다. 군주가 백성을 괴롭힐 때, 백성들이 이용할 만한 피난처를 스페인 땅에서 전부 제거해두기 위해서였다. 거기에 더해서 불행하게도 국고에는 한 푼의 수입조차 없었다.

그러는 동안에도 위험은 시시각각 다가오고 있었다. 불행한 군주는 왕위를 잃기 일보직전에 있었다. 마침 그때 그가 문득 떠올린 것은 톨레도 근방에 위치한 고대 건조물로 '마법의 탑'이라 불리는 곳이었다. 여러 사람들의 의견에 의하면 거기에는 어마어마한 양의 보물이 매장되어 있다는 것이었다. 그 보물을 손에 넣어야겠다고 생각한 왕은 한달음에 그 탑 앞으로 달려갔다. 그러나 어찌 알았으랴, 새카맣게 어두운 탑의 내부로는 들어갈 수가 없었다. 왜냐하면 수천 개의 자물쇠가 달린 철문이 굳건하게 사람들의 침입을 거부하고 있었기 때문이었다. 아무래도 지금까지 그곳에 발을 들여놓은 자조차 없는 듯한 모습이었다. 게다가 그 무시무시한 문 위에는 다음과 같은 내용의 그리스어가 적혀 있었다. 〈죽음을 두려워하는 자는 다가오지 말라.〉 로드리고는 조금도 두려워하지 않았다. 그에게는 현재 자신이 처한 상황만이 유일한 관심사였다. 군자금을 확보하겠다는 것 이외의 모든 희망은 그의 생각 밖에 있었다. 그는 철문을 깨부수게 한 뒤 탑 안으로 훌쩍 뛰어들었다.

계단을 2개 정도 올랐을 때, 무시무시한 거인 하나가 그의 눈앞에 나타났다. 칼날의 끝을 로드리고의 명치에 댄 채,

"멈춰라."하고 외쳤다. "탑 안을 보고 싶다면 너 혼자만 들어와서 봐야 한다. 그 누구도 너를 따라 들어오는 것은 용납할 수 없다."

"그렇게 하겠다. 나는 아무렇지도 않으니." 이렇게 말한 로드리고는 신하들을 거기에 남겨두고 혼자서 다시 앞으로 나아갔다. "내게는 도움, 아니면 죽음이 필요할 뿐이다."

"아마도 너는 그 둘 모두와 만나게 될 것이다."라고 괴물이 대답했다. 그러자 뒤에서 문이 굉장한 소리를 내며 닫혀 버리고 말았다.

왕은 한마디도 말을 하지 않고 앞장서서 걸어가는 거인의 뒤를 따라갔다. 그렇게 800개 이상이나 되는 계단을 올랐을까? 마침내 무수한 촛대들이 밝혀져 있는 널따란 방 하나에 도착했다. 거기에는 로드리고에 의해서 살해당한 불행한 희생자들이 한 자리에 모여 있었다. 그들은 각자가 로드리고에게서 선고받은 끔찍한 형벌을 받고 있었다.

"이 불행한 사람들을 기억하고 있는가?"라고 거인이 물었다. "죄가 많은 폭군은 때로, 이와 같은 광경을 직접 보지 않으면 안 된다. 두 번째 죄는 첫 번째 죄를 망각케 하는 법, 폭군은 자신이 범한 죄를 동시에 하나밖에 기억하지 못한다. 따라서 이렇게 모두가 한꺼번에 나타나면 아주 난폭한 사람이라도 겁을 먹고 떨기 마련이다. 자, 네가 오로지 정욕을 채우기 위해서 스스로의 손으로 흘린 피의 강을 보기 바란다. 어떠냐, 무섭지 않느냐? 나는 단 한마디로

이 불행한 사람들 모두를 자유의 몸으로 만들 수도 있고, 단 한마디로 너를 그들의 손에 넘겨줄 수도 있다."

"네 마음대로 해라." 로드리고가 거침없이 대답했다. "미안하지만 나는 겁을 먹고 떨기 위해 멀리에서부터 단걸음에 달려온 것이 아니다."

"그렇다면 나를 따라와라."라고 거인이 말을 이었다. "너의 용기는 너의 커다란 죄에 필적할 만하구나."

로드리고는 거기서 두 번째 방으로 안내되었다. 그 방에는 로드리고의 파렴치한 쾌락에 희생되어 정조를 유린당한 아가씨들이 전부 모여 있었다. 어떤 자는 자신의 머리카락을 마구 쥐어뜯고, 어떤 자는 단도로 자신의 몸을 찌르려 하고 있었으며, 또 몇 명인가는 이미 스스로 목숨을 끊어 피의 강의 물결 속에서 떠돌고 있었다. 왕은 이 불행한 여자들 가운데서 플로린다가 자신에게 겁탈당한 날 그대로의 모습으로 조용히 일어서는 것을 보았다.

"로드리고."라고 그녀가 왕을 향해 이렇게 외쳤다. "너의 끔찍한 범죄가 너의 왕국으로 적을 불러들인 거야. 아버지께서 나를 위해 복수를 해주신 거야. 하지만 그 아버지조차 내게 명예와 목숨을 되돌려주실 수는 없어. 나는 그것을 2개 모두 잃었어. 전부 너 때문에……. 너는 곧 나를 다시 한 번 만나게 될 거야. 하지만 로드리고, 너는 그 숙명의 순간을 두려워해야 할 거야. 그때가 바로 네 목숨의 마지막 순간이 될 테니. 오직 나만이 지금 네 눈앞에 있는 불행한 여자들 모두를 대신해서 네게 복수할 수 있는 명예를 짊어지고 있어."

난폭한 스페인 사람은 휙 얼굴을 돌려 안내자와 함께 세 번째 방으로 들어섰다.

그 방 한가운데에는 '시간'의 신의 모습을 본뜬 거대한 조각상이 하나 있었다. 조각상은 손에 몽둥이를 들고 있었는데 일정한 간격을 두고 바닥을 내리치고 있었다. 그 굉장한 울림은 천지를 뒤흔드는 것 아닐까 여겨질 정도였다.

"가련한 왕이여."라고 그 조각상이 외쳤다. "불길한 운명의 손에 이끌려 너도 결국은 여기까지 오게 되었는가? 이렇게 된 이상 하다못해 일의 진상이라도 알기 바란다. 너는 곧 다른 민족에 의해 왕위를 잃게 될 것이다. 네가 저지른 죄에 대한 징벌을 위해서."

한순간에 그곳의 풍경이 바뀌어 원형 천장이 사라져버렸다. 로드리고는 야외에 서 있었다. 그러자 어디선가 한 줄기 열풍이 불어와 그를 톨레도의 탑 상공 위 높은 곳으로 휩쓸어갔다. 안내자가 그의 옆에서,

"너의 운명을 잘 보아라."라고 말했다.

곧 왕은 눈 아래 펼쳐진 들판으로 시선을 옮겨 백성들이 무어 인을 맞아 싸우는 모습을 바라보았다. 아군의 패배는 분명한 것이어서 달아나는 자조차 헤아릴 수 있을 정도밖에 되지 않았다.

"자, 이것을 보고 너의 결심이 어떻게 바뀌었는지 묻고

싶구나."라고 거인이 왕에게 말했다.

"나는 탑으로 돌아가고 싶을 뿐이다."라고 로드리고가 거침없이 대답했다. "나는 탑 안에 숨겨져 있는 보물을 손에 넣고 싶을 뿐이다. 나의 운을 시험해보고 싶을 뿐이다. 이런 것을 보인다 해도 나는 조금도 두렵지 않다."

"그런가? 배짱 한번 좋군."이라고 괴물이 말했다. "아무리 그래도 깊이 생각해보는 것이 좋을 것이다. 네 앞에는 아직도 가혹한 시련이 여럿 남아 있으니. 지금까지는 내가 곁에 있었기에 괜찮았지만, 앞으로는 너 혼자서 그것을 견뎌나가야 한다."

"나는 무슨 짓이든 할 게다." 로드리고가 내뱉듯 말했다.

"알겠다."라고 거인이 대답했다. "하지만 이 점만은 명심해두기 바란다. 혹시 네가 모든 시련을 견뎌 원하는 보물을 손에 넣는다 할지라도, 그것만으로는 아직 너의 승리가 보장되는 것은 아니다."

"그런 건 아무래도 상관없다."라고 로드리고가 말했다. "병사 하나 움직이지 못하고 팔짱을 낀 채 멍하니 적의 침공을 지켜보기만 하는 것보다는 그나마 보장할 수 없는 승리 쪽이 나을 테니."

말을 마치자마자 그의 몸은 순식간에 다시 톨레도 탑의 그 '시간'의 신 조각상이 서 있는 방으로 안내자와 함께 돌아와 있었다.

"여기서 너와 헤어지겠다."라고 괴물이 말했다. "네가 찾는 보물이 어디 있는지는 이 조각상에게 묻기 바란다. 틀림없이 가르쳐줄 테니." 이렇게 말하고 모습을 감추어버렸다.

"이봐, 어디로 가야 하는 거지?"라고 로드리고가 조각상에게 물었다.

"인류의 불행을 위해서 네가 태어난 곳으로."라고 조각상이 대답했다.

"무슨 말을 하는 건지 하나도 못 알아듣겠어. 좀 더 알아들을 수 있게 말을 해줘."

"너는 지옥으로 가야 한다."

"그렇다면 지옥으로 가는 입구를 열어줘. 당장 뛰어들 테니……."

땅이 흔들리더니 쩍 하고 갈라졌다. 로드리고는 자신도 모르는 사이에 바닥에서 1만 길이 넘는 지하의 끝으로 공중제비를 돌며 떨어졌다. 일어나 눈을 떠보니 그는 불꽃을 피워 올리며 타고 있는 호숫가에 있었다. 호수 위에는 철로 지은 작은 배가, 보기에도 무시무시한 괴물들을 가득 태운 채 떠 있었다.

"강을 건너려는 거냐?"라고 그 괴물 가운데 한 마리가 그에게 말을 걸었다.

"건너지 않으면 안 되는가?"라고 로드리고가 물었다.

"보물을 손에 넣고 싶다면 그렇게 해야 한다. 보물은 여기서 16,000리 떨어진 테나르 사막 너머에 있으니."

"내가 지금 있는 곳은 대체 어디지?"라고 왕이 물었다.

"18,000개나 되는 지옥의 강 가운데 하나인 아그라포미쿠보스의 강변이다."

"그렇다면 나를 건너게 해줘."라고 로드리고가 말했다.

다가온 배에 로드리고는 훌쩍 뛰어올랐다. 그런데 배가 뜨겁게 달구어져 있었기에 거기에 발을 디딘 순간부터 고통에 몸부림치지 않을 수 없었다. 배는 눈 깜빡할 사이에 그를 맞은편 강가로 데리고 갔다. 거기는 여전히 어두운 밤이 지배하고 있었다. 그 처참한 지역은 지금까지 단 한 번도 자비로운 천체가 내뿜는 은혜의 빛을 받아본 적이 없었던 것 아닐까 여겨졌다. 나룻배의 사공에게 길을 물은 로드리고는 한시도 쉬지 않고 타오르고 있는 담장 사이의, 뜨거운 모래가 깔린 한 줄기 좁은 길을 따라 걸어갔다. 때때로 무시무시한 짐승이 담장 너머로 달려들기도 했으며, 앞에서 무엇이 기다리고 있을지 전혀 상상할 수도 없었다. 잠시 후 길의 폭이 점점 좁아지더니 마침내는 눈앞에 한 줄기 철봉이 거기서 200자 이상이나 떨어진 맞은편 절벽에 유일한 다리로 걸려 있는 험난한 곳이 나타났다. 그가 서 있는 곳과 맞은편 절벽 사이에는 깊이 600길이나 되는 골짜기가 떡하니 입을 벌리고 있었다. 골짜기 아래에서는 불의 강의 지류가 몇 줄기고 흐르고 있어서 그곳이 수원지인 듯하다는 사실을 알 수 있었다. 순간 로드리고는 그 무시무시한 골짜기를 건너야 한다는 생각이 들자 소름이 돈았다. 섣불리 건넜다가는 죽음을 맞이하게 되리라. 발걸음의 안전을 보장해주는 것은 무엇 하나 없었으며, 몸을 지탱할 만한 것도 무엇 하나 없었다. 그는 생각했다. '이미 수많은 위험을 극복하고 여기까지 오기는 했으나, 여기서 망설인다면 역시 목숨을 아끼는 비겁한 사람이라는 비난을 면할 수 없으리라. 그래, 앞으로 나아가자.' 그러나 채 100걸음도 가지 못해서 그는 마음속 평정을 완전히 잃고 말았다. 주위를 보는 것이 두려웠다면 눈을 감고 있었으면 좋았으련만, 그는 두려운 마음으로 주위를 둘러보고 말았다. 그러자 곧 균형을 잃고 무참하게도 왕은 발 아래의 골짜기 바닥으로 털썩 떨어지고 말았다.

몇 분 뒤, 정신을 잃은 상태에서 깨어나 그는 다시 몸을 일으켰으나, 대체 어떻게 해서 자신이 여기에 이렇게 살아 있는 건지 거의 짐작도 할 수 없었다. 참으로 부드럽고 가볍게, 그리고 운 좋게 추락했는데 그건 어떤 마력 덕분이라고밖에 여겨지지 않을 정도였다. 실제로 그렇지 않다면 지금도 이렇게 숨이 붙어 있을 리 없지 않겠는가? 어쨌든 정신을 차린 그를 가장 먼저 놀라게 한 것은 이 무시무시한 골짜기에 우뚝 솟아 있는 크고 검은 대리석 기둥이었는데 그 위에는 이렇게 적혀 있었다. 〈용기를 내라, 로드리고. 네가 여기에 떨어진 것은 당연한 결과다. 지금 네가 건너온 다리는 인생의 상징이다. 위험으로 가득한 인생이란 원래 이런 것 아니었느냐? 덕이 있는 사람이라면 별 어려움 없이 목적지에 도착할 테지만, 너처럼 부덕한 사람에게는 아무래도 그것이 불가능한 법이다. 그럼에도 불구하고 너의 용기가 너를 이 깊은 곳까지 들어오게 했으니 이제 와서 물러설 수도 없겠지. 보물은 지금 네가 있는 곳에서 겨우 14,000리 떨어진 곳에 있다. 황소자리의 별들을 따라 7,000리를 가고, 남은 7,000리는 다시 토성을 따라 나아가도록 하라.〉

로드리고는 불의 강가를 걷기 시작했다. 강은 서로 다른 여러 가지 모습을 이루며 그 골짜기를 구불구불 흐르고 있었다. 마침내 그 구불구불한 강 가운데 하나가 그의 앞길을 가로막았다. 어떻게 건너야 할지 알 수 없었다. 그때 무시무시한 사자 한 마리가 훌쩍 그의 앞에 모습을 드러냈다. 로드리고가 그 짐승을 가만히 바라보며,

"너의 등에 나를 태워 이 강을 건너게 해주지 않겠는가?"라고 말했다.

괴수는 바로 왕의 발아래로 와서 몸을 낮췄다. 로드리고가 그 등에 올라타자 사자는 텀벙 강 속으로 뛰어들어 아주 간단히 맞은편 기슭까지 그를 데려다주었다.

"나는 너의 악을 선으로 갚았다."라고 사자가 말했다.

"그건 무슨 뜻이지?"라고 로드리고가 물었다.

"너는 백수의 왕인 나의 신분에서 네 자신의 철천지 원수를 본 것처럼 세상에서 나를 한껏 괴롭혔다. 그럼에도 나는 지옥에서 너를 도와주었다. 알겠는가, 로드리고? 만

약 네가 네 나라를 끝까지 지켜낸다면 이 사실을 잊어서는 안 된다. 군주는 자신을 섬기는 모든 신하와 백성에게 행복을 줄 수 있어야만 비로소 참된 군주의 이름에 값하게 되는 것이라는 사실을. 군주는 인류를 구원하기 위해서 있는 것이지, 인류를 자기 악덕의 도구로 삼기 위해서 있는 것이 아니다. 신께서 인류를 모든 동물들 위에 자리하게 해주셨다는 사실을 잊어서는 안 된다. 지상에서 가장 사납다고 여겨지는 짐승의 이 친절한 교훈을 받아들이도록 하라. 사실은 네가 훨씬 더 사납다. 왜냐하면 정말 어쩔 수 없는 요구인 굶주림만이 우리 짐승이 잔혹해지는 유일한 원인인데 반해서, 너의 잔혹함은 훨씬 더 증오할 만한 욕정에 휘둘린 것이기 때문이다."

"백수의 왕이여."라고 로드리고가 말했다. "나의 정신에 너의 훈계는 만족스럽지만, 나의 마음에는 만족스럽지 못하다. 그도 그럴 것이 나는 애초부터 네가 비난하는 그 욕정의 포로로서 이 세상에 태어난 사람이기 때문이다. 욕정은 나보다 강해서 언제나 나를 끌고 다닌다. 나는 내 자신의 본능을 도저히 이길 수 없는 사람이다."

"그렇다면 어쩔 수 없군. 너는 파멸이다."

"바로 그것이 생명을 가진 모든 자의 필연적인 운명 아닌가? 내가 그런 것을 두려워할 줄 알았단 말이냐?"

"그렇다면 저승에서 무엇이 너를 기다리고 있는지도 알고 있단 말이냐?"

"내게 그런 건 아무래도 상관없는 일이다. 모든 것에 도전하자는 것이 나의 신조다."

"그렇다면 가거라. 하지만 잊어서는 안 된다. 너의 최후가 가깝다는 사실을."

로드리고는 거기서 멀어졌다. 곧 불의 강 기슭은 시야에서 사라지고 정상이 구름을 찌를 것처럼 험준하게 우뚝 솟아 있는 바위산 사이의 좁은 샛길로 접어들었다. 그런데 갑자기 산에서 거대한 바위조각이 샛길로 곧장 떨어져내리기 시작해 왕의 목숨을 위협할 뿐만 아니라 발걸음을 방해했다. 그러나 로드리고는 그러한 위험에도 굴하지 않고 계속 발걸음을 옮긴 끝에 결국은 이정표 삼을 만한 것이 어디에도 보이지 않는 광막한 황야 한가운데로 나서게 되었다. 피로에 지치고 굶주림과 목마름에 초췌해져 그는 한 야트막한 모래 언덕 위에 털썩 엎어져 쓰러지고 말았다. 그처럼 고집스럽던 그도 일이 여기에 이르자 조금 전 탑 안으로 자신을 인도했던 그 거인에게 애원하지 않을 수 없었다. 그런데 그때 갑자기 사람의 두개골이 6개 눈앞에 나타나고 발 아래로는 피의 강이 도도하게 흐르기 시작했다. 그리고 누가 말하는 것인지 분명치 않은 낯선 목소리가,

"폭군이여."라고 외쳤다. "보라. 지금 네 눈앞에 흐르고 있는 것은 지난 날 현세에 있던 네가 욕망의 갈증을 풀기 위해 썼던 피다. 지옥에 왔다고 해서 사양할 필요는 없다. 같은 것으로 갈증을 풀기 바란다."

그러나 두려워하기는커녕 오히려 반항심이 모락모락 피어올라 로드리고는, 오만한 로드리고는 천천히 일어나 다시 걷기 시작했다. 피의 강은 좀처럼 끝나지 않았다. 뿐만 아니라 왕이 앞으로 나아감에 따라서 점점 강의 폭이 넓어져 아무래도 이 무시무시한 사막에서 그의 길잡이 역할을 해주고 있는 듯했다. 얼마쯤 가다 로드리고는 그 강 위에서 우글우글 방황하고 있는 망령들의 모습을 깨달았다. 게다가 하나같이 낯익은 얼굴들뿐이었다. 그들은 그가 탑 안에 들어왔을 때 보았던 그 불행한 여자들의 망령이었다.

"이 강은 너의 소행으로 생긴 강이다."라고 그녀들 가운데 한 사람이 외쳤다. "로드리고여, 우리는 그 누구도 아닌 자신의 피, 너의 손에 의해서 흘린 이 불행한 피 위에서 이렇게 떠돌고 있다. 너는 어째서 피를 마시지 않는 것이냐? 현세에서 너무 마셔서 질려버렸단 말이냐? 아니면 온갖 사치를 누리던 너의 궁전에서 이 지옥으로 온 순간, 너의 기호가 갑자기 품위 있어지기라도 했단 말이냐? 후회할 것 없다, 로드리고. 폭군이 스스로 저지른 죄를 보는 것은 신께서 정하진 징벌이다."

이상한 모습의 커다란 뱀이 몇 마리고 강 속에서 뛰쳐나와, 안 그래도 무시무시한 이 강의 수면을 맴돌고 있는 보기 흉한 망령들의 난무에 한층 더 끔찍한 모습을 더했다.

로드리고는 꼬박 이틀 동안 이 피비린내 나는 강가를 따라서 걷고 또 걸었다. 그러자 마침내 희미한 빛이 비치기 시작해서 황야도 곧 끝날 것처럼 보였다. 그런데 정상이 하늘을 찌를 것만 같은 화산이 황야 끝에 우뚝 솟아 있어서 그 곁을 좀처럼 지날 수 있을 것 같지 않았다. 앞으로 나아감에 따라서 용암의 흐름이 사방에서 로드리고를 둘러쌌다. 분화구에서 뿜어져 나오는 거대한 용암 덩어리가 기세 좋게 구름 위까지 솟아오르는 모습을 그는 생생하게 보았다. 이제 이정표가 될 만한 것이라고는 주위에서 타오르고 있는 불꽃의 빛뿐이었다. 그는 재투성이가 되어 간신히 발걸음을 옮겼다.

다시 곤경에 처한 로드리고는 마침내 그 괴물을 연달아 부르기 시작했다. 그러자,

"산을 넘어라."라고 조금 전 그에게 이야기했던 바로 그 목소리가 이렇게 외쳤다. "산 너머로 가면 너의 이야기 상대가 기다리고 있을 것이다."

이 무슨 소리란 말인가. 산을 넘으라니! 한시도 쉬지 않고 암석과 불꽃을 내뿜으며 타오르고 있는 이 산, 아마도 이 산은 1,000길도 훌쩍 넘으리라. 정상에 이르는 모든 길이 절벽으로 둘러싸여 있고 용암에 잠겨 있었다. 그래도 로드리고는 용기를 내어 목적지까지의 거리를 가늠해보았다. 그리고 뜻을 굽힐 줄 모르는 그는 마침내 정상에 발걸음을 내딛었다. 수많은 시인들이 온갖 솜씨로 묘사한 에트나 화산도 로드리고가 본 산의 무시무시함에 비하자면 아무것도 아니었다. 무시무시한 분화구의 심연은 주위가 30

리나 되었다. 거대한 용암이 로드리고를 잡아먹을 것처럼 머리 위에서부터 빗발치듯 떨어졌다. 급히 서둘러 이 무시무시한 분화구를 지나친 그는 반대편으로 내려가는 상당히 완만한 언덕길을 발견하자마자 한달음에 달려 내려갔다. 그러자 거기로 어마어마한 크기의 이름 모를 기괴한 짐승 떼가 나타나 그를 사방에서 감쌌다.

"너희들은 또 뭐냐?"라고 스페인 사람이 물었다. "그런 곳에 서서 길안내를 해주겠다는 것이냐, 아니면 나의 길을 방해하겠다는 것이냐?"

"우리는 네 욕정의 상징이다."라고 한 마리 거대한 표범이 외쳤다. "그것은 우리와 같아서 너를 괴롭게 하고, 우리와 같아서 네가 일생의 끝까지 꿰뚫어보는 것을 방해한다. 네가 욕정을 제어하지 못하는 이상 어찌 우리에게 이길 수 있겠느냐? 인간이 올 곳이 아닌 이 먼 지옥까지 너를 데리고 온 것도 역시 너의 욕정이다. 그러니 너는 그때마다 녀석을 따라서, 어디든 상관없이 운명이 너를 부르는 곳으로 서둘러 달려가는 수밖에 없다. 욕정이라는 놈이 네게 상을 주기 위해 너를 기다리고 있을 것이다. 하지만 너는 앞으로 우리보다 훨씬 더 위험한 적을 만나게 될 것이다. 그리고 틀림없이 그 녀석의 희생양이 되어버릴 것이다. 가라, 로드리고. 그만 가거라. 너의 발밑에는 꽃들이 가득 피어 있다. 이 들판을 어디까지고 가라. 너의 목적지까지는 이제 600리가 남았다."

"어리석은 놈!"하고 로드리고가 외쳤다. "말은 하기에 따라서 달라지는 법이다. 그 잔인한 욕망이 나를 세상에 붙들어놓은 것이라고도 말하려면 그렇게 말할 수도 있다. 욕정은 번갈아가며 나를 기쁘게도 하고 두렵게도 했다. 나는 그 녀석의 불길한 부름에 귀를 기울였으나 조금도 그 뜻을 이해하지는 못했다."

로드리고는 계속해서 다시 전진했다. 그러자 지대가 점점 낮아지기 시작하더니 어느 틈엔가 지하도의 입구까지 와 있었다. 입구에는 문이 있고 안으로 들어오라는 내용의 글이 적혀 있었다. 그런데 안으로 깊숙이 들어감에 따라서 길이 점차 좁아지더니 로드리고는 마침내 폭 1자쯤 되는, 단검의 날이 비죽비죽 삐져나온 좁은 길을 만나고 말았다. 단검은 머리 위에도 매달려 있어서 억지로 지나려 했다가는 칼날이 온몸에 닿을 듯했다. 그는 순간 자신이 상처투성이가 된 듯한 느낌이 들었다. 마침내 피투성이가 되어 그렇게 용감했던 그마저도 이제는 쓰러지는구나 싶은 순간, 어떤 믿음직한 목소리가 그를 매우 호되게 질타했다.

"정신 차려라. 보물을 손에 넣을 때가 그리 멀지 않았다. 보물에 모든 것을 건 너의 운명은, 너 자신에 따라서 달라질 것이다. 하지만 만약 네가 지금까지 단 한 번이라도 바늘 끝과 같은 회한에 찔린 적이 있었다면—너의 몸을 망친 것은 너를 둘러싼 아첨꾼들이었다—, 단 한 번이라도 회한이, 지금 너의 몸을 찌르고 있는 이 칼날처럼 네 마음을 괴롭게 했다면, 아마 너의 재정은 지금도 탄탄했을 것이며 너의 국고는 풍족했을 것이다. 그리고 너 역시 재정의 문란을 회복하기 위해서 이렇게 위험에 너 자신을 굳이 노출시킬 필요도 없었을 것이다. 자, 가거라, 로드리고. 너에게 남겨진 유일한 미덕인 용기와 담대함을 둘 모두 잃어서는 안 된다. 용기를 내라. 네가 가야 할 곳이 이제 멀지 않았다."

로드리고는 간신히 자신의 앞길에서 희미한 빛을 발견했다. 언제부턴가 길의 폭이 넓어졌고 칼날은 사라졌으며, 그는 동굴의 출구까지 와 있었다. 그런데 거기에 급류가 흐르고 있었다. 다른 길이 없었기에 배라도 타지 않는 한 오도가도 못 하게 되었다고 생각한 순간 가벼운 배 1척이 바로 준비되었다. 로드리고는 거기에 훌쩍 올라탔다. 그의 역경을 위로하기 위해서 평온한 한때가 찾아왔다. 지금 건너고 있는 운하는 상큼한 과일나무들로 뒤덮여 있었다. 오렌지, 사향포도, 무화과, 복숭아, 야자열매, 파인애플 등이 하나하나를 분명히는 구분할 수 없을 정도로 그의 눈앞에 맺혀 있었다. 나무들이 그 신선한 열매를 앞 다투어 그에게 내밀고 있는 것이었다. 왕은 참으로 다행이라는 듯 과일을 따서 먹고, 가지를 늘어뜨린 이 나무들 사이로 날아다니는 각종 새들의 오묘한 음악을 즐겼다. 그러나 아직 그에게 남아 있던 이 얼마간의 쾌락도 한순간에 끔찍한 고통으로 바뀌지 않을 수 없을 만큼, 그를 태우고 이 성스러운 수역을 달리던 배의 속도가 말로는 형용할 수 없을 정도로 빨라졌다. 앞으로 나아가면 나아갈수록 그 속도는 더욱 빨라졌다. 잠시 후, 현기증이 날 정도의 높이에서 떨어지고 있는 폭포가 로드리고의 눈앞에 모습을 드러냈기에 배가 어째서 속도를 더하고 있는 건지 그 원인을 마침내 알 수 있었다. 휩쓸고 가버리려 하는 격류의 가엾은 희롱물에 지나지 않는 작은 배는 이제 무시무시한 폭포 아래의 웅덩이로 떨어지려 하고 있었다. 생각할 겨를도 없이 배는 500길이 훨씬 넘는 높이에서 순식간에 떨어졌으며, 흘러내리는 물과 함께 물보라를 어지러이 내뿜고 있는 막막한 계곡 속으로 빨려들어가 버렸다. 그때 얼마 전부터 종종 들어 귀에 익은 그 목소리가,

"이놈, 로드리고야."라고 외쳤다. "지나간 쾌락의 영상을 너는 보았느냐? 네 목마름을 잠시 달래주었던 그 과일처럼 그것들은 네 눈앞에 나타났다가 사라졌다. 그 일락(逸樂)은 너를 어디로 인도하였느냐? 오만한 왕아, 지금 너는 그것을 알고 있다. 너는 그 작은 배처럼 고뇌의 용추(龍湫) 속으로 뛰어든 것이다. 혹시 한 번은 벗어났다 할지라도, 너는 곧 다시 이 용추로 돌아오게 될 것이다. 자, 정상을 구름 속에 숨겨 보이지 않는 저 산 속의 좁고 어두운 길을 가도록 하라. 그 좁은 길을 2천 리쯤 더듬어간 끝에서 네가 바라던 것을 얻을 수 있을 것이다."

"이런, 세상에!"라며 로드리고가 한탄했다. "그렇다면

나는 이 가혹한 모험길 때문에 평생을 허비해야 한단 말인가?"

탑 안에 발을 들여놓은 지 실제로는 아직 일주일 정도밖에 지나지 않았지만, 그에게는 2천 년 이상이나 전부터 이렇게 땅 속을 돌아다니고 있는 것처럼 여겨졌다. 그러는 사이에 동굴을 나왔을 때부터 계속 보였던 하늘이 점차 검은 구름의 장막으로 뒤덮이더니, 무시무시한 번개가 구름 사이로 기다란 빛줄기를 그리고 천둥이 우르릉 울기 시작했다. 천둥은 왕의 앞길에 높다랗게 솟아 있는 산들 사이에서 스산하게 메아리치고 있었다. 마치 천지를 구성하고 있는 4원소가 붕괴 직전의 위기에 처해 있는 것 같았다. 번개가 사방에 있는 바위들을 끊임없이 때려 커다란 조각들을 흩날리고 있었다. 그것이 불행한 나그네의 발밑까지 굴러와서 쉴 새 없이 길을 막았다. 잠시 후 무시무시한 우박까지 이 천재지변에 새로이 가세하여 그를 더욱 몰아붙이기 시작했기에 더는 한 걸음도 앞으로 나갈 수가 없었다. 그리고 그때 하나같이 섬뜩한 형상을 한 수많은 유령들이, 들끓어오르고 있는 듯한 구름 사이에서 줄줄이 내려와 그의 주위를 너풀너풀 맴돌기 시작했다. 가만히 살펴보니 그 망령들은 각자 로드리고의 손에 걸려 목숨을 잃은 사람들의 모습을 간직하고 있었다.

"보아라!"라고 그들 가운데 한 사람이 말했다. "우리는 각자 여러 가지로 서로 다른 모습을 하고 있지 않느냐!

우리는 너의 커다란 죄에 보복하기 위해서 네 마음이 마침내 공포에 휩싸일 때까지 이렇게 괴롭히러 온 것이다."

그러는 동안에도 폭풍은 더욱 거세졌으며, 소용돌이치는 듯한 번개가 끊임없이 하늘에서부터 덮쳐왔다. 몸을 웅크리면 사방에서 교차하는 번개가 비스듬하게 지평선을 가르는 것이 보였다. 곳곳에서 불꽃의 소용돌이를 뿜어내, 그것이 하늘로 오르자마자 불꽃의 비가 되어 2천 길의 높이에서 후드득 떨어졌다. 분노한 자연이 이보다 더 무시무시한 광경을 보인 적은 지금까지 단 한 번도 없었다.

로드리고는 한 바위 아래에 머리를 숨긴 채, 기도도 후회도 하지 않고 그저 하늘을 조소하기만 했다. 그런 다음 자리에서 일어나 주위를 둘러보았는데, 한순간에 출현한 주위의 황폐함에 오싹함을 느끼기는 했으나 거기서 다시 트집거리를 찾아내자마자, "줏대도 없고 잔인하기 짝이 없는 놈!"하고 하늘을 노려보며 외쳐댔다. "혼란과 재앙의 표본이 이처럼 네놈 자신의 손에 의해서 내보여지고 있는데, 그런 네놈이 어찌 인류를 비난할 수 있겠느냐?"

문득 보니 길도 분명히는 알아볼 수 없게 되어 있었다. "그건 그렇고 내가 있는 곳은 대체 어디란 말이냐?"라고 그가 계속해서 말했다. "이 황폐함 속에서 나는 앞으로 어떻게 되는 것이냐?"

"네가 몸을 숨겼던 바위 위에 독수리 한 마리가 앉아 있을 것이다."라고 얼마 전부터 들려오던 익숙한 목소리가 이렇게 외쳤다. "그 독수리 곁으로 다가가 등 위에 올라타라. 독수리가 단번에 날아올라 네가 조금 전까지 발걸음을 옮기지 못해 괴로워하던 길 너머로 너를 데리고 갈 것이다."

왕은 그 말대로 했다. 3분도 지나지 않아서 그는 널따란 하늘의 높은 곳에 있었다. 그때 그를 등에 태운 고결한 새가,

"로드리고."라고 그에게 말했다. "잘 보아라. 너의 오만함이 옳은 것이었는지. 너의 발아래에 있는 저것이 지구 전체의 모습이다. 네가 지배했던 빈약한 지구의 한쪽 구석을 잘 보아라. 너의 지위도 그렇고, 너의 권력도 그렇고, 너를 오만하게 할 만한 것이 대체 어디에 있단 말이냐? 더없이 사소한 일로 다투는 저 분별 없는 전제군주들이 영원한 신의 눈에 과연 어떻게 비치겠는가? 잘 기억해두기 바란다, 인류의 봉사를 요구할 권리가 하찮기 짝이 없는 군주 따위에게는 없다는 사실을."

점점 높은 곳으로 올라간 로드리고는 마침내 무궁한 공간에 떠다니는 몇 개의 행성을 보았다. 그리고 그곳을 지나며 달, 금성, 수성, 화성, 목성 등이 전부 지구와 같은 하나의 세계라는 사실을 알게 되었다.

"고귀한 새여."라고 그가 말했다. "저들 세계에도 역시 우리 지구와 마찬가지로 사람들이 살고 있는가?"

"지구의 인간들보다 훨씬 뛰어난 자들이 살고 있다."라

고 독수리가 대답했다. "그들은 온갖 욕망에 대해서 절도를 지킬 줄 알기 때문에 그것을 만족시키기 위해서 동족들끼리 창을 맞대는 일은 절대로 하지 않는다. 따라서 거기에는 행복한 백성들밖에 없으며, 폭군 따위는 종적을 감추어 찾아볼 수가 없다."

"그렇다면 대체 누가 그 백성들을 다스린단 말이지?"

"그들 자신의 미덕이다. 악덕을 조금도 알지 못하는 사람들에게는 법률도 군주도 필요 없는 법이다."

"그렇다면 그 세계 사람들은 우리 지구의 인류보다 더 많은 신의 사랑을 받고 있단 말인가?"

"신 앞에서는 모든 것이 평등하다. 애초부터 우주에 흩어져 있는 이들 수많은 세계는 신의 유일하고 은혜로운 작업에 의해서 태어났고, 또 두 번째 작업에 의해서 단번에 파괴되어버릴 것이기에 그 영광이나 행복에 많고 적음이 있을 수 없다. 그러나 만약 이들 세계에서 살고 있는 사람들의 행위가 신에 대해서 냉담하다면, 신도 그들을 그처럼 공평하게 다룰 필요는 없지 않겠는가? 정직한 자에 대한 보수를 신께서 언제나 머릿속에 기억하고 있어야만 할 이유는 없겠지."

우리의 나그네는 이렇게 해서 점점 태양 가까이로 접근해 가고 있었다. 따라서 만약 왕의 몸 주위를 감싸고 있는 마법의 효력이 없었다면 쏟아지는 화살과도 같은 그 태양의 광선을 그는 한시도 견디지 못했을 것이다.

"이 빛나는 공 모양의 물체는 아무래도 다른 별들보다 한층 더 큰 별처럼 보이는데."라고 로드리고가 말했다. "하늘의 왕자여, 이 별에 대해서 내게 설명을 좀 해주지 않겠는가? 너는 이 별 위를 자유롭게 날아다닐 수도 있겠지?"

"이 지고한 빛의 중심은,"하고 독수리가 대답했다. "우리 지구에서 300만 리쯤 떨어진 곳에 있다. 그리고 우리는 지금 그 궤도에서 겨우 100만 리 떨어진 한 점에 있다. 어떠냐, 잠깐 사이에 꽤 높이 올라오지 않았느냐? 이 별은 지구보다 100만 배나 더 크고, 그 빛은 8분 만에 지구에 도달한다."

"이 별, 다가감에 따라서 나는 두렵다는 생각이 드는데," 하며 왕이 다시 물었다. "과연 이 별은 언제나 변함없는 실체를 가지고 있는 것인가? 영원불변이라는 것이 있을 수 있는 것인가?"

"그런 것은 없다."라고 독수리가 대답했다. "애초부터 이 별은 회전하는 공 모양의 물체 내부에 시시각각으로 낙하하는 여러 개의 혜성으로 이루어진 별이다. 그들 혜성이 잃어버린 열을 끊임없이 만회하는 역할을 하고 있는 것이다."

"내 눈을 놀라게 하는 모든 천체의 작용원리를 상세하게 설명해줄 수 없겠는가?"라고 로드리고가 계속해서 말했다. "무엇보다 미신을 믿는 데다가 거기에 더해 마음이 비뚤어진 나의 사제들은 우리에게 황당무계한 것들만 가르쳐왔다. 녀석들의 입에서 진리는 약에 쓸 만큼도 흘러나온 적이 없었다."

"세 치 혀로 세상을 살아가는 협잡꾼들이 진리를 입에 담을 리 없지 않겠는가? 그럼 나의 말을 잘 듣기 바란다." 라고 독수리가 계속 날며 이렇게 말했다. "모든 행성을 끌어당기고 있는 인력의 공통된 중심은 거의 태양의 중심이라고 해도 상관없다. 그런데 이 태양에도 역시 각 행성의 인력이 작용하고 있다. 각 행성에 대해서 작용하는 태양의 인력은 태양의 질량이 몇 배나 큰 만큼, 각 행성이 태양에 작용하는 인력보다 더 크다고 할 수 있다. 그런데 그 지고의 별은 다소나마 행성의 인력을 받고 있기 때문에 언제나 끊임없이 그 위치를 바꾸고 있다. 이 태양의 근소한 접근이 행성 상호간에서 벌어지는 변동을 조정하고 있는 것이다."

"그렇다면," 로드리고가 계속해서 말했다. "이 별의 끊임없는 변동으로 자연의 질서가 유지되고 있다는 말이로군. 요컨대 천체의 질서를 유지하기 위해서는 늘 무질서가 필요하다는 말이야. 그처럼 세계에서 악이 유익한 작용을 하고 있는 것이라면, 너는 또 왜 그것을 억압하려 하는 것이지? 우리 일상의 무질서에서 총체적인 하나의 질서가 태어나는 것이 아니라고 누가 단언할 수 있겠는가?"

"가장 작은 행성의, 그 가운데서도 다시 작은 나라의 빈약한 국왕이여."라고 독수리가 외쳤다. "신의 뜻을 네 멋대로 억측하는 것은 네가 해야 할 일이 아니다. 더구나 헤아릴 수도 없는 자연의 법칙을 끌어다 자신의 죄를 변명하려는 것은 당치도 않은 일이다. 네 눈에는 무질서인 것처럼 보이는 현상도 자연이 질서에 이르기 위한 한 과정이라고 생각하면 대략 틀림없을 것이다. 그러니 그와 같은 그럴 듯한 논리에서 도덕적 결론을 이끌어내는 것은 그만두는 편이 좋을 것이다. 자연을 깊이 살펴본 결과 네 마음에 뭔가 납득할 수 없는 것이 남았다 할지라도, 그것이 틀림없는 무질서인지 어떤지는 조금도 증명된 것이 아니다. 게다가 너는 너 자신의 경험을 통해서 인간의 죄가 재앙밖에 불러오지 않는다는 사실을 알고 있지 않느냐.”

“그런데 이들 항성에도 역시 사람들이 살고 있는가? 우리가 다가감에 따라서 이 둥근 물체의 한계가 끝도 없이 커지는 것 같은데.”

“물론 사람이 살고 있다. 설령 이 빛나는 구형 물체가 지구에서 태양까지의 거리보다 40만 배 더 떨어진 곳에 있다 할지라도, 또 그보다 훨씬 더 먼 곳에 있다 할지라도 거기에는 우리의 육안으로 볼 수 없는 수많은 별들이 있고, 그 별들에도 역시 네가 본 항성이나 행성에서와 마찬가지로 사람들이 살고 있다는 데에는 조금도 변함이 없다. 그런데 우리도 이제는 거의 한계에 다다랐다. 나는 이 이상 더 높이 날 수 없다.” 이렇게 말하고 독수리는 다시 지구를 향해 쏜살같이 내려가기 시작했다. “로드리고여, 네가 본 모든 것이 너에게 위대한 신에 대한 관념을 부여하는 계기가 되었으면 좋겠구나. 죄가 이 관념에 다가가려는 너를 가로막은 지 이미 오래 되었다."

이 말과 함께 독수리는 아시아의 고산 가운데서도 가장 높은 봉우리에 슥 내려앉았다.

"지금 우리는, 조금 전 너를 태웠던 곳에서 1천 리쯤 떨어진 곳에 있다."라고 유피테르의 친구인 새가 말했다. "자, 혼자서 이 산을 내려가도록 해라. 네가 찾고 있는 것이 이 산의 기슭에 있다. 얼른 가지 않으면 사라질 것이다."

로드리고는 독수리가 그를 내려놓은 깎아지른 듯한 바위에서 서둘러 내려왔다. 산의 기슭에 와보니 거기에 격자문이 닫힌 바위굴 하나가 있었다. 그리고 그 입구를 키 15척 이상이나 되는 6명의 거인들이 지키고 있었다.

"여기에 무엇 하러 온 것이냐?"라고 거인 가운데 하나가 물었다.

"이 바위굴 속에 있다고 들은 금은보화를 가지러 왔다." 라고 로드리고가 대답했다.

"그러려면 여기로 들어가기에 앞서 우선 우리 6명과 싸워 이겨야만 한다."라고 거인이 응수했다.

"좋은 적을 만났군."하고 왕이 대답했다. "그럼 내게 무기를 빌려주어라."

무기를 가진 자가 나타나서 로드리고에게 바로 무기를 갖추어주었다. 강인한 스페인 사람은 용기로 넘쳐나 가장 먼저 달려온 상대와 맞섰는데 승리를 얻기까지는 그저 몇 분이면 충분했다. 두 번째 상대가 다가왔으나 그도 역시 로드리고에 의해 쓰러지고 말았다. 이렇게 해서 로드리고 는 채 2시간도 지나지 않아 한 명도 남김없이 적을 쓰러뜨 렸다. 그러자 "폭군이여."하고 이전부터 때때로 들려오던 그 목소리가 다시 외쳤다. "너의 마지막 영예를 한껏 즐기 기 바란다. 스페인에서 너를 기다리고 있는 결말은 아마도 이처럼 화려한 것이 아닐 것이다. 너의 천운은 이제 명이 다했다. 바위굴 속의 보물을 손에 넣는다 할지라도 그것은 필시 너의 파멸에만 도움이 될 것이다."

"뭐라고? 그렇다면 나는 패배를 부르기 위해서 승리한 것이란 말이냐?"

"신의 뜻을 네 멋대로 판단해서는 안 된다. 어쨌든 신의 명령은 움직일 수 없는 것이다. 사람의 지혜로 헤아릴 수 있는 것이 아니다. 단, 이 사실만은 잘 알아두기 바란다. 인간에게 있어서 뜻밖의 행운은 언제나 불행의 확실한 전 조에 지나지 않는다는 사실을."

바위굴의 입구가 활짝 열렸다. 로드리고는 거기서 수많 은 금은보화를 찾아냈다. 그러자 가벼운 졸음이 그의 오관 을 사로잡았다. 그리고 눈을 떴을 때, 그는 마법의 탑 입구 에 있었다. 그의 주변에는 예전의 신하들과 금은을 가득 실은 수레가 15대 정도 늘어서 있었다. 왕이 기뻐하며 옛 친구들을 끌어안았다. 그리고 지금까지 자신은 인간의 상 상을 뛰어넘는 일들을 겪어왔다고 그들에게 말했다. 또한 자신이 모습을 감추고 난 뒤 어느 정도 시간이 흘렀냐고 물었더니 "열흘입니다."라고 한 신하가 대답했다.

"그게 사실이냐?" 왕이 아연실색하여 말했다. "나는 50년 이상이나 여행을 계속한 듯한 느낌이다만."

이렇게 말하며 그는 한 마리 안달루시아 말에 오르자마자 곧 적의 손에 떨어진 톨레도 지방을 탈환하기 위해 말을 달려 탑을 뒤로했다. 그런데 그가 100보쯤 갔을까 싶었을 때 벽력과도 같은 소리가 들려왔다. 로드리고가 돌아보니 그 고대의 탑이 마치 한 자루 화살처럼 허공으로 올라 날아가고 있었다. 왕은 그래도 여전히 왕궁을 향해서 질주를 계속했다. 너무 늦지는 않았다. 모든 주가 벌집을 쑤셔놓은 것처럼 허둥거리며 전부 무어 인에게 그 성문을 열어주었다. 로드리고는 곧 커다란 병력을 일으켜 스스로 선두에 서서 적을 향해 나아갔으며, 코르도바 부근에서 그들과 맞섰다. 전쟁은 8일간 계속되었다. 말할 것도 없이 지난날 스페인에서 행해졌던 그 어떤 전쟁보다도 가장 피비린내 나는 전쟁이었다. 변덕스러운 승리의 여신은 로드리고에게 20번 미소를 지었으며, 심술궂게도 그 미소를 20번이나 흔적도 없이 거두었다. 마침내 전투의 마지막 날, 로드리고는 남아 있는 전군을 규합하여 단번에 승리의 영관을 자신의 손에 쥐어야겠다고 생각했다. 그때 한 기사가 나타나 그에게 단둘이서 승부를 가리자고 했다.

"이놈, 네 놈은 누구냐?"하고 왕이 가소롭다는 듯 물었다. "특별히 인정을 베풀어 상대를 해주는 것이니 이름을 밝혀라."

"무어 군의 대장이다."라고 전사가 대답했다. "헛되이 서로의 피를 흘리는 일도 이제는 지긋지긋하다. 이제 그런 짓은 그만두고 단번에 자웅을 겨루기로 하자, 로드리고. 민초의 목숨이 주권자의 사소한 이해관계 때문에 이렇게까지 희생되어도 된단 말이냐? 군주 사이에 불화가 발생한 경우에는 그들끼리 스스로 결투를 하면 된다. 그렇게 하면 싸움이 이렇게 길어질 일도 없을 것이다. 자, 정정당당하게 승부를 겨루자, 스페인의 용사여. 너의 창과 나의 창 가운데 어느 것이 뛰어난지 시험해보자. 우리 둘 가운데 이긴 자를 이번 전쟁의 승리자로 삼기로 하자. 이견은 없겠지?"

"내가 바라던 바다."라고 로드리고가 대답했다. "나 역시도 어중이떠중이 같은 잡병들을 상대로 싸움을 질질 끌기보다는, 내게 어울리는 상대와 싸워 단번에 승패를 결정짓는 편이 얼마나 더 마음에 맞는지 모른다."

"그렇다면 너는 내가 두렵지 않느냐?"

"두렵기는커녕 너처럼 하찮은 기사는 본 적이 없다."

"네 말대로 나는 예전에 너 때문에 패배를 맛본 적이 있었다. 로드리고, 하지만 너는 더 이상 승리의 영광에 안겼던 예전의 스페인 왕이 아니다. 너는 이미 왕궁 깊은 곳에서 파렴치한 쾌락에 몸을 맡겨 초췌해지고, 신하들의 피를 흘리며 만족스러워하고, 여자들의 정조를 빼앗으며 즐거워하던 지난날의 스페인 왕이 아니다."

이러한 말들과 함께 두 전사는 각자 땅을 고르며 자세를 취했다. 전군의 시선이 이 두 사람에게 쏟아졌다. 서로 달려들어 격렬하게 부딪쳤으며 불꽃을 튀기며 서로에게 응수했다. 얼마 후, 로드리고가 마침내 땅에 쓰러져 원통함에 모래를 씹었으며, 당장에라도 그 용감한 적에게 최후의 일격을 맞을 것처럼 보였다. 그때 전사가 로드리고에게 달려들어 상대방의 투구를 들어올리며 이렇게 말했다.

"숨통이 끊어지기 전에 네게 승리를 거둔 사람의 얼굴을 잘 보아두도록 해라."

"앗, 그 얼굴은!"하고 스페인 사람이 놀라 소리를 질렀다.

"떨고 있군, 겁쟁이 녀석. 생애의 말기에 플로린다를 다시 한 번 만나게 될 것이라고 전에 내가 했던 말을 너는 기억하고 있느냐? 네 죄의 더러움을 받은 하늘이 너에 대한 징벌로 숨통을 끊어놓기 위해서 특히 내게 저승에서 벗어나는 것을 허락하셨다. 잘 봐두어라. 지난날 너의 손에 의해 정조를 빼앗겼던 사람이 지금은 너의 영광, 너의 승리를 철저히 부수려 하고 있는 것이니. 자, 죽어라. 불행하다고 말하기도 모자란 왕이여. 너의 예는 세상의 왕후들에 대한 좋은 교훈이다. 권력을 굳건히 하려면 오로지 미덕에 의지해야만 한다는 사실, 너처럼 권력을 남용하는 자는 조만간에 하늘의 재판정에서 그 커다란 악에 대한 벌을 받아야 한다는 사실을, 그 교훈이 무엇보다 분명히 가르쳐줄 것이다."

스페인 군은 달아났다. 무어 인들이 온 나라 안을 점령했다. 이렇게 해서 그들은 한때 스페인에서 패권을 쥐었으나 그들도 마침내는 비슷비슷한 군주의 죄에 기인한 또 다른 혁명으로 인해서 이번에야말로 스페인에서 영원히 쫓겨나고 말았다.

북극성호의 선장

아서 코난 도일(Arthur Conan Doyle)

영국 에든버러에서 태어났다. 대학 졸업 후 선박에서의 의사 경험을 거쳐 포츠머스에서 병원을 개업했으나 환자가 없어 소설을 쓰기 시작했다. 1891년 런던에서 다시 개업했지만 역시 성공하지 못했기에 작품에 전념하기로 결심하고 1892년에 『셜록 홈즈의 모험』과 『셜록 홈즈의 회상』(1894) 등 홈즈 시리즈 단편을 차례차례로 발표하여 추리소설의 장르를 확립했다. 냉정하고 날카로운 홈즈와 온후한 왓슨이 여러 사건에 도전하는 이 시리즈는 60여 편에 이른다. 1902년, 보어 전쟁에서 의사로 활약했으며, 영국의 참전을 정당화하는 등의 업적으로 기사 작위에 서임되었다. 제1차 세계대전에서 아들을 잃은 후 심령현상에 관심을 보였다.

—의학생 존 마리스터 레이의 기이한 일기에서 발췌

1

9월 11일, 북위 81도 40분, 동경 2도. 우리는 여전히 장대한 빙원의 한가운데 정박 중이다. 우리의 북쪽으로 펼쳐져 있는 한 빙원에 우리는 닻을 내렸는데 그 빙원은 우리 영국의 1개 군과도 맞먹을 만한 크기다. 좌우 양쪽으로 얼음의 면이 지평선 저 멀리까지 끝도 없이 펼쳐져 있다. 오늘 아침, 항해사가 남쪽에 빙괴의 조짐이 있다고 보고했다. 만약 그것이 우리의 귀환을 방해하기에 충분한 두께를 형성한다면 우리는 커다란 위험에 처하게 되는데, 들리는 소리에 의하면 식량은 이미 약간 부족한 상태라고 한다. 때는 마침 시즌의 끝 무렵이어서 긴 밤이 다시 나타나기 시작했다. 오늘 아침. 배 앞쪽 돛대의 가장 밑에 있는 활대 바로 위에서 별이 다시 반짝였다. 이는 5월 초 이후 처음 있는 일이었다.

선원들의 얼굴에는 불만의 빛이 가득하다. 그들 대부분은 청어 어획기에 맞춰 귀국하기를 간절히 바라고 있다. 그 어획기가 되면 스코틀랜드 해안지방에서는 노동자의 임금이 훌쩍 오르곤 한다. 하지만 그들은 그 불만을 단지 불편한 심기와 매우 험악한 표정으로만 드러낼 뿐이다.

　오늘 오후가 되어 그 선원들이 대리인을 보내 선장에게 불만을 토로하려 한다는 사실을 이등항해사로부터 들었으나 선장이 그것을 받아들일지는 참으로 의심스럽다. 그는 매우 거친 성격이고, 또 자신의 권한을 침범하는 듯한 일에 대해서는 매우 민감하게 반응하기 때문이다. 저녁 식사를 마친 후에 나는 이 문제에 대해서 선장에게 넌지시 말을 건네 볼 생각이다. 예전부터 그는 다른 선원에게는 크게 화를 낼 때도 내게만은 늘 관대한 태도를 취했다.

　스피츠베르겐의 북서쪽 귀퉁이에 있는 암스테르담 섬이 우리 배의 우현 너머로 보이는데 섬은 화산암의 울퉁불퉁한 선을 이루고 있으며, 빙하를 드러내고 있는 하얀 지층선과 교차되어 있다. 일직선으로 따져도 족히 1,500㎞는 된다. 그린란드 남부의 덴마크 이주지에서 가까운 곳에는 현재 그 어떤 인류도 살고 있지 않은 듯하다는 사실을 생각해 보면 참으로 신기하다는 생각이 든다. 무릇 선장이란 배가 이와 같은 경우에 처했을 때는 스스로 커다란 책임을 져야 한다. 그 어떤 포경선도 이런 시기에, 이러한 위도에 멈춰 선 적은 없었다.

오후 9시, 나는 마침내 크레이기 선장에게 사실을 털어놓았다. 그 결과는 도저히 만족스러운 것이라고 할 수 없었으나 선장은 매우 조용히, 그리고 열심히 내 말을 들어주었다. 내가 이야기를 마치자 그는 내가 종종 보아왔던 그 철과도 같은 결단의 빛을 얼굴에 띄운 채 몇 분 동안 좁은 선실 안을 빠른 걸음으로 돌아다녔다. 처음 나는 그를 정말로 화나게 한 것이 아닐까 생각했으나 그는 화를 참고 다시 앉아 거의 추종에 가까운 자세로 내 팔을 잡았다. 그의 거칠고 사납고 검은 눈이 나를 매우 놀라게 했으나 그 눈 속에는 부드러움 또한 어려 있었다.

"이보게, 의사양반."하고 그가 말을 시작했다. "사실 당신을 데려왔다는 사실을 나는 늘 미안하게 생각하고 있었소. 아마도 던디 항에는 더 이상 돌아가지 못할 거요. 이번에야말로 끝장을 보겠소. 우리의 북쪽에는 고래가 있었소. 물줄기를 내뿜는 고래들을 돛대 꼭대기에서 내 틀림없이 봤으니 당신이 아무리 머리를 흔들어도 소용없는 일이오."

나는 특별히 그것을 의심하는 듯한 모습은 조금도 보이지 않았다고 생각했는데 그는 갑자기 화가 폭발한 듯 이렇게 외쳤다.

"나도 남자야! 22초 동안에 22마리의 고래! 그것도 수염이 3m나 되는 커다란 녀석을 말이야! (고래잡이들은 고래를 몸의 길이로 측정하지 않고 수염의 길이로 측정한다.) 그런데 의사양반, 당신은 나와 내 운명 사이에 고작 얼음 정도의 방해물이 껴들었다고 해서 내가 이곳을 떠날 거라 생각했소? 만약 내일이라도 북풍이 분다면 우리는 어획물을 배에 가득 싣고 얼음이 얼기 전에 돌아갈 수 있을 거요. 하지만 남풍이 분다면……, 선원들은 모두 목숨을 걸어야 할 거요. 물론 내게 그런 일은 아무것도 아니지만. 왜냐하면 나는 이 세상보다 저세상과의 인연이 훨씬 더 깊은 듯하니. 하지만 솔직히 말해서 당신에게는 정말 미안하게 생각하고 있소. 나는 요전에 우리와 함께 왔던 앵거스 테이트 노인을 데려왔어야 했어. 그 노인이라면 설령 죽는다 해도 원망은 하지 않을 테니. 그런데 당신은……, 당신은 언젠가 결혼을 했다고 했었지?"

"그렇습니다."하고 나는 시곗줄에 묶어놓은 작은 로켓의 뚜껑을 열어 플로라의 조그만 사진을 보여주었다.

"제길!"하고 그가 의자에서 벌떡 일어나 분노로 수염을 곤추세우며 외쳤다. "나와 당신의 행복이 무슨 상관이란 말이지. 내 눈앞에서 당신이 연연하는 그런 사진 속 여자와 내가 무슨 관계가 있단 말이지."

격노한 나머지 당장에라도 나를 때려 쓰러뜨리는 것이 아닐까 하는 생각이 들 정도였다. 하지만 그는 다시 한 번 소리를 지른 후에, 선실의 문을 벌컥 열어젖히고는 갑판으로 달려나갔다.

혼자 남은 나는 그가 갑자기 보인 난폭함에 약간 놀라지 않을 수 없었다. 그가 나에 대해서 예의를 지키지 않고,

또 친절한 태도를 취하지 않았던 것은 이번이 처음이었다. 이 글을 쓰고 있는 지금도, 나는 선장이 매우 흥분해서 머리 위를 여기저기 걸어 다니는 소리를 듣고 있다.

나는 이 선장의 모습을 묘사해보고 싶지만, 아무리 잘 생각해보아도 내 자신의 마음속 관념부터가 애매모호한 것이기 때문에 그런 글을 쓴다는 것은 참으로 우스운 짓이라 여겨진다. 나는 지금까지 몇 번이고 선장의 인물됨을 설명할 수 있을 만한 열쇠를 쥐었다고 생각했으나, 그는 언제나 더욱 신기한 성격을 내보여 내 결론을 뒤엎었을 뿐만 아니라 나를 실망시킬 뿐이었다. 틀림없이 나 이외에 이런 글을 읽으려는 사람은 없을 것이다. 하지만 나는 한 심리학적 연구로써 이 니콜라스 크레이기 선장에 관한 기록을 남길 생각이다.

무릇 그 사람이 외부에 나타내는 것은 얼마간 그 내면의 정신을 드러내고 있는 법이다. 선장은 키가 크고 균형 잡힌 체격에 피부가 거뭇한 미장부(美丈夫)다. 그리고 손발을 경련적으로 이상하게 움직이는 버릇이 있다. 이는 신경질적인 성격 탓이거나, 혹은 단순히 그의 넘치는 정력 때문일지도 모른다. 입가와 얼굴 전체의 모습은 참으로 남자답고 결단력이 있는 것처럼 보이며, 그 눈은 이론의 여지도 없이 얼굴의 특징을 이루고 있다. 칠흑 같이 새카만 개암나무처럼 날카로운 빛을 발하는 두 개의 눈은 대담함을 나타내는 것이라고 나는 종종 생각하지만, 거기에는 틀림없이 공포의 빛이 어려 있는 것 같은 어떤 다른 종류의 무엇인가가 묘하게 섞여 있다. 대부분의 경우에는 대담한 빛이 언제나 우세를 점하지만, 그가 명상에 잠기거나 할 때면 때때로 공포의 빛이 깊이 퍼져 마침내는 그 용모 전체에 새로운 성격을 부여하기에 이른다. 그는 어떤 경우에도 잠을 깊이 자지 못한다. 그리고 한밤중에도 그가 무엇인가 외치는 소리를 자주 들을 수 있다. 하지만 선장실은 내 선실에서 약간 떨어진 곳에 있기 때문에 그의 말을 분명히 알아들을 수는 없다.

우선 이것이 그의 성격 중 한 부분인데, 가장 마음에 들지 않는 점이기도 하다. 내가 이런 점을 관찰할 수 있었던 것은 아마도 지금처럼 그와 내가 하루하루 매우 밀접한 사이에 있었기 때문이리라. 만약 그처럼 밀접한 관계가 우리 사이에 없었다면 그는 참으로 유쾌한 동료이자, 아는 것이 많고 재미있어서 지금까지 바다 생활을 해온 가운데서 만난 매우 훌륭한 선원 중 한 사람이라 여겨졌을 것이다. 나는 지난 4월 초, 얼음이 녹기 시작한 가운데 커다란 바람을 만났을 때 배를 다루던 그의 솜씨를 쉽게 잊지는 못하리라. 번개의 번뜩임과 바람의 아우성 속에서 선교를 앞뒤로 돌아다니던 그날 밤의 그처럼 쾌활하고, 오히려 유쾌하다는 듯 기뻐하던 모습을 나는 한 번도 본 적이 없었다. 그는 내게 종종, 죽음을 상상하는 것은 오히려 유쾌한 일이다, 물론 젊은이에게 이런 말을 한다는 건 그다지 바람직한 일은 아니지만, 이라고 말했다.

그의 머리와 수염에는 벌써 백발이 희끗희끗 섞여 있지만 사실은 서른 살을 얼마 넘지 않았을 것이다. 짐작건대 틀림없이 어떤 커다란 슬픔이 그를 덮쳐 그의 전 생애를 말라버리게 한 것이리라. 나 역시도 만약 플로라를 잃는다면 틀림없이 그와 똑같은 상태에 빠지게 될 것이다. 나는 만약 그것이 그녀의 신상과 아무런 관계도 없다면, 내일 바람이 북쪽에서부터 불어오든 남쪽에서부터 불어오든 그런 건 아무래도 상관없다고 생각한다.

아, 선장이 채광창을 내려오는 소리가 들린다. 그리고 자신의 방으로 들어가 문을 잠갔다. 이는 그의 마음이 아직 풀리지 않았다는 증거다. 자자, 그럼 피프스 할아버지가 늘 입버릇처럼 말하듯, 그만 자도록 해볼까. 초도 이미 다타서 스러지려 하고 있다. 게다가 급사도 이미 잠이 들어서 초를 하나 더 얻을 수 있을 것 같지도 않다.

2

9월 12일, 평온하고 좋은 날씨. 배는 여전히 같은 위치에 있다. 바람은 남서쪽에서만 불어오고 있다. 단, 매우 약하다. 선장은 마음이 풀렸는지 아침 식사 전에 어제의 실례를 내게 사과했다. 하지만 그는 지금도 여전히 약간 멍한 상태에 있는 듯하다. 눈에는 아직 그 난폭한 빛이 남아 있다. 스코틀랜드에서 그것은 '죽음'을 의미하는 것이다. 적어도 우리 배의 기관장은 내게 그렇게 말했다. 기관장은 우리 배의 선원 중 켈트족 사람들 사이에서는 전조를 예언하는 사람으로 상당히 유명세를 떨치고 있다.

냉정하고 실제적인 이 인종 사이에서 미신이 그렇게 세력을 떨치고 있다는 것은 참으로 이상한 일이다. 만약 내가 직접 그것을 보지 못했다면 그 미신이 널리 퍼져 있다는 사실을 도저히 믿지 못했을 것이다. 이번 항해에서는 미신이 크게 유행하게 되었다. 심지어는 나까지도 토요일에만 허락되는 그로그[1]와 적정량의 진정제와 신경강장제를 같이 먹을까 하는 마음이 들기 시작했다. 미신의 첫 번째 징후는 우선 다음과 같은 것이었다.

셰틀랜드를 출발한 지 얼마 지나지 않아서 타륜에 있던 뱃사람들이, 무엇인가가 배를 따라오고 있는데 끝내 따라잡지는 못하겠다는 듯 배 뒤에서 슬픈 외침과 찢어질 듯한 소리를 올리는 것을 들었다고 자꾸만 되풀이해서 이야기한 것이 일의 발단이었다.

이 이야기는 항해가 끝날 때까지 계속되었다. 그랬기 때문에 물개의 어획이 시작되는 어두운 밤이면 뱃사람들에게 타륜을 지키게 하는 일이 그리 수월하지만은 않았다. 의심할 여지도 없이 뱃사람들이 들은 것은 체인이 삐걱거리는 소리이거나 지나가는 물새의 울음소리였으리라. 나

---

1) 럼주에 물을 탄 것.

는 그 소리를 듣기 위해 몇 번이고 침대에 있다가 그곳으로 불려갔으나 부자연스러운 소리는 아무것도 듣지 못했다. 하지만 뱃사람들은 한심할 정도로 그것을 믿고 있었기에 의견을 교환할 여지가 없었다. 예전에 이 일을 선장에게 이야기한 적이 있었는데 그 역시도 매우 신중하게 이 문제를 받아들였기에 나는 적잖이 놀랐다. 그리고 실제로 그는 내 말에 마음이 상당히 어지러워진 모양이었다. 나는 적어도 그만은 그와 같은 망상에 당연히 초연할 줄 알았기에 놀라지 않을 수 없었다.

미신이라는 문제에 대해서 여러 가지로 알아보던 중, 나는 이등항해사인 맨슨 씨가 어젯밤에 유령을 보았다는 사실, 아니 적어도 그는 봤다고 말하고 있다는 사실을 알게 되었다. 몇 개월 동안이나 끊임없이 들어온 곰이나 고래에 대한 늘 똑같은 얘기 가운데 어떤 새로운 대화가 끼어든다는 것은 참으로 기분을 새롭게 하는 것이다. 맨슨은 이 배에 무엇인가가 씌워 있으니 만약 다른 곳으로 갈 수만 있다면 단 하루도 이 배에는 머물지 않을 것이라고 말했다.

실제로 그 사람은 두려움을 느끼고 있는 듯했다. 이에 나는 오늘 아침에 그를 진정시키기 위해서 클로랄과 브롬산칼륨을 약간 먹게 했다. 내가 그에게 '자네 그제 밤에 특별한 망원경을 들고 있었다며?' 하고 놀렸더니 녀석 완전히 분개한 듯했다. 그랬기에 나는 그를 달래기 위해서 가능한 한 진지한 표정으로 그의 이야기를 들어주지 않을 수 없었다. 그는 그 이야기를 처음부터 사실로써, 자랑스럽다는 듯 시작했다.

그는 이렇게 말했다.

"나는 한밤중의 당직에서 벨이 네 번 울릴 무렵(당직 시간은 4시간씩이고 벨은 30분에 한 번씩 증가하며 울리게 되어 있다. 따라서 네 번 울렸다는 것은 정확히 절반이 지난 시각이다.) 선교에 있었소. 정말 칠흑 같은 밤이었소. 하늘에는 조각달이 걸려 있는 듯했지만 구름이 그것을 스쳐 지나가고 있었기에 멀리 떨어진 배에서는 분명하게 볼 수가 없었소. 바로 그때 작살수인 무레아드가 선수에서 선미로 와, 우현 선수 쪽에서 기묘한 소리가 들린다고 보고했소. 나는 앞쪽 갑판으로 가서 그와 함께 귀를 기울여 소리를 들었는데 어떨 때는 우는 아이와도 같았고, 또 어떨 때는 마음에 상처를 받은 아가씨의 소리처럼 들리기도 했소. 나는 이 지역을 17년째 다니고 있지만, 나이 든 놈이든 어린 놈이든 물개가 그렇게 우는 소리는 지금까지 한 번도 들어본 적이 없었소. 우리가 선수에 서 있을 때 달빛이 구름 사이로 새어나왔기에 우리는 조금 전 울음소리가 들려왔던 곳에서 무엇인가 허연 것이 빙원을 가로질러 움직이는 것을 볼 수 있었소. 그것은 곧 사라졌다가 다시 좌현 쪽에서 나타났고, 얼음 위에 던져진 그림자처럼 분명하게 그것을 알아볼 수 있었소.

나는 한 뱃사람에게 선미 쪽으로 가서 총을 가져오라고

명령했소. 그리고 나는 무레아드와 함께 바다 위에 떠 있는 얼음덩이 위로 내려갔소. 그건 틀림없이 곰일 것이라고 생각한 거요. 우리가 얼음 위로 내려섰을 때 나는 무레아드를 시야에서 놓쳤지만 그래도 소리가 나는 쪽으로 다가갔소. 나는 아마도 1.5㎞ 이상 그 소리를 따라갔을 거요. 그리고 얼음 언덕 주위를 달려 마치 나를 기다리기라도 하듯 서 있는 그 정상으로 곧바로 올라가 밑을 내려다보았으나 그 허연 모습을 한 것이 무엇이었는지는 전혀 알 수 없었소. 어쨌든 곰은 아니었소. 그것은 키가 크고, 허옇고, 곧게 뻗은 것이었소. 만약 그것이 남자도 아니고 여자도 아니었다면 훨씬 더 좋지 않은 것이었다는 사실을 분명하게 보장할 수 있소. 나는 두려움에 정신없이 배 쪽으로 달려와 배에 올라타고서야 간신히 안심할 수 있었소. 나는 승선 중 자신의 의무를 다하겠다는 조건에 서명을 했으니 이 배에 머물기는 하겠지만, 해가 진 뒤에는 두 번 다시 얼음 위에 오르지 않을 생각이오."

이것이 그의 이야기였고, 나는 가능한 한 그의 말 그대로를 기록한 것이다.

그는 강하게 부인하고 있지만 내 상상에 의하면 그가 본 것은 틀림없이 어린 곰이 뒷발로 서 있는 모습이었으리라. 그런 자세는 곰이 무엇인가에 놀라거나 했을 때 자주 취하는 자세다. 흐릿한 불빛 속에서 그것이 사람의 모습으로 보였던 것이리라. 더구나 이미 마음속에 어느 정도 번민이 있는 사람 아닌가? 그것이 무엇이든 그런 일이 일어났다는 것은 어쨌든 일종의 불행이라고 할 수 있는데, 그것이 다수의 선원들에게 커다란 불쾌감과 좋지 않은 결과를 가져다주었기 때문이다.

그들은 전보다 한층 더 굳은 표정을 지었으며, 불만의 빛이 더욱 노골적으로 드러나기 시작했다. 청어잡이에 나서지 못한다는 사실과, 그들이 무엇인가에 씌운 배라고 말하는 곳에 머물러야 한다는 이중의 불만이 그들에게 무모한 행동을 취하게 할지도 모른다. 선원 가운데 가장 나이가 많고, 또 가장 착실한 그 작살수마저도 모두의 소란에 가담하고 있다.

이 한심스러운 미신 소동이 발생한 것을 제외하면 나머지 일들은 전부 유쾌하게 보일 정도다. 우리의 남쪽 지점에 생겼던 빙산의 일부는 녹아버렸으며, 해조는 그린란드와 스피츠베르겐 사이를 달리는 만류(灣流)의 한 지류에 우리 배가 있는 것이라고 믿게 할 만큼 따뜻해지기 시작했다. 배 주위에 수많은 새우와 작은 해파리와 바다소 등이 모여 있기 때문에 고래가 나타날 확률은 매우 높다. 아니나 다를까 저녁 식사 무렵에 물줄기를 내뿜는 고래 1마리를 보기는 했으나 그런 위치에 있어서는 배로 쫓을 수가 없다.

9월 13일. 선교 위에서 일등항해사인 밀른 씨와 흥미로운 이야기를 나누었다.

뱃사람들에게 있어서 우리 배의 선장은 커다란 수수께 끼인 듯하다. 내게도 그랬지만, 선주에게조차 그랬던 모양이다. 밀른 씨의 말에 의하면 항해가 끝나 금전관계가 청산되면 크레이기 선장은 어딘가로 가버려 그대로 모습을 드러내지 않는다고 한다. 다시 계절이 다가오면 그는 어느 날 갑자기 회사 사무실에 조용히 나타나 자신이 필요한지를 묻는다고 한다. 그 전까지는 결코 그의 모습을 볼 수 없다고 한다. 던디에 그의 친구는 아무도 없으며, 그의 과거를 아는 사람 역시 아무도 없다고 한다. 선장이라는 그의 지위는, 오로지 뱃사람으로서의 솜씨와 용기와 침착함에 대한 명성에 의해서 얻어진 것이었다. 그리고 그 명성도 그가 개개의 지휘권을 부여받기 전에, 항해사로서의 기량에 의해서 전부 획득한 것이었다. 그는 스코틀랜드 사람이 아니며, 그의 스코틀랜드식 이름은 가명인 듯하다는 것이 모두의 일치된 의견인 것 같았다.

　밀른 씨는 또 이렇게 생각하고 있기도 했다. 선장이라는 직업은 그가 선택할 수 있는 직업 중에서 가장 위험한 직업이라는 이유로 단지 포경에 몸을 맡겨온 것일 뿐, 그는 온갖 방법으로 죽음을 구하고 있다고. 밀른 씨는 또 그에 대한 여러 가지 예를 들었다. 그 가운데 하나는, 만약 그것이 사실이라고 한다면 오히려 이상하기 짝이 없는 일이다. 한번은 사냥철이 왔는데도 선장이 그 사무실에 모습을 드러내지 않았기에 그를 대신할 만한 사람을 물색하지 않으면 안 되었다. 그것은 마침 러시아에서의 전쟁이 시작되었을 무렵이었다. 그리고 그 이듬해 봄, 선장이 다시 그 사무실에 모습을 드러냈을 때는 목 옆에 주름투성이 상처가 생겨 있었다. 그는 언제나 그것을 목깃으로 감추려 애써 노력했다. 그가 전쟁에 참가했었을 것이라는 밀른 씨의 추측이 사실인지 아닌지는 나로서도 알 수 없지만, 어쨌든 이것은 참으로 신기한 우연의 일치라고 하지 않을 수 없다.

바람이 약간 동쪽 방향으로 불고 있기는 하나 여전히 미풍이다. 짐작건대 얼음은 어제보다 더 단단해진 듯하다. 세상은 온통 하얀 설원, 가끔씩 보이는 얼음의 균열 부분이나 얼음 언덕의 거뭇한 그림자 외에는 무엇 하나 시야를 가로막는 것이 없는 일대 빙원이다. 멀리 남쪽으로 푸른 바다의 좁은 통로가 보인다. 그곳이 우리가 이곳에서 벗어날 수 있는 유일한 길이지만, 그것조차 나날이 얼어가고 있다.

선장은 스스로 중대한 책임을 느끼고 있다. 듣자하니 감자 저장고는 이미 바닥을 드러냈으며, 비스킷조차 부족한 상황이라고 한다. 하지만 선장은 여전히 무표정한 얼굴로 망원경을 통해 지평선을 둘러보며 하루의 대부분을 돛대 위의 망루에서 보내고 있다. 그의 태도는 매우 변덕스러운데 그는 나와 함께 있기를 일부러 피하고 있는 듯하다. 그렇다고 해서 어젯밤에 보였던 것과 같은 난폭한 모습을 다시 보인 것은 아니다.

3

　오후 7시 30분. 숙고 끝에 내가 내린 결론은, 우리는 미치광이의 지배를 받고 있다는 것이다. 이 외의 다른 말로는 크레이기 선장의 변덕을 도저히 설명할 수가 없다. 내가 이 항해일지를 써왔다는 것은 참으로 다행스러운 일이다. 우리가 그를 어떤 종류의 감금 하에 놓는다 하더라도—이 수단은 최후의 수단일 뿐이라고 나는 생각하고 있지만— 우리의 행위를 정당한 것이라고 증명해야 할 경우에는 이 일지가 어떤 커다란 역할을 하게 될지 알 수 없기 때문이다. 참으로 이상한 일이지만 정신착란을 암시한 것은 선장 자신이었는데, 그 괴이한 행동의 원인이 단순히 특이하고 독특한 정신 때문만은 아니라고 여겨진다.

　그는 약 1시간쯤 전에 선교 위에 서 있었다. 그리고 내가 뒤쪽 갑판을 이리저리 돌아다니는 동안에도 가만히 서서 쉬지 않고 망원경을 들여다보았다. 선원의 대부분은 밑에서 차를 마시고 있었다. 왜냐하면 요즘에는 파수를 보는 일이 규칙적으로 행해지지 않게 되었기 때문이다. 걷기에 지친 나는 돛대에 몸을 기댄 채 주위에 펼쳐진 빙원으로 막 잠겨들려 하는 태양이 던지는 맑은 빛을 진심으로 감탄하며 바라보고 있었는데, 내 바로 근처에서 들려온 갈라지는 목소리에 갑자기 정신이 들어 그 몽환 상태에서 깨어났다. 그와 동시에 선장이 주위를 두리번거리며 내려와 내 바로 옆에 서 있는 것이 보였다.

그는 두려움과 놀라움과 어떤 기쁨이 다가오고 있는 듯한 감정이 서로 싸우고 있는 것 같은 표정으로 얼음 위를 바라보고 있었다. 추위에도 불구하고 커다란 땀방울이 그의 이마로 흘러내려 그가 매우 흥분했다는 사실을 분명히 알 수 있었다. 그의 손발은 지금 당장에라도 간질의 발작이 일어날 것 같은 사람처럼 꿈틀꿈틀 경련을 일으키기 시작했다. 입 부근은 보기 싫게 일그러진 채 굳어 있었다.

"저길 보게!"라며 그가 내 손목을 잡고 숨이 찬 듯 말했다.

하지만 시선은 여전히 멀리 있는 얼음 위에 고정되어 있었으며, 머리는 환영의 벌판을 가로질러 움직이는 무엇인가를 쫓듯 천천히 지평선 부근을 향해 움직이고 있었다.

"저길 보게! 저기, 저기에 사람이! 얼음 언덕 사이에! 곧 저 뒤에서 나타날 거야! 이보게, 저 여자가 보이지? 물론 당연히 보이겠지! 오오, 아직 저기에! 내가 따라가겠어. 틀림없이 도망치고 있는 거야……. 아아, 가버렸다!"

그는 이 마지막 한마디를 고통스러울 정도로 답답하다는 듯한 투로 중얼거렸다.

그것은 아마도 내 기억에서 영원히 지워지지 않을 것이다. 그는 줄사다리에 매달려 돛대 위로 올라가려고 애를 썼다. 그것은 마치 떠나가는 자의 마지막 눈길을 얻으려는 사람의 모습과도 같았다.

하지만 힘이 부치는지 홀의 채광창으로 비틀비틀 물러나더니 지친 듯 숨을 헐떡이며 거기에 몸을 기대버리고 말았다. 그의 얼굴빛이 창백해졌기에 나는 그가 의식을 잃는 것이 아닐까 하는 생각이 들어 곧장 그를 데리고 채광창에서 내려와 선실의 소파 위에 그의 몸을 눕혔다. 그런 다음 그의 입에 브랜디를 흘려 넣었다. 다행스럽게도 그것이 멋진 효과를 발휘하여 창백했던 그의 얼굴에 혈기가 돌기 시작했으며, 떨리던 손발도 안정을 되찾게 되었다. 그는 팔꿈치를 대고 몸을 일으켜 주위를 둘러보다 우리 두 사람밖에 없다는 사실을 깨닫고 드디어 안심했는지, 자기 옆으로 와서 앉으라고 나를 손짓해서 불렀다.

"당신은 보았겠지?"라고 선장이 자신의 성격과는 전혀 어울리지 않게 낮고 두렵다는 듯한 목소리로 물었다.

"아니요, 아무것도 보지 못했습니다."

그의 머리는 다시 쿠션 위로 떨어졌다.

"아아, 그래. 망원경을 가지고 있지 않았었군."하고 그가 중얼거렸다. "그럴 리가 없어. 내게 그녀를 보여준 것은 망원경이야. 그리고 사랑의 눈……; 그 사랑의 눈을 보여준 거야. 이보게 의사양반, 급사를 이 방 안으로 들이지 말아주게. 녀석은 내가 미친 것이라고 생각할 테니. 저 문을 잠가주기 바라네. 부탁이야!"

나는 자리에서 일어나 그의 말대로 했다.

그는 명상에 잠긴 듯 한동안 가만히 누워 있다가 잠시

후 다시 팔꿈치를 대고 몸을 일으키더니 브랜디를 더 달라고 말했다.

"당신은 내가 미쳤다고 생각지는 않겠지……."

내가 브랜디 병을 선반에 치우고 있자니 그가 이렇게 물었다.

"남자 대 남자 아닌가? 분명하게 말해보게. 자네는 내가 미쳤다고 생각하나?"

"선장님 마음속에 어떤 근심이 있는 것 아닙니까? 그것이 선장님을 흥분케도 하고, 또 매우 고통스럽게도 하는 것인 듯합니다."라고 나는 대답했다.

"당신 말이 맞아."라고 브랜디에 힘을 얻어 눈을 반짝이며 선장이 외쳤다. "아주 많은 근심이 있지. 아주 많은……. 그래도 나는 아직 위도와 경도를 측정할 수는 있어. 육분의와 대수표도 정확히 다룰 수 있어. 자네는 절대로 법정에서 내가 미쳤다는 사실을 증명할 수 없을 거야."

그가 의자에 기대앉아 자못 냉정한 듯 자신은 제정신이라고 이야기하는 소리를 듣고 있자니 나는 묘한 기분이 들기 시작했다.

"틀림없이 그걸 증명할 수는 없을 겁니다."라고 내가 말했다. "하지만 저는 될 수 있는 대로 빨리 돌아가셔서 한동안 조용히 생활하시는 편이 좋으리라 생각합니다."

"뭐, 귀국하라고……."하고 그가 얼굴에 조소의 빛을 띠우며 말했다. "귀국하라는 건 나를 위해서, 조용히 생활하라는 건 자네 자신을 위해서 하는 말 아닌가? 플로라……, 사랑스러운 플로라와 함께 생활하기 위해서. 그건 그렇고, 악몽은 발광의 징후인가?"

"그렇지는 않습니다."

"그렇다면 다른 징후는 없는가? 가장 먼저 나타나는 징후는 뭐지?"

"두통, 이명, 현기증, 환상……. 대충 이런 것들입니다."

"아아, 뭐라고……?"하고 갑자기 그가 말을 끊었다.

"어떤 것을 환상이라고 하는 거지?"

"거기에 없는 것을 보는 것이 환상입니다."

"하지만 그 여자는 거기에 있었어."라고 그가 웅얼거리듯 말했다. "그 여자는 틀림없이 거기에 있었어."

그는 자리에서 일어나 문을 열고 비틀거리며 천천히 선장실 쪽으로 향했다.

나는 의심의 여지도 없이 선장은 내일 아침까지 그 방안에 머물 것이라고 생각했다. 그가 봤다고 생각한 것이 무엇인지는 모르겠으나, 그의 몸은 상당한 충격을 받은 듯했다.

선장은 날이 갈수록 점점 더 이상해져갔다. 나는 그 자신이 암시한 것이 사실이며, 또 이성을 잃은 것이 아닐까 염려스러웠다. 그가 자신의 어떤 행동에 대해서 양심의 가책을 받고 있는 것이라고는 여겨지지 않았다. 그런 생각은 고급 선원 사이에서는 흔히 볼 수 있는 것이며, 일반 선원들도 역시 마찬가지일 것이라 여겨진다. 하지만 나는 이 생각을 주장할 수 있을 만한 어떤 것도 본 적이 없었다. 그에게서 죄를 저지른 사람 같은 모습은 조금도 찾아볼 수 없었다. 그는 가혹한 운명에 시달려서, 죄인이라기보다는 차라리 순교자라고 할 수 있을 만한 모습을 더 많이 보여주었다.

오늘 밤의 바람은 남쪽을 향해 불고 있다. 바라건대 우리의 유일한 안전 항로인 그 좁은 통로가 막히지 않기를……. 대북극의 얼음덩이, 즉 포경자들이 '관문'이라고 부르는 곳의 끝자락에 위치해 있기는 하지만 어떤 바람이 분다 해도 북쪽으로만 불어준다면 우리 주위의 얼음을 깨고 우리를 구할 수 있을 것이다. 하지만 남쪽으로 부는 바람은 녹기 시작한 얼음을 전부 우리 뒤쪽으로 몰고 와 두 개의 빙산 사이에 있는 우리를 포위해버리고 말 것이다. 부디 무사하기를, 나는 거듭 빌었다.

9월 14일. 일요일이자 안식일. 내가 우려하던 일이 마침내 현실이 되어 나타났다.

유일한 도피로인 푸르고 가느다란 해수의 통로가 남쪽부터 사라지기 시작했다. 이상한 얼음 언덕과 기묘한 정상을 가진 채 움직이지 않는 커다란 빙원이 우리 주위에 펼쳐져 있을 뿐이다. 섬뜩함이 느껴지는 그 널따란 벌판을 뒤덮고 있는 것은 죽음과도 같은 침묵이다. 지금은 잔잔한 물결조차 일지 않으며, 갈매기 울음소리도 들려오지 않고, 돛을 펼친 그림자도 없고, 오로지 온 우주에 가득 찬 침묵만이 있을 뿐이다.

그 침묵 속에서 뱃사람들이 터뜨리는 불만의 목소리와 하얗게 빛나는 갑판 위로 퍼지는 그들의 발자국 소리가 참으로 부자연스럽고 조화롭지 못하게 울리고 있다. 유일하게 우리를 찾아온 것은 한 마리 북극여우뿐이었는데, 이것도 뭍에서는 매우 흔한 것이지만, 얼음 위에서는 극히 드문 것이다. 하지만 그 여우도 배 가까이 접근하지는 않고 멀리서 탐색하는 듯한 모습을 보이다 얼음 너머로 빠르게 달아나버리고 말았다. 이것도 이상한 행동이라고 할 수 있는데, 일반적으로 북극여우는 사람에 대해서 전혀 모르고 호기심이 많은 성격이기 때문에 쉽게 잡을 수 있을 만큼 가까이까지 다가오는 법이다. 믿기 어려운 얘기일 테지만, 당시는 이런 사소한 사건까지도 선원들에게는 악영향을 주었다.

"저 깨끗한 동물은 괴물을 알아보는 능력이 있어. 맞아. 우리를 본 게 아니라 괴물을 봤기 때문이야."라는 것이 한 작살수의 설명 중 주된 내용이었다. 그리고 다른 사람들도 모두 거기에 동의를 표했기에 이런 근거 없는 미신에 반대하려는 자조차 거의 말을 하지 못했다. 그들은 이 배에 저주가 내렸다고 굳게 믿고, 또 그렇게 결론을 내려버린 것이다.

선장은 오후에 약 30분 정도 뒤쪽 갑판에 나와 있었을 뿐, 나머지는 하루 종일 자신의 방에 틀어박혀 있었다. 나는 그가 뒤쪽 갑판에서 어제 그 환영이 나타났던 곳을 가만히 바라보는 모습을 보았기에 또 무슨 일이 일어날지도 모르겠다고 충분히 각오하고 있었으나 특별히 이렇다 할 일은 일어나지 않았다. 내가 선장의 옆 가까이까지 다가갔으나 그는 나를 돌아보려는 모습조차 보이지 않았다.

기관장이 평소와 다름없이 기도를 했다. 포경선 안에서 잉글랜드 교회의 기도서가 언제나 쓰인다는 것은 우스운 일이다. 게다가 고급 선원 중에도, 일반 선원 중에도 잉글랜드 교회의 신자는 아무도 없다. 우리는 천주교도이거나 장로교회파 사람들로, 천주교도가 다수를 차지하고 있다. 그런데 그 어느 쪽도 아닌 종파의 의식이 행해지고 있기 때문에 자신들의 의식이 아니면 안 된다고 고집을 피울 수도 없다. 그리고 그런 방식이 마음에 든 사람들은 열심히 귀를 기울인다.

빛나는 일몰의 빛이 대빙원을 피의 호수처럼 물들였다. 나는 이처럼 아름다운, 그리고 이처럼 으스스한 광경을 본 적이 없다. 바람이 세차게 불고 있다. 북풍이 24시간 불어 준다면 우리에게 여러 가지로 유리할 것이다.

4

9월 15일. 오늘은 플로라의 생일이다. 사랑하는 나의 여인이여. 너의 남자인 내가 정신이 이상해진 선장의 지휘 하에 겨우 몇 주일분의 식량밖에 없는 상황에서 얼음 속에 갇혔다는 사실을 너는 차라리 모르는 편이 나으리라. 의심할 여지도 없이 그녀는 셰틀랜드에서 우리의 소식이 보도되지나 않았는지 매일 스코츠맨 신문의 선박란을 눈에 불을 켜고 보고 있을 것이다. 나는 선원들에게 모범을 보이기 위해서 씩씩하게 평정을 가장하지 않으면 안 된다. 하지만 신은 아실 것이다. 내 마음이 종종 깊은 괴로움의 상태에 빠지곤 한다는 사실을.

오늘의 기온은 화씨 19도, 미풍이 불고 있다. 그것도 불리한 방향으로 불고 있다. 선장은 기분이 매우 좋다. 그는 이번에도 어떤 다른 전조나 환영을 보았다고 생각하고 있는 듯하다. 어제는 밤새도록 고민을 한 듯, 오늘 아침 일찍 내 방으로 찾아와서 내 침상에 기대어, "그건 망상이었어. 아무것도 아니었어."라고 속삭였다.

아침 식사 후, 식량이 얼마나 남았는지 살펴보고 오라고 내게 명령을 했기에 곧바로 이등항해사와 함께 가보았더니 식량은 예상했던 것보다 훨씬 더 적었다. 배의 앞부분에 비스킷이 절반 정도 든 탱크와 소금에 절인 고기 3통, 극소량의 커피 열매와 설탕이 있었다. 또 뒤쪽 창고와 찬장 안에 연어 통조림, 수프, 양고기 조림, 그 외의 음식들이 있었다. 하지만 이것도 50명이나 되는 선원들이 먹는다면 순식간에 바닥을 드러내고 말 것이다. 그리고 저장실에 밀

가루 2통과 숫자를 헤아릴 수 없을 정도의 담배가 있었다. 이들 전체를 긁어모아 각자의 식량을 절반으로 줄인다 해도 18일이나 20일 정도밖에 버틸 수 없을 것이다. 아마도 그 이상은 어려우리라.

우리 두 사람이 이런 사정을 보고하자 선장은 전원을 모아놓고 뒤쪽 갑판에서 일장 훈시를 했다. 나는 이때처럼 훌륭한 그의 모습을 지금까지 본 적이 없었다. 키가 크고 다부진 몸, 약간 거뭇하고 생기 넘치는 얼굴, 그는 그야말로 지배자로 태어난 사람처럼 보였다. 그는 냉정한 뱃사람 같은 태도로 차근차근 현재의 상황을 설명했다. 그 태도는, 한편으로는 위험을 통찰하고 있으면서도 다른 한편으로는 가능한 한 모든 탈출 기회를 엿보고 있다는 사실을 나타내는 것이었다.

"제군." 하고 그가 말했다. "제군은 제군을 이런 역경에 빠지게 한 것은 의심할 여지도 없이 바로 이 나라고 생각하고 있을 것이오. 그리고 제군 가운데는 틀림없이 그 사실을 좋지 않게 생각하는 사람도 있을 것이오. 하지만 지난 수년 동안 이 계절에 여기에 온 배들 가운데 그 어떤 배도 우리 북극성호만큼 고래 기름으로 많은 수익을 낸 배는 없었으며, 제군도 모두 큰돈을 분배받았다는 사실을 마음에 새겨주었으면 하오. 배짱 없는 뱃사람들은 아가씨를 만나기 위해 마을로 돌아갔으나, 제군은 깊이 생각해서 아내를 뒤에 남겨두고 여기에 왔소. 따라서 만약 제군이 돈을 벌 수 있었기에 내게 감사해야 한다면, 이 모험에 가담해왔다는 사실에 대해서도 당연히 내게 감사해야 할 것이고 그것은 서로가 마찬가지일 것이오. 대담한 모험을 계획해서 성공을 거두었던 것이니, 지금 또 하나의 모험을 계획했다가 실패했다고 해서 그에 대해 불평해서는 안 될 것이오. 설령 최악의 경우를 상상한다 할지라도 우리는 얼음을 가로질러 뭍에 다가갈 수 있소. 물개의 저장고 속에 누워 있으면 봄까지는 충분히 살아남을 수 있소. 그러나 그런 최악의 경우는 웬만해서는 일어나지 않는 법이오. 3주가 채 지나기도 전에 제군은 다시 스코틀랜드의 해안을 볼 수 있을 것이오. 하지만 지금은 어쩔 수 없이 우리가 먹는 양을 절반으로 줄일 수밖에 없소. 똑같이 분배해서, 누구도 더 많은 양을 먹는 일이 없도록 해야 할 것이오. 제군은 마음을 굳게 먹기 바라오. 그리고 전에도 수많은 위험을 극복해왔던 것처럼, 앞으로도 더욱 노력해서 그것을 막아야 할 것이오."

그의 이 말은 선원들에게 놀라운 효과를 발휘했다. 그에 대한 지금까지의 불만은 이것으로 완전히 잊혀져버렸다. 미신가인 작살수 노인이 가장 먼저 만세 삼창을 하자, 선원 모두가 거기에 맞춰 진심으로 합창을 했다.

9월 16일. 밤사이에 바람이 북쪽으로 방향을 바꾸어 얼음이 녹을 듯한 징후가 보였다. 식량이 매우 제한적으로 공급되고 있음에도 불구하고 선원들은 모두 쾌활하다. 위험구역에서 벗어날 기회가 생기면 한시의 지체함도 없이 출발할 수 있도록 기관실에서는 증기를 유지하고 있으며, 모든 출발 준비가 갖추어져 있다.

선장은 아직 그 '죽음'의 그림자에서 벗어나지는 못했으나 기운은 넘쳐나고 있다. 이렇게 갑자기 유쾌한 듯 보였기에 나는 예전에 그가 음울했을 때보다 더 당황했다. 나는 그것을 도저히 납득할 수가 없다. 이 일지의 첫 부분에도 기록한 듯한데, 선장의 기벽 중 하나는 자신의 방에 결코 타인을 들이지 않는다는 것이다. 실제로 지금도 여전히 그것을 실행하고 있는데 그는 자신의 침상을 스스로 정리하고 있으며, 다른 선원들에게도 그렇게 하도록 하고 있다. 그런데 놀랍게도 오늘 그 방의 열쇠를 내게 건네주면서 그 선실로 내려가 자신이 정오에 태양의 고도를 재는 동안 선장의 시계로 시간을 재라고 명령했다.

방은 세면대와 몇 권의 책이 구비되어 있는, 작고 꾸밈없는 방이었다. 벽에 걸린 약간의 그림 외에는 거의 아무런 장식도 없었다. 그 대부분은 유화를 흉내 낸 싸구려 석판화였으나 유일하게 내 시선을 끈 것은 젊은 여자의 얼굴을 그린 수채화였다.

그것은 틀림없이 누군가의 초상화로, 뱃사람들이 특히 마음을 빼앗기는 상상적인 타입의 미인은 아니었다. 그 어떤 화가라도 그러한 성격과 나약함이 묘하게 뒤섞인 사람을 내면적으로 묘사하기란 그리 쉬운 일이 아니었을 것이다. 기다란 속눈썹, 활발하지 못하고 근심에 잠긴 것처럼 보이는 눈, 근심과 걱정에도 쉽사리 움직일 것 같지 않은 넓고 평평한 얼굴이, 굳게 다문 아랫입술과 강렬한 대조를 이루고 있었다. 초상화의 아래쪽 한편 구석에 'M. B, 19세'라고 적혀 있었다. 겨우 19년이라는 짧은 생애 동안에 그녀의 얼굴에 새겨진 것과 같은 강한 의지의 힘을 나타낼 수 있다니, 그때의 나로서는 거의 믿을 수가 없었다. 그녀는 틀림없이 비범한 여자였던 듯한데, 그 용모가 내게는 매우 매력적으로 느껴졌다. 나는 그저 잠깐 보았을 뿐이지만, 만약 내가 제도가였다면 틀림없이 이 일기에 그녀의 용모에 관한 모든 점을 묘사할 수 있었을 것이다.

그녀는 우리 선장의 생애 가운데서 어떤 역할을 했던 것일까? 선장은 그 그림을 자신의 침상 끝에 걸어놓았으니 그의 시선은 늘 그 그림 위로 쏟아졌을 것이다. 만약 선장이 조금 더 빈틈이 있는 사람이었다면 이 일에 관해서 어떤 관찰을 할 수 있었을 테지만, 그는 말이 없고 조심스러운 성격이었기에 깊이 있는 관찰이 불가능했던 것이다.

선장실의 다른 물건 중에는 특별히 기록할 만한 것이 없다. 선장복, 휴대용 의자, 소형 망원경, 담배를 담은 깡통, 파이프 몇 개와 물담배를 피우는 관. 참고로 이 물담배를 피우는 관은 선장이 전쟁에 참가했었다는 밀른 씨의 이야기에 약간 힘을 실어주지만, 그런 연상은 오히려 잘 맞지 않는 것 같다.

오후 11시 20분. 선장은 오래도록 잡담으로 이야기꽃을
피우다 지금 막 침대에 들어갔다. 그가 유쾌한 기분일 때는
참으로 마음을 빼앗길 만한 상대다. 매우 박식하며, 독단적
으로 보이지 않도록 자신의 의견을 강하게 나타내는 힘을
가지고 있다. 그것을 보면 나는 내 머리가 잘 돌아가지
않는다는 사실이 싫어진다.

그는 영혼의 성질에 대해서 이야기했다. 그리고 아리스
토텔레스와 플라톤의 설을 잘 소화해서 문제 안에 적절히
대입시켰다. 그는 윤회를 배웠으며, 피타고라스(기원전 그
리스의 철학자)의 설을 믿고 있는 듯 보였다. 이러한 문제
를 논할 때 우리는 강신술에 대해서도 이야기했다. 내가
슬레이드의 사기에 대해서 장난스러운 비유를 하자, 그는
유죄와 무죄를 혼동해서는 안 된다고 매우 열심히 내게
경고를 주었다. 그리고 기독교와 사교(邪敎)를 똑같이 마
음에 새기는 것은 옳은 논의다, 왜냐하면 기독교를 거짓으
로 꾸민 유다는 악한이기 때문이라고 그는 논했다. 그로부
터 얼마 지나지 않아서 그는 저녁 인사를 하고 자신의 방으
로 돌아갔다.

바람이 방향을 바꾸어 틀림없이 북쪽에서부터 불어오고
있다. 밤은 영국의 밤처럼 어둡다. 내일은 이 얼음의 족쇄
에서 벗어날 수 있기를 바란다.

9월 17일. 다시 유령 소동. 다행스럽게도 나는 매우 대담한 편이다. 배짱 없는 뱃사람들의 미신과, 열정적인 자신감을 갖고 그들이 이야기하는 자세한 내용은, 평소 그들에게 익숙하지 않은 사람을 전율케 할 것이다.

요괴 사건에 대해서는 여러 가지 설이 있다. 어쨌든 그 설들을 요약해보자면, 어떤 이상한 것이 배 주위를 밤새도록 맴돌고 있다는 것이다. 피터헤드 출신의 사이디 무도날드도 그것을 봤다고 말했으며, 셰틀랜드 출신인 키다리 피터 윌리엄슨도 그것을 보았다고 말했고, 밀른 씨도 역시 선교에서 틀림없이 보았다고 말했다. 이렇게 도합 세 사람의 증인이 있었기에 이등항해사가 보았을 때보다 선원들의 주장이 한층 더 유력해졌다.

아침 식사를 마친 후, 나는 밀른 씨에게 이런 황당한 일에는 초연해야 하며 무엇보다 다른 선원들에게 좋은 모범을 보여줘야 한다고 말했다. 하지만 그는 평소처럼 무엇인가를 예언하듯 비바람에 시달린 자신의 머리를 흔들고 특별한 주의를 기울이며 이렇게 대답했다.

"아마 그럴지도 모르고, 또 그렇지 않을지도 모르오, 의사양반."하고 그가 말했다. "나는 그것을 유령이라 부르진 않았소. 거기에 대해서는 여러 가지 할 말이 있을 테지만, 나는 바다유령이나 그러한 종류의 것에 대해서 내 자신의 신조를 그럴듯하게 꾸며내는 짓은 하지 않았소. 내가 아무런 이유도 없이 겁을 내고 있는 건 아니오. 어쨌든 밝은 날에 이러쿵저러쿵 얘기하지 말고, 혹시 당신이 어젯밤 나와 함께 있다가 그 무시무시한 형상의 희고 섬뜩한 것이 이리저리 돌아다니며 마치 어미 잃은 새끼 양처럼 어둠 속에서 울부짖는 소리를 들었다면 당신도 틀림없이 소름이 돋았을 거요. 그랬다면 당신도 황당한 얘기라고는 쉽게 얘기하지 못할 거요."

그를 설득하기란 불가능한 일이라고 생각했기에, 나는 다음에도 만약 유령이 나타난다면 나를 깨워달라고 특별히 부탁을 해둘 수밖에 달리 방법이 없었다. 이 부탁에 그는 "그런 기회가 절대로 찾아오지 않기를."하는 소망이 담긴 기도로, 어쨌든 승낙만은 해주었다.

5

내 소망대로 우리 뒤쪽의 얼음이 깨져 좁다란 물줄기가 나타나기 시작했다. 그것이 멀리 전체에 걸쳐서 넓어지고 있다. 지금 우리가 머물러 있는 곳의 위도는 북위 80도 52분으로 이것은 곧 얼음 사이에 남쪽으로부터 흘러온 강한 조류가 섞여 있다는 사실을 나타내는 것이다. 바람이 계속 유리하게 불어준다면 결빙 때와 같은 속도로 얼음이 다시 녹을 것이다. 지금 우리는 담배를 피우며 때를 기다리는 것 외에 아무런 일도 할 수 없다. 나는 급격하게 운명론자가 되어가려 하고 있다. 바람이나 얼음처럼 불확실한 요소들만 다루다보면 인간도 결국은 그렇게 될 수밖에 없다.

마호메트의 첫 번째 제자들의 마음을 운명에 따르게 한 것은 틀림없이 아라비아 사막의 바람이나 모래일 것이다.

이와 같은 유령 소동이 선장에게 아주 좋지 않은 영향을 주었다. 나는 그의 예민한 마음을 자극할까 두려웠기에 그 황당한 이야기를 숨기려 노력했으나 불행하게도 그는 선원 중 한 사람이 그 일에 대해서 이야기하는 것을 우연히 듣고 무슨 일이 있어도 그것을 들어야겠다고 말했다. 그리고 내가 예상했던 것처럼 잠시 진정 기미를 보였던 선장의 마음은 그 이야기 때문에 다시 광기를 띠기 시작했다. 이 사람이 어젯밤에 가장 비판적인 총명함과 가장 냉정한 비판으로 철학을 논하던 바로 그 사람이라고는 도저히 믿어지지가 않았다. 그는 우리 안에 갇힌 호랑이처럼 뒤쪽 간판을 이리저리 오가고 있다. 때때로 자리에 멈춰서 멍한 모습으로 손을 내밀며 무엇인가 참을 수 없다는 듯 가만히 얼음 위를 바라보곤 한다.

그는 쉴 새 없이 중얼거리고 있다. 그리고 딱 한 번, "아주 잠깐만, 사랑을 해줘……. 아주 잠깐만!"이라고 외쳤다.

아아, 가엾게도. 훌륭한 바닷사람이자 교양 있는 신사가 이와 같은 처지로 몰락해가는 모습을 지켜본다는 것은 슬픈 일이다. 또한 참된 위험도 그저 생활 속의 자극 중 하나에 지나지 않는다고 여기고 있는 선장의 마음을 그 공상과 망상이 위협하고 있다는 사실을 생각하면 더욱 슬퍼지지 않을 수 없다. 발광을 시작한 선장과 유령에 떨고 있는 항해사 사이에서 나와 같은 지위에 섰던 사람이 예전에도 또 있었을까? 때로 나는 그 이등기관사를 제외하면 이 배 안에서 제정신인 사람은 내가 유일하지 않을까 하는 생각이 들곤 한다. 하지만 그 기관사도 일종의 명상가로 그를 혼자 내버려두는 한, 또 그 도구를 흩트리지 않는 한 그는 홍해의 악마에 관한 것 외에는 어느 것에도 주의를 기울이지 않는다.

얼음은 여전히 빠르게 녹고 있다. 내일 아침이면 출발할 수 있으리라는 희망을 충분히 품을 수 있게 되었다. 귀국해서 지금까지 있었던 신기한 일들을 이야기하면, 사람들은 틀림없이 내가 만들어낸 이야기라고 생각할 것이다.

오후 12시. 나는 말할 수 없는 섬뜩함을 느꼈다. 지금은 어느 정도 안정을 되찾았지만 그것은 독한 브랜디를 한 잔 마신 덕분이다. 일기의 아래 내용들이 증명할 테지만, 나는 아직도 완전히는 제정신으로 돌아오지 못했다. 나는 매우 신기한 경험을 했다. 그리고 내게는 도저히 합리적이라고 여지지 않는 것을 그들이 틀림없이 봤다고 하기에 나는 배 안의 사람들을 모두 미친 사람들이라고 단정하고 있었으나, 지금은 그런 내 생각이 과연 옳은지 매우 의심스러워졌다. 아아, 이런 말도 안 되는 일에 신경을 빼앗겨버리다니, 나 역시도 그렇게 멍청한 사람이었단 말인가? 이 모든 것이 그 한심스러운 소동 뒤에 일어난 일이지만 여기에 기록해둘 만한 가치는 있다고 생각한다. 늘 무시하고 있던 일이었으나 내가 직접 그것을 경험하고 나니 지금은 밀른의 이야기도, 그 항해사의 이야기도 전부 의심을 할 수가 없게 되었기 때문이다.

틀림없이 이것도 특별한 일은 아니었을 것이다. 그저 하나의 소리에 지나지 않았으리라. 나는 이 일기를 읽는 사람이 이 부근을 읽었다 할지라도 나와 같은 감정을 느끼거나, 그때 내가 느꼈던 결과를 실감하게 되리라고는 생각지 않는다.

저녁 식사를 마치고 나는 잠자리에 들기 전에 조용히 담배를 피우고 싶었기에 갑판 위로 올라갔다. 밤은 어두웠다. 매우 어두워서 선미에 있는 구명정 아래에 서 있어도 선교 위에 있는 항해사의 모습이 보이지 않을 정도였다. 전에도 이야기한 것처럼 커다란 침묵이 이 얼음의 바다에 가득 들어차 있었다. 이 세계의 다른 곳에서는, 설령 그곳이 그 어떤 불모지라 할지라도 희미하게나마 대기의 진동이라는 것을 느낄 수 있다. 멀리 사람들이 모여 있는 곳에서도, 혹은 나뭇잎에서도, 혹은 새의 날갯짓에서도, 또는 땅을 덮고 있는 풀의 가느다란 술렁임 속에서조차 어떤 희미한 울림이 느껴지는 법이다. 인간이 적극적으로 음향을 지각하는 것은 아니지만, 만약 소리라는 것이 완전히 사라져버린다면 참으로 쓸쓸하고 외로울 것이다. 깊이를 알 수 없는 참된 정적이 현실 속 온갖 섬뜩함을 가지고 우리 위에 펼쳐져 있는 곳은 여기 북극의 바다뿐으로, 희미한 속삭임까지도 포착하려 긴장하고 배 안에서 잠깐 일어난 조그만 소리에도 열심히 귀를 기울이고 있는 나 자신과 나의 고막을 느낄 수 있었다.

나는 그런 마음으로 혼자 뱃전에 기대 있었는데 거의 내 바로 밑 얼음에서, 밤의 정적 속 공기를 깨고 날카롭게 외치는 소리가 들려왔다.

처음에는 오페라의 프리마돈나조차 흉내 낼 수 없을 정도로 좋은 소리였으나, 그것이 점점 소리를 높이더니 정점에 이르러서는 고통으로 가득 찬 긴 울음소리로 변해버리고 말았다. 그것은 죽은 자의 마지막 절규였을지도 모른다. 그 끔찍한 절규는 아직도 내 귓가에서 울리고 있다. 비애, 말로는 표현할 길이 없는 비애가 그 안에 담겨 있는 듯했으며, 또 커다란 열망과 그것을 꿰뚫고 때때로 미친 듯한 기쁨의 어지러움이 뒤섞여 있는 것처럼 들리기도 했다. 그것은 내 바로 옆에서 들려왔는데 어둠 속을 가만히 응시했지만 아무것도 알아볼 수가 없었다. 나는 잠시 기다려보았으나 그 소리를 다시 들을 수는 없었기에 그대로 내려와버리고 말았다. 나의 전 생애를 통틀어 한 번도 맛본 적이 없는 전율을 느끼며……

채광창 부근까지 내려왔을 때 파수를 서기 위해 올라오는 밀른을 만났다.

"그래, 의사양반." 하고 그가 말했다. "그건 틀림없이 황당무계한 이야기겠지. 당신은 그 날카로운 소리를 듣지 못했소? 아마도 그것은 미신이겠지. 그런데 지금은 어떻게 생각하슈?"

나는 이 정직한 사내에게 사과하고 나도 역시 그처럼 당황하고 있다는 사실을 인정하지 않을 수 없었다. 아마 내일이면 내 생각도 달라지리라. 하지만 지금의 내게는 내 생각을 전부 기록할 만한 용기가 거의 없다. 훗날, 지금의 섬뜩한 연상을 전부 털어버리고 난 뒤에 이것을 다시 읽는 다면 나는 틀림없이 겁쟁이 같았던 나 자신을 비웃으리라.

9월 18일. 나는 여전히 그 기묘한 소리에 시달리며 차분하지 못하게 불안한 하룻밤을 보냈다. 선장도 편안히 잔 것처럼은 보이지 않았다. 그의 얼굴은 창백하고 눈에는 핏발이 서 있다.

나는 어젯밤의 모험을 그에게 이야기하지 않았다. 아니, 앞으로도 절대 이야기하지 않을 것이다. 그는 이미 차분함을 완전히 잃었으며 커다란 흥분 상태에 있다. 안절부절 침착하지 못하고 한시도 가만히 있을 수가 없는 모양이다.

내 예상대로 오늘 아침에는 보기 좋게 얼음 사이로 길이 열려 마침내 닻을 올리고 서남서쪽으로 약 20㎞ 정도 전진했으나 커다란 빙산 하나가 떠내려와 길을 막았기에 어쩔 수 없이 배를 거기에 세우게 되었다. 이 빙산은 우리가 뒤에 남기고 온 어느 빙산에도 뒤지지 않을 만큼 거대한 것이다. 그것이 우리의 길을 완전히 막아버렸기 때문에 우리는 다시 닻을 내리고 얼음이 녹기를 기다리는 것 외에 달리 할 수 있는 일이 없다. 물론 바람이 계속 불어주기만 한다면 틀림없이 24시간 안에 얼음이 녹을 것이다. 코가 부풀어 오른 물개 몇 마리가 물속에서 헤엄치고 있는 것이 보였기에 그중 한 마리를 쏘아 잡아보니 크기가 약 3.5m나 되는 멋진 놈이었다. 놈들은 사납고 싸우기를 좋아하는 동물로 곰 이상의 힘을 가지고 있다고 하지만, 다행히 그 동작이 둔하고 정교하지 못하기 때문에 얼음 위에서 그들을 덮쳐도 위험은 거의 없다.

선장은 이것이 고생의 끝이라고는 전혀 생각지 않고 있는 듯했다. 다른 선원들은 모두 기적적으로 탈출할 수 있을 것이라 생각하여 이제 넓은 대양으로 나가는 것은 시간문제라고 낙관하고 있는데, 선장은 왜 사태를 비관적으로만 보고 있는지 나로서는 도저히 이해할 수가 없다.

"의사양반. 보아하니 당신은 이제 걱정할 것 없다고 생각하고 있는 듯하군."하고 저녁 식사 후 같이 있을 때 선장이 말했다.

"그랬으면 좋겠습니다."라고 내가 대답했다.

"하지만 너무 낙관해서는 안 돼. 물론 틀림없는 사실이기는 하지만……. 우리는 모두, 곧 각자가 진심으로 사랑하는 사람에게로 돌아갈 수 있을 거요. 그렇지 않은가? 하지만 너무 낙관해서는 안 돼. ……지나치게 낙관해서는 안 돼."

그는 깊은 생각에 빠진 듯 다리를 앞뒤로 흔들며 잠시 말이 없었다.

"이보게, 의사양반."하고 그가 말을 이었다. "여기는 위험한 장소야. 날씨가 가장 좋을 때에도 언제 어떤 변화가 일어날지 알 수 없는 위험한 곳이야. 나는 이런 곳에서 아주 갑작스럽게 사람이 목숨을 잃은 일을 알고 있어. 때로는 아주 사소한 실수 하나가 그런 결과를 불러오기도 하지. 단 한 번의 실수로 얼음이 갈라진 틈에 빠져버리면 녹색 거품이 사람이 빠진 곳을 알려줄 뿐, 모든 것이 끝장이야. 참으로 우습지?"

그가 신경질적인 웃음을 지으며 다시 말을 이었다.

"꽤 오랜 기간 동안 매해 이 지방으로 왔지만 나는 아직 한 번도 유언장을 써야겠다고 생각한 적은 없었어. 물론 뒤에 남길 만한 특별한 것이 전혀 없기 때문이기도 하지만……. 그래도 사람이 위험에 처한 경우에는 만사를 잘 처리하고 또 미리 준비를 해두어야 한다고 생각하는데, 그렇지 않은가?"

"그렇습니다."라고 나는 그가 대체 무슨 생각을 하고 있는 걸까 이상히 여기며 대답했다.

"어떤 사람이든 그 모든 것을 이미 정리했다고 생각하면 안심도 할 수 있는 법이지."라고 그는 다시 말했다. "그래서 하는 말인데, 혹시 내게 무슨 일이 일어나면 모쪼록 자네가 나를 대신해서 모든 일을 처리해주기 바라네. 내 선실에 그리 대단한 물건은 없지만 어쨌든 그런 하찮은 것들이라 할지라도 전부 팔아서 그 돈은 고래 기름 대금이 선원들에게 분배되듯, 공평하게 분배해주기 바라네. 시계는 이번 항해에 대한 조그만 기념으로 자네가 보관해주기 바라네. 물론 이건 그저 미리 대비를 해놓기 위한 말에 지나지 않네만, 나는 언젠가 자네에게 이야기해야겠다 생각하고 기회를 엿보고 있었다네. 만약 그럴 필요가 있다면 나는 자네의 신세를 지게 될 거라 생각하네만."

"정말 그렇습니다."라고 내가 대답했다. "선장님께서 이런 수단을 취하신다니, 그럼 저도……."

"자네는……, 자네는……."하고 그가 내 말을 가로막았다. "자네는 괜찮아. 대체 자네와 무슨 상관이란 말이지? 나는 한때의 기분으로 얘기하고 있는 게 아니야. 이제 막 어른이 된 젊은이가 '죽음'에 대해서 생각하고 있다는 사실을 듣는 건 그리 좋은 일이 아니야. 이제 선실 안에서의 쓸데없는 얘기는 그만두고 갑판으로 나가 신선한 공기를 마시기로 하세. 나도 그렇게 해서 기운을 얻어야겠으니."

이 대화에 대해서 생각하면 생각할수록 나는 기분이 더욱 좋지 않아진다. 모든 위험에서 벗어날 수 있을 것 같은 순간에 어째서 유언 같은 말을 할 필요가 있는 건지. 그의 변덕에는 틀림없이 어떤 이유가 있는 것이리라. 그는 자살을 생각하고 있는 걸까? 나는 언젠가 그가 자기 파괴는 혐오스러운 죄라고 매우 경건한 태도로 이야기한 적이 있다는 사실을 떠올렸다. 하지만 지금의 나는 그에게서 눈을 떼서는 안 된다. 그의 방으로 들어갈 수는 없을 테지만, 적어도 그가 갑판에 있는 때만은 나도 반드시 갑판에 있어야겠다고 생각했다.

밀른 씨는 나의 공포를 비웃으며 그것은 단지 '선장의 버릇 중 하나'에 지나지 않는다고 말했다. 그는 사태를 매우 낙관적으로 보고 있다. 그의 말에 의하면 모레 아침까지는 우리를 가두고 있는 얼음에서 벗어날 수 있으리라는 것이다. 그로부터 이틀 후면 얀 마옌을 지나고, 다시 일주일쯤 후면 셰틀랜드를 볼 수 있으리라는 것이다. 부디 그가 지나치게 낙관하고 있는 것이 아니기를 바란다. 하지만 그의 의견은 선장의 비관적인 생각과는 달리 아마도 공평한 판단일 것이다. 그는 오래전부터 여러 가지 경험을 해온 뱃사람으로 무슨 일이든 깊이 생각한 뒤가 아니면 쉽게 입을 열지 않는 사람이니…….

6

오래도록 우려했던 불행의 대단원이 마침내 찾아오고 말았다. 나는 그것을 어떻게 기록해야 좋을지 잘 모르겠다. 선장은 떠나버리고 말았다. 어쩌면 그는 살아서 다시 돌아올지도 모른다. 하지만……, 하지만 그것은 거의 절망적이다.

지금은 9월 19일 오전 7시. 나는 그의 발자취라도 찾을 수 있을까 싶어 한 무리의 뱃사람들을 데리고 밤새도록 앞쪽 빙산을 돌아다녔으나 그것은 헛수고였다. 나는 그의 행방불명에 대해서 여기에 짧게 적을 생각이다. 혹시 훗날 이것을 읽는 사람이 있다면 이 이야기는 억측이나 풍문에 의해서 쓴 것이 아니라 멀쩡한 정신을 가진, 그것도 제대로 된 교육을 받은 내 눈앞에서 실제로 일어난 일을 정확하게 기술한 것임을 꼭 알아줬으면 한다. 내 생각에, 그것은 단지 내 개인의 생각임에는 틀림없지만, 그 사실에 대해서 나는 어디까지나 책임을 가지고 있다.

앞서 이야기했던 대화 이후, 선장은 참으로 기운에 넘쳤다. 하지만 가끔 그 자세를 바꾸기도 하고 그의 버릇인 무도병적인 방법으로 자신의 손발을 움직이기도 하며 신경질적으로 초조해하고 있는 것처럼 보이기도 했다. 그는 15분 동안 7번이나 갑판에 올라갔다. 그리고 분주한 발걸음으로 성큼성큼 갑판을 돌아다니는가 싶다가 곧 다시 밑으로 내려왔다. 나는 그때마다 그를 따라갔다. 그의 얼굴 어딘가에 드리워져 있는 불안의 그림자를 볼 수 있었기 때문이었다. 그는 나의 이러한 우려를 깨달았는지 나를 안심시키기 위해 매우 쾌활한 듯 행동했으며 아주 조그만 농담에도 일부러 껄껄 웃어 보이기도 했다.

야식을 먹은 후, 그는 다시 배 뒤쪽의 높은 갑판에 올랐다. 밤은 어두웠으며 둥근 돛대에 부딪치는 바람의 음산한 소리만 제외한다면 한없는 정적에 잠겨 있었다. 빽빽한 구름이 북서쪽에서부터 밀려왔는데 그 구름 끝의 거친 촉각이 달을 가로질러 흐르고 있었다. 달은 그 구름 사이를 뚫고 때때로 빛을 던질 뿐이었다. 선장은 빠른 걸음으로 서성이다 내가 아직 거기에 있다는 사실을 깨닫고는 내 옆으로 다가와 밑으로 가는 것이 좋지 않겠냐고 에둘러서 말했다. 말할 필요도 없이 그것은 갑판에 머물러야겠다는 나의 결심을 더욱 굳건하게 해주었다.

그 후, 그는 나의 존재조차 잊은 듯 말없이 선미의 난간에 기대어 일부분은 어둡고 일부분은 달빛에 희미하게 빛나고 있는 대빙원 부근을 눈도 깜빡이지 않은 채 바라보고 있었다. 나는 그의 동작을 통해서 그가 몇 번인가 회중시계를 들여다봤다는 사실을 알 수 있었다. 그가 무엇인가 짧게 한 번 중얼거린 적이 있었으나 그 가운데 '이젠 됐어.'라는 한마디밖에 알아들을 수가 없었다.

어둠 속에 떠 있는 선장의 크고 희미한 모습을 바라보고 있자니, 또 마치 밀회의 약속을 지키려는 사람이 멍하니 무엇인가를 생각하는 듯한 모습으로 서 있는 그를 바라보고 있자니 나는 전신이 오싹하는 섬뜩한 한기가 느껴졌다는 사실을 고백하지 않을 수 없다. 하지만 누구와의 밀회를 약속한 것일까? 내가 하나의 사실과 다른 하나의 사실을 연결 지었을 때 어떤 희미한 관념이 떠오르기는 했지만, 결론을 내릴 수 있을 만큼 분명하게 정리된 것은 아니었다.

그가 갑자기 열광적인 모습을 보였기에 나는 당연히 그

가 무엇인가를 본 것이라고 생각했다. 내가 그의 뒤쪽으로 가만히 다가가 보니, 그는 배와 일직선상이 되는 곳을 빠르게 떠다니고 있는 한 줄기 안개와 같은 것을 열심히 바라보고 있었다. 그것은 일정한 모양도 없이 흐릿한 일종의 성운체(星雲體) 같은 것이었는데 거기에 달빛이 비치면 어떨 때는 크게 어떨 때는 작게 보였다. 이때 달은 마침 아네모네의 덮개처럼 아주 얇은 구름에 가리워 그 빛이 흐려져 있었다.

"아아, 드디어 왔구나, 그 아가씨가……. 아아, 드디어 왔어."라고 한없는 다정함과 동정심이 담긴 목소리로 선장이 외쳤다. 마치 오랫동안 품어온 애정으로 사랑하는 사람을 위로하듯, 그리고 사랑을 주는 것은 사랑을 받는 것만큼 유쾌한 일이라는 듯.

그 다음 일은 너무나도 순간적이고 돌발적으로 일어났기에 나로서는 도저히 손을 쓸 수가 없었다. 그가 뱃전의 위를 향해 뛰어올랐다. 그리고 거기서 뛰어내린 순간 그는 이미 얼음 위 그 창백하고 희미한 물체 바로 아래에 서 있었다. 그는 그것을 끌어안듯 두 팔을 불쑥 내밀었다. 그런 다음 두 팔을 활짝 벌리고 뭔가 다정하게 말하며 어둠 속을 똑바로 달려나갔다.

나는 굳어버린 몸으로 꼿꼿하게 서서 그 목소리가 멀리로 사라져버릴 때까지, 어둠 속으로 빨려 들어가는 그의 뒷모습을 커다란 눈으로 지켜보고 있었다. 나는 그의 모습을 다시 볼 수 있으리라고는 생각지 않았다. 그런데 그 순간 달이 구름 사이로 교교하게 빛을 내뿜어 대빙원 위를 밝혔기에 나는 빙원을 가로질러 매우 빠른 속도로 달려가는 그의 검은 그림자를 저 멀리서 발견할 수 있었다. 그것이 우리가 그에게 보낸 마지막 눈길이었다. 아마도 그것이 영원한 마지막이리라.

곧 추적대가 조직되었고 나도 거기에 가담했으나 의욕을 가진 사람이 아무도 없었기에 무엇 하나 찾아낼 수가 없었다. 몇 시간 뒤에 다시 한 번 수색에 나설 예정이다. 이 글을 쓰고 있는 지금, 나는 꿈을 꾸고 있거나, 그도 아니라면 어떤 악마에 홀린 것이 아닐까 하는 생각을 지울 길이 없다.

오후 7시 30분. 두 번째 선장 수색에서 녹초가 되어 조금 전에 돌아왔다. 수색은 아무런 성과 없이 끝났다. 그 빙산은 상상할 수도 없을 만큼 커서, 그 위를 적어도 30㎞ 이상 걸었으나 아무리 걸어도 끝이 보일 것 같지 않았다. 요즘 추위가 매우 심해졌기 때문에 눈 위에 쌓인 눈이 화강암처럼 딱딱해졌다. 그렇지만 않았다면 선장의 발자국쯤은 금방 발견할 수 있었을 것이다.

선원들은 배의 밧줄을 풀고 빙산을 우회하여 한시라도 빨리 남쪽으로 배를 몰고 가려고 자꾸만 조바심을 냈다. 밤사이에 얼음이 열려 지평선 위로 해수면이 보이고 있기 때문이다. 그들은 "크레이기 선장은 틀림없이 죽었다. 그러니 우리에게 탈출 기회가 있음에도 불구하고 여기서 우물쭈물한다는 것은 우리 모두의 목숨을 헛되이 볼모로 잡아두는 것이다."라고 논했다. 밀른 씨와 내가 가능한 한 모든 힘을 기울여 간신히 내일 밤까지 기다리자고 모두를 설득했으나, 그 이상은 어떤 사정이 있어도 출발을 연기하지 않겠다고 그들에게 약속을 해주지 않을 수 없었다. 그랬기에 우리는 몇 시간의 수면을 취한 뒤 마지막으로 수색에 나서자고 제의했다.

9월 20일, 밤. 오늘 아침에 나는 빙산의 남쪽을, 밀른 씨는 빙산의 북쪽을 수색하기 위해 나섰다. 15㎞에서 20㎞ 사이에서 무릇 생명체라고는 그림자도 찾아볼 수 없었으며, 단지 새 한 마리가 우리의 머리 위로 높이 날아갔을 뿐이었다. 그 나는 모습으로 봐서 나는 그것을 매라고 생각했다. 빙원의 남쪽 끝은 좁다란 곶처럼 그 끝이 가느다랗게 바다 쪽으로 돌출되어 있다. 그 곶의 기슭에 이르렀을 때 일행은 발걸음을 멈추고 말았다. 하지만 나는 어떤 가능성도 소홀히 하지 않았다는 만족감을 얻고 싶었기에 곶의 끝부분까지 탐색을 해보자고 모두에게 부탁했다.

약 100m쯤 갔을 때 피터헤드 출신의 무도날드가 우리 앞쪽으로 무엇인가 보인다고 외치고는 그쪽으로 달려나갔다. 우리도 역시 얼핏 그것을 보고 달리기 시작했다. 처음 그것은 하얀 얼음 속에서 그저 흐릿하고 거뭇하게 보일 뿐이었으나, 점점 다가감에 따라서 사람의 모습을 띠기 시작했다. 그리고 결국에는 우리가 찾고 있던 바로 그 사람의 모습으로 나타났다. 그는 얼음의 둔덕 위에 웅크린 채 쓰러져 있었다. 바람에 휩쓸린 작은 고드름과 눈발이 선장 위를 덮고 있었기에 검은 선원복이 반짝반짝 빛나고 있었다.

우리가 다가선 순간 갑자기 한 줄기 선풍이 불어와 눈발을 어지러이 공중으로 흩트렸는데 그 일부가 우리 쪽으로 날아왔다가 다시 바람에 날려 바다 쪽으로 빠르게 가버렸다. 내 눈에 그것은 단지 눈보라로밖에 보이지 않았으나, 동행자 대부분의 눈에는 그것이 여자의 모습으로 일어나 시체 위에 웅크려 입맞춤을 한 뒤 빙산을 가로질러 급히 날아간 것처럼 보였다고 한다.

나는 어떤 일에 있어서나 그것이 아무리 기묘하게 여겨진다 할지라도 다른 사람의 의견을 결코 비웃어서는 안 된다고 지금까지 배워왔다. 틀림없이 니콜라스 크레이기 선장은 가슴 아픈 죽음을 맞이하지는 않았을 것이라는 생각이 든다. 그의 파랗게 짓눌린 듯한 얼굴은 반짝이는 미소를 머금고 있었다. 그리고 죽음 너머에 펼쳐져 있는 어두운 세계에서 그를 데리러 온 신비한 방문자를 잡으려는 듯 그는 여전히 두 손을 앞으로 내밀고 있었다.

우리는 그를 배의 깃발로 감싸고 발 부근에 15kg짜리 포탄을 놓아 그날 오후에 장사지냈다. 내가 조사를 읽자 거친 뱃사람들 모두가 어린아이처럼 눈물을 흘렸다. 그도 그럴 것이 거기에 있는 사람 대부분이 그의 친절한 마음을 느끼고 있었기 때문이었다. 그리고 바로 그 순간에 비로소 그 애정을 표시할 수 있었던 것이다. 선장이 살아 있을 때는 그의 이상한 버릇 때문에 이와 같은 애정표현을 오히려 불쾌하게 생각했으며, 그는 언제나 그것을 거부해왔다.

선장의 시체는 둔탁하고 쓸쓸한 물보라를 일으키며 배에서 멀어져갔다. 내가 파란 수면을 응시하고 있자니 그 시체는 서서히 아래로, 아래로, 영원한 암흑 속에서 흔들리는 희고 작은 점이 되어갔으며, 곧 그것조차 보이지 않게 되었다. 비밀과 비애와 신비로움과 모든 것을 가슴에 깊이 간직한 채 부활의 날까지 그는 거기에 누워 있을 것이다. 그 부활의 날이 오면 바다는 죽은 자를 놓아줄 것이며, 니콜라스 크레이기 선장은 미소 짓는 얼굴로 그 억센 팔을 내밀어 인사하며 얼음 사이에서 나타날 것이다. 그의 운명이 이 세상에서보다 저세상에서 더 행복하기를 나는 간절히 빌고 있다.

이제 이 일기는 그만 쓰기로 하자. 우리의 귀로는 평온하고 무사할 것이며, 대빙원도 곧 지난날의 추억 중 하나로 남으리라. 조금 지나면 나는 이번 사건에서 받은 충격을 극복할 수 있을 것이다. 이 항해일지를 처음으로 쓰기 시작했을 때, 나는 이것을 끝까지 써야겠다고는 생각지 않았다. 나는 아무도 없는 선실에서 이 글을 쓰고 있다. 지금도 여전히 깜짝깜짝 놀라기도 하고, 머리 위 갑판에서 죽은 사람의 신경질적이고 빠른 발소리가 들려오는 것 같다는 느낌을 받기도 하며……

전부터 나의 의무가 되어 있었던 공정증서(公正證書)를 위해 나는 오늘 밤 그의 동산표를 작성할 목적으로 선장실에 들어가 보았는데 모든 물건이 예전에 들어갔을 때와 조금도 다름없이 놓여 있었다. 단 그 여자의 수채화만이— 그것은 선장의 침상 끝에 걸려 있었다고 말했는데— 칼 같은 것으로 액자에서 도려내져 어딘가로 사라져버리고 말았다. 이것을 신기한 일의 증거에 대한 마지막 흔적으로 삼으며, 나는 '북극성호'의 이번 항해일지를 마치겠다.

(부기) —아버지 마리스터 레이 의사의 주—

나는 우리 아들의 항해일지에 기록된 북극성호 선장의 죽음에 관한 불가사의한 일들을 통독했다. 모든 일들이 기술된 대로 일어났으리라는 점을 나는 조금도 의심치 않으며, 또 실제로 가장 정확한 기록일 것이다. 왜냐하면 그는 진실을 이야기하기에 가장 신중한 주의를 기울이는 사람이라는 사실을 잘 알고 있기 때문이다. 그래도 이 이야기에는 매우 애매모호한 점이 있기에 나는 오래도록 출판을 반대해왔으나, 이삼일 전에 이 문제에 대한 독립적이고 확실한 증거를 얻었기에 새로이 세상의 빛을 볼 수 있게 되었다.

나는 영국 의사협회의 모임에 참석하기 위해서 에든버

러에 간 적이 있었다. 거기서 의사 P씨를 만났다. 그는 오래 전에 나와 대학을 함께 다녔던 사람으로 지금은 데번셔의 살타쉬에서 개업의로 활동하고 있다. 아들의 이 경험담을 들려주자 그는 그 사람을 잘 알고 있다고 말했다. 그리고 더욱 놀랍게도 내게 그 선장이 그려진 그림을 보여주었다. 그 그림은 선장이 약간 젊었을 때 그려진 것이라는 점 외에 는 이 일지에 기록되어 있는 것과 완전히 부합한다. 그의 설명에 의하면 그 선장은 코니시 해안에서 사는 매우 젊고 아름다운 아가씨와 약혼한 사이였다고 한다. 그런데 그가 항해를 위해 떠나 있던 사이에 그 아가씨는 기괴한 공포가 원인이 되어 목숨을 잃고 말았다고 한다.

두꺼비의 피

다나카 고타로(田中貢太郎)

일본 고치 현에서 태어났다. 초등학교 교원, 신문기자 등으로 일하다
도쿄로 상경하여 잡지를 간행했다. 전기, 기행문, 수상집, 괴담 · 기담
등 다채로운 분야에서 집필활동을 했다. 특히 괴담의 수집과 재창작에
힘을 쏟아 『일본 괴담전집』 『중국 괴담전집』 등을 집필했다. 그의 작품
은 지금도 재간행되고 있으며 중국의 경서(논어 · 대학 · 중용)에 관한
작품도 남겼다. 자료수집을 위한 여행 중 여관에서 쓰러져 이후 고향으
로 옮겨졌으나 결국 숨을 거두고 말았다.

I

미시마 조(三島讓)는 선배의 집에서 나왔다. 아직 비가
남아 있는 듯한 구름이 하늘 가득 흐르고 있는 밤으로,
어두운 데다 빗물을 머금은 땅바닥이 질척질척하여 진흙이
튈 것 같았기에 빨리는 걸을 수가 없었다. 게다가 주택가의
끝자락에 있는 마을로 10시가 조금 지난 시각이었는데도
양편의 인가는 벌써 잠이 들어 조용했기에 길이 아주 먼
것처럼 느껴졌다. 그런 이유로 인력거가 있으면 전차가 다
니는 곳까지 타고 가고 싶었으나 저녁에 올 때 보니 인력거
가 있을 만한 곳도 없는 듯했기에 그 생각은 바로 단념했
다. 단념함과 동시에 지금까지 선배와 상의했던 여자의 일
이 의식 위로 떠올랐다.

"여자의 신원과 내력을 좀 더 살펴볼 필요가 있겠는데."
라고 한 선배의 말이 떠올랐다. 법과 출신인 후지와라(藤
原) 군의 입장에서 보자면 내력도 아무것도 모르는 여자와
동거하는 것을 어리석은 짓이라고 생각하는 것은 당연한

일이겠지만, 과거는 아무래도 상관없었다. 이 나라의 해안에 있는 마을에서 태어나 세 살 때 의사였던 아버지를 잃고 어머니가 재혼한 어업회사 사장을 하고 있는 사람의 집에서 자랐는데 3년 전에 어머니가 돌아가셨을 무렵부터 가정이 차가워지기 시작했기에 작년에 집에서 나온 것이라는 그녀의 말은 사실이리라. 혈통 같은 건 잘 모르겠지만 크게 신경 쓸 필요도 없으리라……

"정말 여자가 그렇게 간단히 생길 수도 있는 걸까?"라고 말하며 웃던 선배의 말도 문득 떠올랐다. ……생각해보니 과연 그 여자를 얻게 된 것은 오히려 신기하다 싶을 정도로 우연한 기회 때문이었다. 하지만 세상의 일반적인 예에 비춰보자면 그렇게 드물 것도 없는 흔한 일이었다. 자신은 이번에 있을 고등문관시험의 본격적인 준비에 들어가기에 앞서 오륙일 정도 바다의 공기를 마시고 싶었던 것인데, 한마디로 말해서 젊은 남자가 해안으로 놀러 갔다가 우연히 젊은 여자와 알게 되어 그날 밤 안으로 헤어질 수 없는 사이가 되었다는, 매일 신문의 사회면에 나오는 간단한 사건으로 특별히 신기할 것도 없는 일이었다.

여자와 관계를 맺었던 날의 정경이 희미하게 떠올랐다.

……노란 저녁햇살이 솔밭 바깥에 있었으나 봄날처럼 공기가 눅눅하고 얼굴과 손끝의 피부가 끈적끈적해서 졸음이 쏟아질 것 같은 날이었다. 그는 솔밭 옆의 상수리나무

숲 속으로 난 오솔길을 걷고 있었다. 그 길은 이 해안에 온 뒤부터 밤낮으로 걷던 길이었다. 상수리나무 잎은 벌써 녹색이 바래서 바람이 부는 날이면 바스락바스락 소리를 냈다.

그 상수리나무 앞은 어느 정도 넓이가 있는 경작지였는 데 누렇게 물든 벼가 있기도 하고 무나 파의 파란 밭이 있기도 했다. 그곳에는 상수리나무 숲과 평행으로 수로가 흐르고 있었으며 드문드문 버드나무가 자라 있는 둑에 대여섯 명 정도가 흩어져 앉아 낚싯줄을 드리우고 있었다. 사람의 숫자는 달랐지만 그것은 그가 매일 보는 풍경이었다. 그 낚시를 하는 사람 가운데는 해안으로 놀러온 사람들도 한두 명씩은 꼭 섞여 있었다. 그런 사람들은 숙소의 커다란 양동이를 어롱 대신 가지고 왔는데 들여다보면 가끔 작은 붕어를 한두 마리 낚았거나, 네다섯 치1)쯤 되는 문절망둑을 가지고 있었다.

그가 걸어온 길이 그 수로와 만나는 곳에는 위에 흙을 깐 판교가 걸려 있었다. 그 다리 오른쪽 옆에도 낚싯대를 쥔 사내가 서 있었다. 그는 코 아래에 구둣솔 같은 수염을 기르고 광대뼈가 튀어나온 사내로 검은 모슬린 허리띠를 엉덩이 부근에 매고 있었다. 소학교 교사나 순사처럼 행동했다. 그는 그 발아래에 놓여 있는 어롱을 들여다보았다.

---

1) 길이의 단위. 1치는 약 3㎝.

거기에는 문절망둑이 대여섯 마리 들어 있었다.

"문절망둑을 낚으셨군요."

라고 그가 인사대신 말하자,

"오늘은 날이 좋아서 조금 더 잡힐 법도 한데 잡히질 않습니다."

"역시 날씨의 영향을 받나요?"

"너무 맑아서 물의 밑바닥까지 보이는 날은 별로 좋지 않습니다. 오늘도 조금 더 흐렸으면 좋았을 텐데."

"그렇군요."

그가 하늘을 잠깐 올려다보았다. 옅은 구름이 흐르고 있었는데 그것이 그물의 눈처럼 보였다. 그가 그 구름을 본 뒤 수로의 둑 쪽으로 가기 위해 다리 위로 시선을 옮기자 다리 맞은편에 서서 이쪽을 바라보고 있는 젊은 여자가 눈에 들어왔다. 눈에 띄는 자주색 거친 비단 같은 것에 화려한 무늬가 들어간 기모노로 아담한 몸을 감싸고 있었다. 어딘가의 하녀나 여학생처럼 보였다. 희고 기다란 얼굴에 검은 눈이 있었다. 그는 어딘가 이 근처의 별장에 온 사람일 것이라고만 생각했을 뿐, 특별히 그 이상으로는 호기심도 일지 않았기에 여자에 대해서는 의식 밖으로 몰아내고 그 둑을 상류 쪽으로 걸어갔다.

2정2)쯤 걸어가자 왼쪽편의 경지가 사라지고 솔밭의 붉

---

2) 길이의 단위. 1정은 약 110m.

은 흙이 나타났다. 거기에도 수로 맞은편으로 건너기 위해 통나무 2개를 나란히 걸어놓은 통나무 다리가 있었으나 그는 그것을 건너지 않고 완만한 비탈길을 이루고 있는 붉은 흙을 밟으며 올라갔다.

거기에는 크고 오래 된 흑송이 있었는데 여기저기 땅 위로 튀어나온 그 뿌리가 마치 땅거미가 다리를 펼치고 있는 것처럼 보였다. 그는 어제도, 그제도 그 소나무의 뿌리 가운데 하나에 앉아서 잡지를 읽었기에 그날도 역시 어제 앉아서 친숙해진 뿌리로 가서 앉으며 하류 쪽을 바라보았다. 흐리고 탁한 햇빛 속에서 낚시하는 사람들이 그림에 그려진 사람처럼 말없이 서 있었다. 그는 조금 전의 여자가 잠시 떠올랐기에 다시 돌아보았으나 이미 그녀인 듯한 모습은 보이지 않았다.

그는 언제부턴가 품속에 넣어두었던 잡지를 꺼내 읽기 시작하고 있었다. 읽는 동안에 점점 재미있어져서 이제 다른 일은 완전히 잊고 잡지에만 몰두하고 있었다. 그것은 군비축소의 철저한 주장이라거나, 생존권의 위협에서 오는 사회적 죄악의 여러 모습이라거나, 워싱턴 회의와 군비 제한이라거나, 그와 같은 제목을 단 평론문이었다. 그리고 '실생활의 고뇌에서 철학과 종교의 세계로'라는, 사상가로 유명한 한 문사의 평론을 막 읽기 시작한 순간 머리를 짓누르는 것 같은 음울한 느낌이 들었기에 읽기를 멈추고 눈을 들자 벌써 해가 들어간 것인지 주위가 잿빛으로 변해 있었다. 여관에서 식사 준비를 해놓고 기다릴 것이라는 생각이 들었기에 돌아가려고 잡지를 품속에 넣으며 문득 바라보니 오른쪽으로 약간 떨어진 곳의 풀이 자란 곳에 여자 하나가 낮은 쪽으로 다리를 향하고 두 손으로 무릎을 끌어안듯 해서 무엇인가 생각에 잠겼는지 머리를 숙이고 있었다. 기모노의 색으로 봐서 그녀는 조금 전 판교 건너편에서 본 여자 같았다.

그는 이상히 여겼다. 아까 그 여자가 어째서 지금까지 이런 곳에 있는 걸까? 아니면 자신처럼 혼자서 따분했기에 산책을 나와 놀고 있는 것일까? 하지만 저렇게 고개를 숙이고 생각에 잠겨 있는 것을 보니 뭔가 사정이 있는 것일지도 모르겠다. 옆으로 다가가면 기분 나빠할지도 모르겠지만 한번 물어보고 싶다는 생각이 들었다. 그랬기에 자리에서 일어나 걷기 시작했는데 조용히 다가가면 어떤 다른 생각이 있는 것처럼 여겨질 수도 있었기에 가벼운 헛기침을 한두 번 하면서 행세하듯 걸어갔다.

그녀가 기침과 발소리를 듣고 이쪽을 바라보았다. 그녀는 틀림없이 조금 전의 여자였다. 그녀는 그다지 놀라지도 않고 바로 얼굴을 원래대로 돌려버렸다. 수유나무 가지에 옷자락을 걸려가며 바로 옆까지 갔다. 여자는 아름다운 얼굴을 다시 이쪽으로 돌렸다.

"당신은 어디에 묵고 계시나요?"

"저, 조금 전에 여기로 왔어요."

그녀가 쓸쓸한 표정으로 말했다.

"그럼 숙소는 아직 안 정하셨나요?"

"네, 좀 그래서."

그는 문득 여자가 누군가 만날 사람이 있는 것일지도 모르겠다고 생각했다.

"이렇게 늦었는데 혼자서 이렇게 계시기에 잠깐 여쭤본 겁니다."

"감사합니다. 당신은 이 근처의 여관에 계시나요?"

"오륙일쯤 전부터 바로 저기에 있는 계명관(鷄鳴館)에서 묵고 있습니다. 혹시 다른 곳의 숙소가 여의치 않으시다면 거기로 오세요. 저는 미시마입니다."

"감사합니다. 혹시 무슨 일이 생기면 잘 부탁드려요. 미시마 씨라고 하셨죠?"

"네, 미시마 조입니다. 그럼 실례하겠습니다. 형편에 따라서 오시기 바랍니다."

그는 그녀와 헤어져 걸었으나 애잔한 여자의 태도가 마음에 걸려 혹시 신문에서 흔히 보는 자살자 중 한 사람이 아닐까 하는 생각이 들었다. 그는 걷기를 멈추고 늘어선 소나무 줄기 뒤에서 가만히 그녀 쪽을 엿보았다.

그녀는 얼굴에 두 손바닥을 대고 있었다. 그것은 틀림없이 울고 있는 듯했다. 그는 저녁밥 같은 건 까맣게 잊고 그녀를 가만히 바라보고 있었다. ······.

조는 문득 길의 모퉁이에 다다랐다는 사실을 깨달았다. 왼쪽으로 꺾어지려다 보니 그곳에 한 집의 대문이 보였는데 문에 느티나무 한 그루가 서 있고 그 느티나무 뒤쪽의 판자벽 안쪽 기둥에서 등불이 반짝이고 있었다. 그것은 철사로 그물처럼 엮어 만든 둥근 갓에 덮여 있었고 그 기둥 바로 옆에 해장죽 같은 대나무가 두어 그루 서 있었는데 그 조그만 잎은 가만히 움직이지 않았다. 얼핏 보니 그 전등의 갓 안쪽으로 검은 반점이 보였다. 그것은 도마뱀붙이였다. 도마뱀붙이가 먹이를 발견했는지 목을 내밀었는데 그 목이 5치 정도나 늘어나는 것처럼 보였다. 그는 어라 싶어서 발걸음을 멈췄다. 전등갓이 지구의처럼 빙글빙글 돌기 시작했다. 그는 기분 나쁜 것을 보았다며 길이 좋지 않은 것도 잊고 발걸음을 빨리해 왼쪽으로 꺾어져 갔다.

II

조는 기괴한 생각에 시달리며 걸었으나 곧 머리에 여유가 생겨 요즘 세상에 그런 한심한 일이 있을 리가 없다, 신경이 예민해져서 그렇게 보인 것이다, 라고 생각하게 되었다. 하지만 그것이 예민해진 신경 때문이라면 자신은 오늘밤 조금 이상해진 걸지도 모르겠다, 어쩌면 발광의 전조일지도 모르겠다고 생각했다. 그런 생각이 들자 기분이 우울해졌다.

조는 그런 우울한 기분에 잠겨, 우연한 기회에 여자를 얻게 된 것도 사실이 아니라 역시 기괴한 신경의 작용에서 온 환상이 아닐까 싶기도 했다.

어느 틈엔가 그는 지금까지보다 넓고 밝은 길로 나서 있었다. 그러자 그의 마음도 가벼워지기 시작했다. 그는 여자가 자신이 돌아오기를 기다리고 있을 것이라 생각했다. 가볍고 담백한 마음을 가진 새와 같은 여자가 한쪽 팔꿈치를 대고 책상 옆에 기대 앉아 가만히 귀를 기울이고 현관의 유리문이 열리는 소리를 들으며 자신이 돌아오기를 기다리고 있을 모습이 떠올랐다. 떠오름과 동시에 오늘밤 선배에게 상의 했던, 여자와 여염집의 2층을 빌려 동거할까 생각 중이라고 했던 말이 떠올랐다.

"자네도 어차피 아내를 두어야 할 테니 좋은 여자라면 결혼을 해도 상관없을 테지만, 암만 그래도 너무 번갯불에 콩 볶아먹듯 해치우는 거 아닌가?"라고 말하며 웃던 선배의 말이 좋은 기분으로 다가왔다.

직업적인 여자라면 모르겠지만 그처럼 평범한 처녀와는 관계를 맺은 경험이 없었던 그는, 여자에게 특별한 사정이 있다고는 하지만 너무 쉽게 여자를 얻었다는 사실이 옛날 얘기를 읽고 있는 듯한 기분이 드는 것을 어쩔 수가 없었다.

"저도 신기합니다. 마치 옛날얘기를 읽고 있는 듯한 기분이 듭니다."라고 했던 자신의 말도 떠올랐다. 그는 후지

와라 군이 그런 말을 하는 것도 당연하다고 생각했다.

　……여자는 새카맣게 어두워진 숲 속을 비슬비슬 걷기 시작했다. 그리고 그의 옆을 지나서 해안 쪽으로 가려 했는데 훌쩍이고 있었다. 그는 여자가 틀림없이 자살을 하려는 것이라고 생각했기에 그것을 막을 생각이었다. 하지만 여자를 놀라게 해서는 안 된다고 생각했기에 여자를 두어 간3) 앞으로 보낸 뒤에 걸어갔다.

　"여보세요, 여보세요."

　그녀는 하얀 얼굴을 잠깐 보였으나 곧 서둘러 걷기 시작했다.

　"저는 조금 전에 만났던 사람인데 결코 이상한 사람이 아닙니다. 당신의 처지가 딱한 듯해서 묻는 것입니다. 잠깐 기다려보세요."

　여자가 다시 하얀 얼굴을 약간 보인 듯했으나 발걸음은 멈추지 않았다.

　"여보세요, 잠깐 기다리세요. 당신은 몹시 난처하신 듯하군요."

　그는 마침내 여자에게로 다가가 그 허리띠 부근으로 손을 가져갔다.

　"저는 조금 전에 뵀던 미시마라는 사람입니다. 당신은

---

3) 길이의 단위. 1간은 약 1.8m.

몹시 난처하신 듯하네요."

그녀는 순순히 멈춰 섰으나 그와 함께 두 손을 얼굴에 대고 울기 시작했다.

"당신께는 뭔가 사정이 있으신 모양이네요. 말씀해보세요. 제가 들어드리겠습니다."

그녀는 울기만 할 뿐이었다.

"이런 데서 얘기하기도 그러니 제 숙소까지 가시죠. 숙소로 가서 천천히 얘기를 듣겠습니다."

그는 마침내 여자의 손을 쥐었다. ······.

길은 다시 좁고 어두운 곳으로 접어들었다. 조는 얼른 돌아가 하숙의 2층에서 자신이 돌아오기를 기다리고 있을 여자를 안심시켜주어야겠다고 생각했기에 경사가 있는 내리막길을 빠른 걸음으로 걷기 시작했다. 그의 눈앞으로 순수하고 사람을 의심할 줄 모르는 여자의 얼굴이 보이는 듯했다.

······ "저는 죽는 것 외에 이 몸을 놓을 다른 곳이 없어요."

집에서 나와 도쿄로 온 뒤 한두 집에서 하녀로 일을 하던 중에 사립학교 교사로 있는 여자를 알게 되었는데 얼마 전에 그녀의 소개로 한 부호의 몸종으로 들어가보니 그건 몸종 이외에도 다른 의미가 있는 일로, 들어간 이튿날 밤에 주인이 뜻밖의 행동을 했기에 그날 밤으로 거기서 도망 나와 정신없이 해안까지 온 것이라고 말하며 울던 여자의 목소리가 되살아났다.

조는 자신의 오른쪽을 걷고 있는 사람의 모습으로 시선을 가져갔다. 길 오른쪽은 절벽이고 그 위로는 단 하나의 문등이 빛나고 있었다. 오른쪽을 걷던 사람이 이쪽을 돌아보는 듯했다.

"실례합니다만, 전차 쪽으로 가려면 이쪽이 맞는지요?"

그것은 젊은 여자의 목소리였다. 조에게는 빨간 그 입가가 보인 듯한 기분이 들었다. 그는 잠시 발걸음을 멈추고,

"맞습니다. 이쪽으로 가다 막다른 곳에서 왼쪽으로 꺾여 가면 바로 오른쪽으로 굽어지는 곳이 있으니 그곳을 돌아 똑바로 죽 가면 전차의 종점입니다. 저도 전차를 탈 생각입니다."

"감사합니다. 요 앞에 제 친척이 살기는 합니다만 이 길은 한 번도 지난 적이 없어서 좀 이상하다 싶었기에…… 그럼 거기까지 같이 가도 될까요?"

조는 발걸음이 늦은 여자와 함께 길을 가게 되어 난처하게 됐다고 생각했으나 이미 어쩔 수가 없었다.

"같이 갑시다. 따라오세요."

"죄송합니다."

조는 벌써 걷기 시작했으나 처음처럼 빨리 걸을 수는

없었다. 그는 하는 수 없이 발걸음을 천천히 해서 걸었다.

"길이 좋지 않네요."

여자가 조의 뒤를 따라 걸으며 어딘가 야무지게 느껴지는 목소리로 말했다.

"네, 길이 좋지 않네요. 당신은 어디서 오셨습니까?"

"야마노테 선 전차로 요 앞까지 왔는데 시내의 전차가 더 가깝다고 하기에 여기로 온 거예요. 시내의 전차로는 가끔 친척 집에 가기도 했었지만 이 길은 처음이에요."

"그렇군요. 변두리 사람들은 워낙 일찍 잠을 자니까요."

조는 이렇게 말하며 문득 전등갓에서 있었던 일을 떠올리고, 그런 일이 일어난다면 이 여자는 어떻게 할까 하는 생각이 들었다.

"정말 한적한 곳이네요."

"그렇습니다. 저 같은 사람도 으스스할 정도이니 당신 같은 분은 더 하시겠죠."

"네, 맞아요. 정말 혼자서 어떻게 해야 좋을지 걱정이었어요. 자고 가라고 거듭 만류했지만 환자가 있어서 정신이 없는 집안이라, 이왕 자고 갈 바에는 친척집에 가서 자야겠다 생각하고 억지로 나온 건데 갑자기 세상이 변해버린 듯했어요."

경사가 있는 좁고 어두운 길이 끝나고 그다지 넓지는 않지만 문등이 많은 거리가 좌우로 펼쳐져 있었다. 조는 거기서 왼쪽으로 꺾어지며 여자를 힐끗 돌아보았다. 아름답게 화장을 한 갸름한 얼굴이 있었다.

"이쪽입니다. 얼마간은 밝아졌지요?"

"덕분에 살았네요."

"이제 여기부터는 그렇게 어둡지 않습니다."

"네, 여기부터는 저도 잘 아는 길이에요."

"그렇습니까? 길은 별로 좋지 않지만 밝기는 밝네요."

"당신은 여기서 어느 쪽으로 가시나요?"

"저 말입니까? 저는 혼고(本鄕)입니다. 당신은?"

"저는 가시와기(柏木)예요."

"꽤 머네요."

"네, 그래서 요 앞에 있는 친척집에서 묵을까, 어쩔까 생각 중이에요."

이 여자는 엄격한 가정의 딸이 아니라고 조는 생각했다. 향기를 머금은 듯한 여자의 숨결이 바로 곁에 있었다. 그는 가벼운 유혹을 느꼈으나 자신의 방에서 책상에 턱을 괴고 자신이 돌아오기를 기다리고 있을 여자의 얼굴이 바로 그 유혹을 흩어버렸다.

"그렇습니까? 이미 늦었으니 친척집에서 묵는 게 좋을 듯합니다. 거기까지 바래다드리겠습니다."

"그러지 않으셔도 돼요."

"아니, 바래다드리겠습니다."

"그럼, 죄송합니다만."

"그 집은 당신이 알고 계시겠지요?"

여자는 조의 왼쪽에 나란히 서서 걷고 있었다.

"알고 있어요."

오른쪽으로 꺾어지는 모퉁이에 바가 있었는데 입구에 세워놓은 가리개 옆으로 옥색 양복을 입은 몸 하나가 보였으나 안은 조용해서 목소리는 들리지 않았다.

"이리로 가야 하나요?"

조가 모퉁이의 꺾어지는 쪽을 손가락으로 가리켰다.

"이 다음 골목에서 꺾어져 조금만 더 가면 돼요. 죄송합니다."

"아니, 괜찮습니다. 어서 갑시다."

길 위가 갑자기 어두워졌다. 누군가가 이 근처에서 망을 보고 있다가 일부러 문등의 스위치를 꺼버리는 것이 아닐까 싶을 정도였다.

"이쪽은 좀 어둡네요."

여자의 목소리는 안개에 휩싸인 듯했다.

"그렇군요."

여자는 더 이상 아무런 말도 하지 않았다.

Ⅲ

"여기예요."

푹푹 찌는 듯한 물건의 바닥에 깔린 것 같은 기분으로 있던 조는 여자의 목소리에 퍼뜩 정신이 들어 발걸음을 멈추었다. 거기에는 잉크가 번진 듯한 문등이 밝혀진 고풍스러운 대문이 있었다.

"여기입니까? 그럼 실례하겠습니다."

조는 하숙집의 여자가 마음에 걸렸다. 그는 서둘러 여자와 헤어지려 했다.

"실례합니다만, 안까지 조금 더 부탁을 드리고 싶은데요."

여자의 얼굴은 웃고 있었다.

"그렇습니까? 알겠습니다. 들어가시죠."

왼쪽에 쪽문이 있었다. 여자가 그쪽으로 걸어가 문에 손을 대자 문은 소리도 없이 열렸다. 여자는 그렇게 문을 연 뒤, 뒤를 돌아 남자가 오기를 기다리는 듯했다.

조가 안으로 들어갔다. 여자가 문을 잡은 채 몸을 웅크리듯 했다. 조는 여자의 몸과 스치듯 안으로 들어섰다. 그러자 여자가 뒤를 따라왔다. 문은 여자의 뒤에서 다시 소리도 없이 닫혔다.

"죄송해요."

희미한 달빛이 비추고 있는 듯했다. 조는 정신이 든 사람처럼 주위를 둘러보았다. 정원에는 융단을 깔아놓은 것처럼 파란 풀이 자라나 있었으며, 현관 입구라 여겨지는 장지문의 불이 켜진 쪽에는 능소화와 같은 밝은 갈색 꽃이 가득 매달린 나무 한 그루가 서 있었다. 그 꽃의 향기인 듯, 달콤하면서도 독한 향이 코를 찔렀다.

"여기는 언니의 집이에요. 조금도 어려워하실 것 없어요."

조는 안으로 들어가자고 하면 곤란해질 것이라 생각했다.

"저는 여기에 있을 테니 들어가세요. 당신이 안으로 들어가시면 바로 돌아가겠습니다."

"어머, 잠깐 언니를 보고 가세요. 시간을 빼앗지는 않을 테니까요."

"전 약간 볼일이 있어서."

"그래도 잠깐은 상관없잖아요."

여자는 이렇게 말하고 현관 쪽으로 걸어가 꽃이 매달린 나무 곁을 피하듯 해서 갔다. 조는 어떻게 해야 좋을지 몰라 그냥 서 있었다.

집 안을 향해서 무슨 말인가를 하는 여자의 목소리가 들려왔다. 조는 그 목소리를 들으며 가을이 되었는데도 풀들이 파란 정원의 모습에 마음을 빼앗겼다.

품위 있는 여자의 목소리가 들려왔다. 조는 여자의 언니라는 사람일까 생각하며 고개를 들었다. 안쪽 현관이라 여겨지는 쪽의 미닫이문이 열리자 은색 불빛이 밝게 보이고 그 빛을 등에 진 채 집 안의 위쪽에 선 키가 큰 여자와, 미닫이문 앞에 선 여자의 모습이 바로 눈앞으로 보였다.

조는 현관이 그렇게 멀리 있는 것처럼 보이는 것은 착시 때문이라고 생각했다. 그는 전등의 갓이 빙글빙글 맴돌던 일이 떠올랐기에 오늘밤에는 뭔가 좀 이상하다고 생각하며 꽃이 매달려 있는 나무 쪽으로 시선을 돌렸는데 마치 회전기가 회전하듯 그 꽃이 빙글빙글 맴도는 것처럼 보였다.

"언니도 저렇게 말하니 잠깐 들어오세요."

여자가 앞에 와서 서 있었다. 조는 막혔던 목구멍이 간신히 뚫린 것 같은 기분이 들어 여자의 얼굴을 보았지만 머리가 멍해서 다른 생각을 할 여유도 없었기에 빨려 들어가듯 등불이 있는 쪽으로 걸어갔다. 걸어가며 조심조심 꽃이 달린 나무를 바라보니 나무는 밝은 갈색 꽃을 가득 피운 채 조용히 서 있었다.

"자, 어서 올라오세요. 동생이 크게 신세를 졌다고요. 자, 어서 올라오세요."

조는 어느 틈엔가 현관 안으로 들어서 있었다. 키가 크고 밀랍인형 같은 얼굴에 숱이 많은 검은색 머리를 틀어 올린, 섬뜩할 정도로 아름다운 여자가 장지문의 문고리에 기대듯 서 있었다.

"감사합니다. 하지만 오늘 밤에는 조금 바쁘니 그만 실례하겠습니다."

"어머, 그러지 마시고 잠깐 들어오세요. 차만 마시고 가세요."

"감사합니다. 하지만 조금 바빠서."

"기다리시는 분이 계실 테지만, 아주 잠깐이라도 상관없으니."

여자의 눈이 물기를 머금은 듯 보였다. 조도 웃었다.

"잠깐 들어오세요. 조금도 어려워 마시고."

뒤에 서 있던 여자가 말했다.

"그렇습니까? 그럼 잠깐 실례하겠습니다."

조는 어쩔 수 없이 왼손에 들고 있던 모자를 오른손으로 바꿔 쥐며 집 안으로 올라서려 했다.

"자, 올라오세요."

여자가 장지문 곁을 떠나 안쪽으로 걷기 시작했다. 조는 섬돌 위에 오른 뒤 다시 집 안으로 올라섰다. 장지문 뒤에 심부름하는 아이인 듯 열일고여덟 살쯤의 머리를 틀어 올린 하녀가 서 있다가 조의 모자를 받으러 왔다. 조는 그것을 무의식중에 건네주며 여자의 뒤를 흐느적흐느적 따라갔다.

IV

직사각형 인도사라사를 깐 테이블에 중국풍 붉은 칠을 한 커다란 의자가 대여섯 개 놓여 있는 방이 있었다. 먼저 들어선 여자가 비단에 금색 실로 화려하게 지은 하오리4)의 등을 보이며 그 의자 중 하나로 손을 가져갔다.

"편히 앉으세요."

---

4) 일본 옷 위에 입는 짧은 겉옷.

조는 의자 옆으로 다가갔다. 그러자 여자가 그 왼쪽 옆에 있는 의자를 당겨 조와 비스듬히 마주보도록 앉았기에 조도 하는 수 없이 의자를 왼쪽으로 비스듬히 하고 앉았다.

"처음 뵙겠습니다. 저는 미시마 조라고 합니다."

조가 인사를 시작하자 여자가 손사래를 쳤다.

"그런 딱딱한 인사는 서로 그만두기로 해요. 저는 이렇게 혼자서 살며 아줌마가 다 됐지만, 싫지 않으시면 지금부터 친구로 지내기로 해요."

"저야말로 앞으로 잘 부탁드리겠습니다."

조의 모자를 받았던 하녀가 얼레빗 무늬의 쟁반에 조그만 컵 2개와 대나무 통 같은 것 위 한쪽에 주둥이가 있고 한쪽에 손잡이가 달린 단지를 얹어가지고 왔다.

"이리로 가져오렴."

여자가 말하자 하녀는 두 사람 사이의 탁자 끝에 그 쟁반을 내려놓고 자리를 뜨려 했다.

"아가씨는 왜 안 오지?"

하녀가 뒤를 돌아 말했다.

"아가씨께서는 몸이 약간 안 좋으시다며 조금 더 있다 오신다고 합니다."

"몸이 안 좋으면 내가 접대를 할 테니 괜찮아지면 오라고 해."

하녀는 인사를 한 뒤 문을 열고 밖으로 나갔다.

"차 대신 변변찮은 것을 대접할게요."

여자가 단지의 손잡이로 손을 가져가며 말했다.

"괜찮습니다. 곧 일어나야 하니."

"어머, 왜 자꾸 그러세요? 아무도 신경 쓸 사람 없으니 편히 계셔도 돼요. 이 아줌마여도 상관없다면 언제까지고 상대를 해드릴게요."

여자가 단지의 액체를 2개의 컵에 담아 하나를 조 앞에 놓았다. 그것은 우유와도 같은 빛깔을 한 것이었다.

"자, 어서 드세요. 저도 마실 테니."

조는 얼른 한 잔 마시고 일어서야겠다고 생각했다.

"그럼 이것만 마시겠습니다."

조가 손에 들고 한 모금 마셔보았다. 그것은 감미로운 맛이 도는, 약간 압생트 같은 맛이 나는 것이었다.

"저도 마실게요. 어서 드세요."

여자도 그 컵으로 손을 가져가 홀짝이는 듯한 행동을 보였다.

"정말 감사합니다만, 저는 지금 일이 좀 있어서 서둘러야 하니 이 한 잔만 마시고 일어나겠습니다."

"어머, 또 그 말씀이시네. 이렇게 늦은 밤에 무슨 볼일이세요? 가끔은 늦게 들어가서 애를 태울 필요도 있어요."

여자가 컵을 든 채 아래턱을 내밀 듯하며 웃었다. 조도 하는 수 없이 웃었다.

"자, 조금 더 드세요."

조가 나머지 술을 단숨에 들이켠 뒤 컵을 내려놓고 자리에서 일어설 듯하며, "감사합니다만, 정말 급해서 그러니, 이만 실례하겠습니다."

여자가 컵을 내던지듯 내려놓고 자리에서 일어나 조 쪽으로 다가오더니 그의 어깨에 두 손을 가볍게 얹어 만류하듯 말했다.

"곧 동생도 올 테니 조금만 더 계세요."

조는 향기롭고 따뜻하고 숨이 막힐 것 같은 압박이 느껴져 몸을 움직일 수가 없었다. 여자의 몸에 바른 향료가 남자의 혼을 아련한 세계로 데려갔다.

"누구지? 지금은 볼일이 없으니, 저쪽으로 가 있어."

여자의 목소리에 조는 의식이 돌아왔다. 그런 조의 머리에 자신을 기다리고 있을 여자가 얼핏 떠올랐다. 조는 자리에서 일어났다. 여자는 원래의 의자에 앉아 있었다.

"아이, 어머나. 아줌마라고 너무 그렇게 싫어하지 마세요."

여자의 요염한 얼굴에 미소가 있었다. 조는 지금 당장 일어나지 않으면 또 한동안 나설 수 없을 것이라 생각했다.

"이만 실례하겠습니다."

조는 문이 있는 쪽으로 달려가듯 해서 서둘러 문을 열고 밖으로 나섰다.

마루에 머리를 둥그렇게 말아 올린 나이 든 여자가 서 있었는데 조를 끌어안듯 해서 만류하려 했다.

"누구십니까? 놓으세요. 저는 지금 급합니다."

조가 뿌리치려 했으나 떨어지지 않았다.

"어머, 잠깐 기다리세요. 드리고 싶은 얘기가 있으니."

조는 하는 수 없이 멈춰 섰다. 그리고 그녀가 뒤따라 나오지나 않을까 생각하며 주의를 기울였으나 그럴 기미는 보이지 않았다.

"잠깐 말씀드릴 것이 있으니 이리로 좀 와주세요. 아주 잠깐이면 돼요."

나이 든 여자가 손에서 힘을 풀었으나 그래도 앞에서 비키려 하지는 않았다.

"무슨 일이십니까? 저는 아주 바빠서 저 부인이 만류하는 것도 듣지 않고 돌아가려던 참이었으니 어서 말씀해보세요. 무슨 일이십니까?"

"여기서는 말씀드리기 어려우니 옆방으로 잠깐 와주세요. 잠깐이면 돼요."

조는 승강이를 벌이고 있으니 금방 끝날 일이라면 들어보는 편이 낫겠다고 생각했다.

"좋아요. 잠깐이라면 들어드리도록 하죠."

나이 든 여자가 걸어가기에 따라가 보니 바로 옆방의 문을 열고 안으로 들어갔다.

안에는 앞쪽 벽에 기대어놓은 안락의자를 비롯하여 대여섯 개의 모양이 다른 의자가 놓여 있었고, 그 너머를 파란 장막으로 둘러놓았다. 거기는 침실인 듯했다.

"자, 여기에 잠깐 앉으세요."

나이 든 여자가 입구에서 가까운 의자를 가리켰기에 조는 서둘러 거기에 앉았다.

"무슨 일인가요?"

나이 든 여자가 그 앞 가까이에 선 채로 웃었다.

"너무 매정하게 그러지 마세요."

"무슨 일인가요?"

"너무 그렇게 말씀하시지 마세요. 당신은 저희 집 사모님의 마음을 아셨겠죠?"

"무슨 말입니까? 저는 무슨 말인지 모르겠습니다."

"그렇게 매정하게 말씀하시지 마세요. 사모님께서 혼자 외로워하시니 오늘 밤 말동무라도 되어드리세요. 이렇게 돈은 얼마든지 있는 분이니 당신이 하기에 따라서는 무슨 일이든 마음대로 할 수 있을 거예요."

"안 됩니다. 제게는 약간 사정이 있습니다."

"외국 여행이든 무엇이든, 당신이 좋아하는 일을 할 수 있을 거예요. 제 말대로 하세요."

"그럴 수 없습니다."

"당신은 욕심이 없으신 분이로군요."

"역시 저는 그렇게 할 수 없습니다."

"용모도 저렇게 아름다운 분은 쉽게 찾아볼 수 없을 거예요. 안 그런가요? 제 말대로 하세요."

"저는 무슨 일이 있어도 그렇게 할 수 없습니다."

나이 든 여자의 한쪽 손이 조의 한쪽 손에 닿았다.

"아이 참, 그러지 마시고 저리로 가요. 제 말대로 하세요. 손해볼 건 조금도 없어요."

조는 움직이지 않았다.

"싫습니다. 전 그런 일을 좋아하지 않습니다."

"뭐, 어때요. 늙은이의 말을 듣도록 하세요."

이제는 조도 화가 나기 시작했다.

"싫어요."

호통 치듯 하며 잡고 있던 손을 뿌리쳤다.

"당신은 매정하시네요."

문이 열리더니 조그만 할머니가 종종걸음으로 들어왔다. 머리가 새하얗고 물고기처럼 광택이 없는 눈을 하고 있었다.

"이보게 어떻게 됐지?"

"틀렸어. 아무리 말해도 듣지를 않아."

"아아, 이 사람도 또 애를 먹이는군."

"여우한테 홀려 있어서, 역시 안 되겠어."

나이 든 여자가 비웃듯 말했으나 조의 귀에 그런 말은 들어오지 않았다. 그는 그녀를 떠밀듯 하여 밖으로 뛰쳐나왔다. 방 안에서 노파의 낄낄대는 웃음소리가 들려왔다.

V

조는 일본식 방처럼 다다미를 깔고 장지를 달아놓은 현

관이 있는 쪽으로 가기 위해 복도를 왼쪽으로 달리듯 걸어
갔다. 간접조명을 해놓은 것처럼 희미한 빛이 복도에 쏟아
지고 있었다. 그 흐릿한 불빛 속으로 으스스하고 섬뜩한
것의 그림자가 드리워져 있었다.

조는 한없는 불안에 사로잡혀 걸었다. 복도가 방의 벽에
부딪혀 그것이 좌우로 갈려 있었다. 조는 잠시 망설였으나
왼쪽에서 온 듯한 기분이 들었기에 왼쪽으로 꺾어져 갔다.
그런데 갑자기 사방이 어두워져버렸다. 여기는 현관으로
가는 길이 아니라고 생각했기에 그는 뒤돌아가려 했으나
거기에는 차가운 벽이 있어서 돌아갈 수가 없었다. 조는
깜짝 놀라서 발걸음을 멈췄다. 걸어왔던 복도를 알 수 없게
되었는데 한쪽 채광창 같은 곳에서 노란 등불이 빛나고
있었다. 그것은 길이가 한 자 네다섯 치, 높이가 일고여덟
치쯤 되는 조그만 빛이었다. 조는 하는 수 없이 그 창이
있는 곳으로 걸어갔다.

창은 조의 머리 부근쯤에 있었다. 조는 유리창에 얼굴을
찰싹 붙이고 건너편을 보았다. 그런 조의 눈은 거기서 기묘
한 광경을 발견했다. 노랗게 보이는 토방 같은 곳에 학생인
듯한 소년이 의자에 앉아 있고, 그 몸이 파란 끈으로 꽁꽁
묶여 있었는데 학생 옆에는 이곳까지 함께 온, 안주인의
동생이라는 젊은 여자와 아까의 심부름하는 아이 같았던
하녀가 서 있었다. 두 여자는 서로 번갈아가며 소년을 다그
치고 있는 것 같았다. 소년은 눈을 감은 채 축 늘어져 있었

다.

조는 못에 박힌 사람처럼 되어 그것을 바라보았다. 하녀의 목소리가 들려왔다.

"이렇게 끈질긴 사람도 처음이네. 왜 네, 라고 말하지 않는 거지? 네가 아무리 고집을 부려봐야 소용없는 일이야. 얼른 네, 라고 대답해. 아무리 싫다고 해봐야 소용없는 일이니 험한 꼴 당하기 전에 네, 라고 대답해서 부인의 사랑을 받는 게 나을 거야. 네, 라고 대답해."

조는 소년의 얼굴을 유심히 보았다. 소년은 축 늘어진 채 입술도 움직이려 하지 않았으며 눈도 뜨려 하지 않았다. 잠시 후 동생의 목소리가 들려왔다.

"이렇게 버티고 있으면 돌려보내 줄 거라 생각하고 있는 거겠지? 한심한 아이로군. 우리 언니가 점찍은 이상, 무슨 일이 있어도 이 집에서는 나갈 수가 없어. 넌 정말 바보야. 우리가 이렇게 친절하게 말해주고 있는데도 모르겠단 말이니?"

"고집을 부리면 돌아갈 수 있을 거라 생각하다니 정말 우스워요. 이런 바보도 없을 거예요. 이 사람도 저희에게 시달리다 먹잇감이라도 되고 싶은 거겠죠."

하녀가 섬뜩한 웃음을 지으며 동생의 얼굴을 보았다.

"그렇게 되면 우리야 좋지만, 이 사람이 가여워지잖아. 왜 이렇게 고집을 피우는 걸까? 애, 다시 한 번 잘 말해보렴. 그래도 여전히 고집을 부리면 할멈을 불러오렴. 할멈에게 약을 먹이라고 할 테니."

하녀가 소년을 향해 말하는 목소리가 다시 들려왔다.

"너도 이제 우리가 하고 싶은 말은 잘 알고 있을 테니 더 이상 길게 말하지 않겠지만 네가 아무리 고집을 부려봐야 사모님이 그렇게 하시겠다고 마음먹은 이상 이 집에서는 나갈 수 없으니 그러지 말고 네, 라고 말하고 사모님의 말씀에 따르는 게 좋을 거야. 사모님 말씀에 따르면 이 커다란 집에서 왕자님처럼 살아갈 수 있잖아. 네가 하고 싶은 일은 무엇이든 할 수 있을 거야. 너를 생각해서 하는 말이니 네, 라고 대답하는 게 좋을 거야. 네, 라고 대답해."

소년은 역시 대답도 하지 않았으며 얼굴도 움직이지 않았다.

"안 되겠어. 할멈을 불러와. 그러는 수밖에 없겠어."

동생의 목소리가 들리자 하녀가 그대로 방을 나섰다.

그 뒷모습을 가만히 바라보고 있다가 하녀의 모습이 보이지 않게 되자 소년의 뒤로 돌아가 두 손을 그의 어깨에 가볍게 얹고 동생이 무엇인가 조그만 목소리로 말하기 시작했으나 조에게는 들리지 않았다.

여자는 소년의 왼쪽 뺨 가까이로 하얀 뺨을 가져갔다가 마침내 붉은 입술을 내밀어 거기에 댔다. 소년은 죽은 사람처럼 눈도 뜨지 않았다.

두 사람이 모습을 드러냈다. 그것은 조금 전의 하녀와 생선과도 같은 눈을 한 노파였다. 그것을 보고 소년의 뺨에 입술을 대고 있던 동생은 소년에게서 얼른 떨어져 원래의 자리에 서 있었다.

"이번에도 애를 먹이는군요. 얼굴에 어울리지 않게 고집이 세네요."

노파는 오른손에 돌기투성이 살아 있는 두꺼비의 양쪽 다리를 잡아 쥐고 있었다.

"고집쟁이야."

동생이 노파를 보고 말했다.

"괜찮습니다. 이 약을 먹으면 걱정할 것 없습니다. 어디 한번 볼까요."

노파가 두꺼비의 양다리를 두 손에 하나씩 잡자 하녀가 앞으로 다가갔다. 그 손에는 컵이 들려 있었다. 그녀가 컵을 노파가 쥐고 있는 두꺼비 아래에 댔다.

노파가 한마디 쥐어짜내는 듯한 소리를 올리며 두꺼비의 다리를 좌우로 당겼다. 두꺼비의 엉덩이 부근이 둘로 찢어지더니 피가 찢어진 곳을 따라서 컵 속으로 떨어졌는데 그것이 바닥에 발그스름하고 생생하게 고였다.

"할멈, 이젠 된 것 같은데. 다른 때와 비슷하게 모였어."

컵을 들고 있던 하녀가 컵 속의 피를 비춰보듯 하며 말했다. 노파도 위에서 그것을 들여다보았다.

"어디 보자. 아아, 그렇군. 이 정도만 있으면 될 거야."

노파는 두꺼비를 발아래로 내던지고 컵을 받아들었다.

"이 약을 먹고도 말을 듣지 않는다면 더는 방법이 없지.

우리끼리 가지고 놀다가 먹이로 쓰는 수밖에, 힛, 힛, 힛."

노파는 이가 빠져버린 잇몸을 보이며 컵을 들고 소년 옆으로 가서 한쪽 손가락 끝을 그 입 안에 찔러 넣고 가볍게 입을 조금 벌려 컵의 피를 부었다. 소년이 커다랗게 숨을 내쉬었다.

조는 기괴하고 끝을 알 수 없는 두려움에 견딜 수가 없었다. 그는 어떻게든 달아나기 위해 창에서 떨어져 어둠 속을 반대편으로 걸어갔다. 거기에는 여전히 차가운 벽이 있었다. 하지만 문도 열지 않고 복도에서 들어온 방이니 출구가 없을 리 없다고 생각했다. 그는 벽을 더듬더듬 더듬으며 왼쪽으로 걸어갔다. 그러자 벽이 끊어지고 구멍 같은 곳이 나타났다. 조는 조금 전에 지나온 곳이라고 생각하여 그곳으로 나왔다.

희미하게 흐린 빛이 비추고 있었으며 그 앞으로 널따란 정원이 보였다. 조는 기뻤다. 현관이 아니라 할지라도 밖으로 나가기만 하면 못 돌아갈 리 없을 것이라고 생각했다. 거기에는 정원으로 내려가는 두어 개의 계단이 이어져 있었다. 조는 그 계단으로 발을 내밀었다.

조를 복도에서 끌어안았던 여자와 비슷한 정도로 나이 들어 보이는 여자가 한손에 커다란 양동이를 들고 왼쪽에서 다가왔다. 들켜서는 안 된다고 생각했기에 조는 살금살금 뒷걸음질을 쳐서 입구의 기둥 뒤에 숨었다.

뚱뚱한 여자는 조의 바로 앞까지 와서는 양동이를 내려

놓고 정원 쪽을 향해 개라도 부르는 것인지 휘파람을 불었다. 정원에는 융단을 깔아놓은 것처럼 풀이 파랗게 자라 있었다. 뚱뚱한 여자의 휘파람소리가 멈추자 그 풀 전체가 움직이기 시작하더니 그 속으로 작은 뱀들이 헤아릴 수도 없이 보였다. 파란 뱀도 있고 검은 뱀도 있었다. 그 뱀이 꿈틀꿈틀 기어 나와 여자 앞으로 모여들었다.

그것을 본 여자가 양동이 속에 손을 넣더니 안에 있던 것을 쥐어 던져 주었다. 그것은 무슨 고기인지는 모르겠으나 피범벅이 된 싱싱한 고기조각이었다. 뱀은 털실을 헝클어놓은 듯 기다란 몸이 다른 뱀들과 뒤얽혀 있는 것처럼 보였다.

조는 눈앞이 캄캄해지는 듯한 느낌이 들어 안으로 달아났다. 그런 조의 몸을 다시 끌어안는 부드러운 손이 있었다.

"얼마나 찾았는지 몰라. 어디에 갔었던 거지?"

조는 몸을 떨며 상대방을 보았다. 그것은 바로 그 나이든 여자였다.

VI

"당신은 정말 고집쟁이네요. 그렇게 고집을 부리면 저만 애를 먹잖아요. 이리로 오세요."

나이 든 여자가 조의 두 손을 잡아끌었다. 조는 어떻게 해서든 달아나 집으로 돌아가고 싶었다.

"저를 보내주세요. 저는 급한 볼일이 있어요. 여기에 더 있을 수 없으니 보내주세요."

조가 여자의 손을 뿌리치려 했으나 뿌리칠 수 없었다.

"그렇게 억지 부리지 말아요. 당신의 볼일이란 건 하숙에서 여자가 기다리고 있는 것뿐이잖아요."

"그게 아니에요."

"아니요, 저는 다 알고 있어요. 그 여자보다는 저희 사모님이 얼마나 더 좋은지 모를 정도잖아요. 당신은 정말 욕심이 없는 사람이네요. 이쪽으로 오세요. 아무리 도망치려 해봐야 이번에는 놓치지 않을 거예요. 이리 오세요."

여자가 힘껏 팔을 당기기 시작했다. 조는 쓰러질 듯 여자에게 끌려갔다.

"이거 놓으세요."

"안 돼요. 사내답지 못한 소리는 하지 마세요."

조는 방 안으로 끌려 들어갔다. 그곳은 파란 장막이 쳐져 있는 처음의 그 방이었다.

"사모님께서 얼마나 기다리고 계시는지 몰라요. 이쪽으로 오세요."

나이 든 여자가 한쪽 손을 떼어 그 손으로 장막을 걷어 올리고 억지로 조의 몸을 그 안으로 잡아끌었다.

그곳 한가운데 침대가 있고 그 침대 가장자리에 아름다운 부인이 앉아서 들어오는 조의 얼굴을 가만히 바라보고

있었다. 그 방의 세 면에는 병풍인지 가리개인지 잘 구분이
되지 않는 것을 세워 둘러놓았고 거기에 색채가 짙고 기괴
한 그림이 그려져 있었다.

"정말 고집쟁이라서, 간신히 잡아왔습니다."

나이 든 여자가 조를 부인 옆으로 잡아끌어 부인 맞은편
쪽 침대의 가장자리에 앉히려 했다.

"놓으세요. 저는 안 돼요. 저는 볼일이 있어요. 저는 싫어
요."

조는 나이 든 여자를 뿌리치고 도망가려 했으나 뜻대로
되지 않았다.

"안 돼요. 이번엔 무슨 말을 해도 놓치지 않을 거예요.
그렇게 쓸데없는 짓 하지 말고 가만히 좀 계세요. 당신은
정말 한심하네요."

부인의 눈은 조의 얼굴에서 떨어지지 않았다.

"얌전히, 떼쓰지 말고 사모님의 상대가 되어주세요."

나이 든 여자가 짓누르듯 조를 침대 가장자리에 앉혔다.
조는 어쩔 수 없이 앉으며 그냥은 도망치려 해도 도망칠
수 없으니 방심을 하게 만들었다가 틈을 봐서 도망쳐야겠
다고 생각했으나 머리가 혼란해서 차분하게 있을 수 없었
다.

"그렇게 서두를 거 없이 천천히 있다 가셔도 되잖아요."

부인은 나이 든 여자가 놓은 조의 손에 가볍게 자신의
손을 대고 조를 살짝 잡아끌었다.

"실례하겠습니다."

조는 그 손을 뿌리치면서 자리에서 일어나 나이 든 여자 곁을 빠져나가 달려 도망치기 시작했다.

"이 멍청한 녀석, 무슨 짓을 하는 거야."

나이 든 여자의 목소리와 함께 조는 뒷덜미를 잡히고 말았다. 그는 그래도 어떻게 해서든 달아나려 했으나 뿌리칠 수가 없었다.

"사모님, 어떻게 할까요? 이 멍청이는 달리 방법이 없겠습니다."

나이 든 여자가 말하자 부인의 대답이 들려왔다.

"이리로 데려와서 묶어버려. 여우한테 홀려서 그 사람은 도저히 안 되겠어."

동생과 어린 하녀가 들어왔는데 하녀의 손에는 소년을 묶어놓았던 것과 같은 파랗고 긴 끈이 들려 있었다.

"묶을까요?"

하녀가 말했다.

"사모님의 방에 묶어둘 거야."

나이 든 여자가 이렇게 말하며 어마어마한 힘으로 조를 뒤로 끌었다. 조는 비틀비틀 뒤로 끌려갔다.

"그 멍청이를 꽁꽁 묶어서 침대 위에 올려놔. 보여주고 싶은 것이 하나 있으니 보여준 뒤에 내가 좀 가지고 놀겠어."

부인은 방 가운데 서 있었다. 동시에 파란 끈이 조의

몸에 칭칭 감겼다.

"제가 침대 위로 올리겠습니다. 그 대신 사모님 다음으로 제가 가지고 놀겠습니다."

나이 든 여자가 후우, 후우, 후우 웃으며 조의 몸을 가볍게 안아 올려 침대 위에 놓았다. 조가 발버둥 치며 몸을 흔들었으나 소용없는 일이었다.

"그 여우를 데려와. 여우부터 먼저 가지고 놀 테니."

부인이 이렇게 말하며 다시 침대 가장자리에 앉았다. 조는 눈앞이 어두워져 아무것도 볼 수가 없었다. 조는 천장을 향해 뉘여 있었다.

여자들이 무슨 말인가를 하며 웃는 소리가 귓가에 울렸다. 조는 기괴한 압박감에 짓눌려 있는 자신의 몸을 의식했다. 그리고 한 시간이 지났는지, 두 시간이 지났는지, 잘 알 수 없는 시간이 흐른 뒤 얼굴을 한쪽으로 비틀어 돌리게 했다.

"이 멍청한 놈, 잘 보라고. 네 놈이 좋아하는 여우를 보여 줄 테니."

그것은 부인의 목소리였다. 조의 눈이 번쩍 떠졌다. 나이 든 여자가 젊은 여자의 목덜미를 쥐고 서 있었다. 그것은 하숙집에 두고 왔던 여자였다. 조는 벌떡 일어나려 했으나 움직일 수가 없었다. 조는 격렬하게 몸을 움직였다.

"그 여우의 목을 비틀도록 해. 그 여우가 제일 나쁜 놈이니."

부인이 말하자 나이 든 여자가 그녀의 목으로 두 손을 가져가 힘껏 졸랐다. 그러자 여자의 모습이 순식간에 밤색 짐승으로 변해갔다.

"애인이 죽어가고 있잖아. 슬프지 않니?"

조의 눈앞으로 영원한 어둠이 찾아왔다. 여자들의 웃는 소리가 다시 한바탕 들려왔다.

조의 입가에서 뺨에 걸쳐 섬뜩한 느낌의 따뜻한 혀가 흐물흐물 움직였다.

미시마 조라는 고등문관 수험생이 며칠 해안으로 여행을 다녀오겠다며 하숙을 나선 이후로 종적을 감췄기에 그 친구들이 찾아보니 와세다(早稻田)의 한 빈집 속에서 원인 모를 죽음을 맞이한 채 발견되었다는 기사가 어느 날의 신문에 짧게 실렸다.

문학의 숲
스물한 번째
나   무

세계 미스터리 고전문학 01

국 내
미 출 간
소설 12

디즈니의 상상력을 뛰어넘는
환상의 세계가 펼쳐진다

미녀와 야수

LA BELLE ET LA BÊTE

가브리엘 수잔 바르보 드 빌레느브 지음
잔 마리 르 프랭스 드 보몽 지음

국내
완역본
최초

당신에게만 들려주는
'미녀'와 '야수'의 진짜 이야기

세계 판타스틱 고전문학 01

1판 1쇄 인쇄 2021년 7월 1일
1판 1쇄 발행 2021년 7월 10일

지은이 피츠 제임스 오브라이언 외
옮긴이 김진언 외
펴낸이 박현석
펴낸곳 玄人(현인)

등 록 제 2010-12호
주 소 서울시 도봉구 덕릉로 62길 13, 103-608호
전 화 010-2012-3751
팩 스 0505-977-3750
이메일 gensang@naver.com

ISBN 979-11-90156-21-9